SCHATTEN ÜBER FRAUENCHIEMSEE

Ina May wurde im Allgäu geboren und verbrachte einen Teil ihrer Jugend in San Antonio/Texas. Die studierte Fremdsprachenkorrespondentin schreibt Kriminalromane, Kurzgeschichten, Kinder- und Jugendbücher und entwirft Spiele. Die besondere Verbindung zur Fraueninsel besteht schon seit Generationen, Ina Mays Familie findet in der Klosterkirche eine namentliche Erwähnung.
www.inamay.de

INA MAY

SCHATTEN ÜBER FRAUENCHIEMSEE

Kriminalroman

emons:

Bibliografische Information der Deutschen Nationalbibliothek
Die Deutsche Nationalbibliothek verzeichnet diese Publikation
in der Deutschen Nationalbibliografie; detaillierte bibliografische
Daten sind im Internet über http://dnb.d-nb.de abrufbar.

© Emons Verlag GmbH
Alle Rechte vorbehalten
Umschlagmotiv: lookphotos/Heinz Wohner
Umschlaggestaltung: Nina Schäfer, nach einem Konzept
von Leonardo Magrelli und Nina Schäfer
Umsetzung: Tobias Doetsch
Gestaltung Innenteil: DÜDE Satz und Grafik, Odenthal
Lektorat: Uta Rupprecht
Druck und Bindung: CPI – Clausen & Bosse, Leck
Printed in Germany 2022
ISBN 978-3-7408-1499-1
Originalausgabe

Unser Newsletter informiert Sie
regelmäßig über Neues von emons:
Kostenlos bestellen unter
www.emons-verlag.de

Und die See wird ihnen neue Hoffnung bringen,
so wie die Nacht die Träume bringt.

Christoph Kolumbus

Prolog

Achtzehn Jahre zuvor

In ihrer Zelle war es zu eng. Sie lief hin und her. Ihre Gedanken drehten sich irre, ihr Herz schlug viel zu schnell. Sie musste warten. Warten, bis im Kloster absolute Ruhe herrschte, die Lichter gelöscht waren, die Schwestern in den Schlaf gefunden hatten.

Dann konnte sie sich hinausschleichen. Es würde eine Sturmnacht werden, sagte der Wetterbericht. Innerlich, oh ja. Sie würde nicht auffallen, wenn sie auf dem Weg lief. Hoffentlich. Und wieder stand ihr die Situation vor Augen. Sie errötete, so sehr schämte sie sich. Schwarz war die Dunkelheit, anders und tiefer als in den vergangenen Nächten.

Gebettelt hatte sie. Franka solle ihr Vorhaben aufgeben, die Skizze von ihr in Acryl zu malen. Bitte! Nacktheit war an sich nichts Verwerfliches, sagte sich Jadwiga. Aber ihre Nacktheit, die Novizinnenhaube, die sie angelegt, während sie alles Übrige abgelegt hatte, die Hand an ihrer Scham, ihr Blick ein wenig verschwommen, lächelnd, lüstern. Sie hatte getrunken – was auch immer – und etwas geraucht – was auch immer. Es machte einen willenlos.

Es machte einen dämlich.

Jadwiga hatte die eigene Verachtung verdient. Und du willst eine Braut Christi werden! Sie presste die Lippen aufeinander, hätte am liebsten vor sich ausgespuckt.

Ein Moment, der ihre Zukunft zerbröseln ließ, wenn sie die Skizze nicht zurückbekam.

Und sie wusste genau, das hätte sie vorher bedenken müssen.

Franka Mellis erschien freundlich, aber sie war berechnend. Es hatte ihr Spaß gemacht. Und *dir* hat es doch anfangs auch Spaß gemacht, musste Jadwiga sich eingestehen.

Die Wirkung der Pillen, des Alkohols hatte nachgelassen. Sie war noch immer nicht klar im Kopf, aber jetzt hatte sie Angst.

Sie spitzte in den Gang, schlich leise hinaus, zog die Tür hinter sich zu, raffte ihr Gewand, hob es an, ehe sie die Treppen hinunterlief. Noch einmal schaute sich Jadwiga um. Sie wandte sich zur Küche, hoffte, da wäre niemand. Kein Laut. Sie machte kein Licht, stieß sich irgendwo, sog scharf die Luft ein. Atmete aus. Bleib ruhig, mahnte sie sich.

Sie öffnete die hintere Küchentür, die zum Garten hinausging, zum kleinen Durchgang. Der Riegel des Tors war schnell umgelegt. Sie schlüpfte hindurch. Ihr war ein wenig schwindelig. Ein verunglücktes leises Lachen. Es war trocken, doch der Wind hatte inzwischen aufgefrischt. Das könnte noch etwas geben. »Bitte, bitte, ich muss sie erwischen. Bevor sie sich daranmacht ...« Den Sturm zu zeichnen?

Ein Gedanke. Zu viele. Unsinnige.

Was in der Dunkelheit nur einer sah, der Herrgott. Aber dieser Eine würde ihr vielleicht nicht vergeben.

Sie lief den Uferweg entlang zum Atelier mit dem schönen Namen »Inselsonne«. Franka hatte die Räume angemietet. Ob sie dafür wirklich etwas bezahlte? Vielleicht nicht. Womöglich malte sie für die Vermieterin eines ihrer gefragten Rätselbilder. Jadwiga wischte den Gedanken weg, der zu nichts führte. Gerade war ihr das egal.

Sie glaubte zuerst, es sei nur ein Baumschatten, da beim Atelier, doch das konnte nicht sein. Bäume bewegten sich nicht. Na ja, heute wäre auch das möglich. Eine Gestalt, die für einen Moment innehielt. Eine Kundin? Die Gestalt lief weiter, den westlichen Uferweg entlang, weg von Jadwiga. Immer eiliger. Und jetzt erkannte sie, dass die Person etwas unter dem Arm hatte.

Jadwiga nahm all ihren Mut zusammen, innen brannte Licht, leise Musik lief. Die Schiebetür stand halb offen. Es war eine milde Nacht.

Sie atmete durch. Ein letztes Zögern, dann ging Jadwiga hinein. Bevor sie noch einmal nachdenken konnte …

»Franka, ich will nicht, dass du mich malst. Ich bin nicht hübsch, und ich weiß das auch. Gib mir einfach die Skizze zurück. Ich werde der Äbtissin morgen meine Sünde beichten, also brauchst du dich nicht über mich lustig zu machen.«

Endlich war es raus. Sie hatte es gesagt. Selbst wenn Franka Mellis sie auslachte.

Es blieb ruhig, und das erstaunte Jadwiga. Eine Franka, die sich zurückhielt. Kein Lachen. Keine Erwiderung. Das war so gar nicht Frankas Stil. Wollte sie Jadwiga zappeln lassen?

Jadwiga ging zur Staffelei. Darauf stand kein Bild. Aber es hatte eines dort gestanden. Noch vorhin. Als sie alle aufgebrochen waren, als Franka verkündet hatte, für sie sei die Nacht erst im Morgengrauen zu Ende.

Auf dem langen Holztisch lagen Blöcke und Bleistifte, Farbtuben, Malmesser, Malspachtel, Kohlestifte, eine Modellpuppe mit hochgerissenen Armen. Und die Skizze, die Franka von Jadwiga angefertigt hatte. Ohne weiter nachzudenken, nahm Jadwiga das Blatt und steckte es in die Tasche ihres Ornats. Sie atmete erleichtert aus.

Und atmete im nächsten Moment nicht mehr ein, denn hinter dem Tisch lag Franka. Die Arme verdreht wie die der Gliederpuppe. In ihrem Hals steckte eines ihrer Werkzeuge.

Jadwiga sah auf den Boden hinab, der im dämmrigen Licht schwarz wirkte. Blut.

Sie sollte nachsehen, ob Franka noch lebte. Aber sie wollte gar nicht, dass sie noch lebte.

Sie sollte die Polizei verständigen. Aber sie wollte nicht diejenige sein, die das tat, denn dann wüsste die Äbtissin davon. Dann müsste sie sich erklären. Dann käme alles ans Licht. Genau das, was sie gefürchtet hatte. Jetzt hatte Jadwiga die Möglichkeit, alles im Dunkeln zu belassen.

Jadwiga tat nichts. Sie ging hinaus, zog die Schiebetür hinter sich zu und lief eilig den Weg zurück. Öffnete die Gartenpforte, öffnete die Küchentür. Drückte eine Hand an die Brust, als sie die Küche wieder verließ.

Da war diese Gestalt gewesen. Kein bewegter Baum. Könnte es sein …? Aber das ergab keinen Sinn. Sie war eine Freundin.

Jadwiga machte das Kreuzzeichen, Tränen sammelten sich in ihren Augen. Sie ahnte, eines Tages würde sie ihre Kaltherzigkeit womöglich bezahlen.

1

Kunst ist unsterblich, aber das Leben ist kurz.

J. W. von Goethe

Sie blätterte in dem verzierten Notizbuch, dem »Inseltagebuch«. Sie staunte, schauderte.

Niemals hatte sie diese Aufzeichnungen lesen wollen. Das Buch gehörte ihr nicht. Die eingeklebten Besonderheiten, Fotos, Gesichter, winzigen Zeichnungen, Sätze … Widmungen. Für die Schreiberin hatten all diese Dinge Bedeutung gehabt.

Sie wusste fast nichts über diese Vergangenheit.

Wie ein Intro lasen sich die ersten Zeilen, in denen Rita beschrieb, wie Franka und sie am Bahnhof im Chiemgau ankamen, wie sie mit der Chiemseebahn, einer Dampfstraßenbahn, zum Hafen in Prien tuckerten, um sich mit der Fähre auf die Fraueninsel übersetzen zu lassen. Herrlich nostalgisch. Das dachte nicht *sie*, Rita schrieb es.

Tina biss sich auf die Lippe. Komm schon, sagte sie sich, von wem sonst solltest du dir die Wahrheit erzählen lassen? Kopfschütteln.

Die Frauen, die es hätten tun können, waren beide nicht mehr am Leben.

Zwei Künstlerinnen, zwei Freundinnen, die nur einen gemeinsamen Sommer auf einer kleinen Insel im Chiemsee verbringen wollten, wegen der Inspiration. Auf den Sommer folgten der Herbst und ein Bruch.

Auf Frauenchiemsee hatte es einmal eine Künstlerkolonie gegeben. So viel hatte Tina auch herausgefunden.

Das als Einstieg. Antworten, zumindest einige, fanden sich vielleicht im Tagebuch.

Was bildet sie sich ein.

Was bilde ich mir ein, gegen sie bestehen zu wollen? Sie hat eine Gabe – alle nach ihrer Pfeife tanzen zu lassen.

Ich hingegen muss das alles hier bezahlen können. Arme Künstlerinnen sind wir, Franka und ich.

Früher einmal haben die Maler auf der Insel mit ihren Bildern und mit schnell hingeworfenen Federzeichnungen für die Unterkunft bezahlt. Können wir das auch?

Fragen können wir ja. Ich lache über mich selbst. Aber ich werde fragen.

Auf jeden Fall freuen wir uns, genau dort zu sein, wo sich Mitte des 19. Jahrhunderts viele Künstler trafen und unter freiem Himmel zeichneten. Wo schließlich einer von ihnen die Tochter des Gastwirts heiratete – und so war plötzlich eine Künstlerkolonie geboren. Zwischen Krieg und Frieden ging es weiter. Die Maltradition am Chiemsee wurde erneuert. Es fanden dort erste Ausstellungen statt.

So etwas schwebt uns auch vor. Gemeinsamkeiten finden, eine Künstlervereinigung. Motive suchen, malen, sich austauschen, philosophieren, Pläne schmieden, Träume wahr werden lassen.

Von einer Ausstellung träume ich. Na ja, ein wenig.

Franka kennt jemanden in Prien. Vom Nordsteg auf der Fraueninsel links über den See. Ich weiß nicht einmal, ob links wirklich links ist. So viel zu meiner Orientierung. Prien. Der Ort, von dem aus wir auf die Insel gefahren sind.

Meine Idee – wie gemacht für eine Ausstellung. Wenn ich noch einige Leute dazu überreden kann, sich porträtieren zu lassen. – Wie sehen Sie sich? Sind Sie der Adler, der Löwe, vielleicht ein Falke?

Eine Leinwandseite zeigt den Menschen, auf der anderen Seite wird ebenjener Gefährte zu sehen sein. Die Indianer würden es vielleicht ein »Totem« nennen, wie sagen die Bayern zur mythisch-verwandtschaftlichen Verbindung zwischen einem Menschen, einer Naturerscheinung oder einem Tier?

Das werde ich noch herausfinden. Ich will in jedem Fall genau das machen. Das erste Bild ist gerade fertig, ich zeige es meiner Freundin.

Sie findet es einmalig. Sie hat die Augen aufgerissen, es war ein bisschen, als könnte ich ihre Gedanken lesen. Echt ein absolutes Einzelstück, lobt mich Franka und kaut auf der Lippe.

Ein lieber Gruß ist immer der an mein Herz.

Mein Liebes, ich komme nach Hause und kaufe dir etwas Schönes. Das Schönste, was du dir wünschst! Du weißt, ich denke an dich. Immer.

Scheiße, Mama!

Tina schaute auf ein Foto, eines, auf dem Rita noch gelacht hatte.

Frauenchiemsee. Denn im Herbst nach dem Sommer war Ritas Leben durcheinandergewirbelt worden. Wenn Tina das Buch bis zum letzten Satz gelesen hätte, würde sie »auseinandergerissen« sagen.

Rita war als anderer Mensch zurückgekommen. Etwas hatte sie krank gemacht. Nicht der Mord an der Freundin, aber was dazu geführt hatte. Franka hatte sich umbringen lassen. Mit ihrem eigenen Malerspatel.

Rita hatte den Tod der Freundin überlebt. Hatte sie das wirklich? Es gab einige Fragen, die Tina stellte. Sich. Nicht ihrer Mutter. Es war zu spät. Der Arzt hatte eine natürliche Todesursache bescheinigt. Ihr angegriffenes Herz hatte aufgehört zu schlagen.

Frage eins: Hast du vielleicht zu viele von den Pillen geschluckt? Vielleicht unabsichtlich?

Frage zwei: Hast du Franka getötet? Aus Zorn oder aus Versehen? Oder mit Vorsatz, geplant?

Mama, ich habe solche Angst. Das dachte Tina. Laut aussprechen konnte sie es nicht.

Angst, die auch Rita empfunden hatte. Aber da war sie schon traurig und verwirrt gewesen. »Es hat wieder angefangen. Ein junger Mann ist gestorben.« Rita hatte mit sich selbst geflüstert. Es klang nach Verzweiflung. Als wäre sie selbst schuld daran. »Verdammte Ecstasy-Pillen.«

Ecstasy. MDMA. Der Wirkstoff. Wurde der noch verwendet? Dass Tina sich das gefragt hatte, wusste sie noch gut. Dann sah sie den Zeitungsartikel, den Rita dazu ausgeschnitten hatte.

Sie erinnerte sich nur noch an die Überschrift: »Sohn von Fernsehmoderator Harlan F. stirbt an Ecstasy«. Und an den Kommentar des Chefs vom Drogendezernat: »Man weiß nie, welche Zusammenstellung und welchen Stoff man bekommt.«

Und noch etwas anderes … Seltsames. Es fiel ihr gerade nicht ein.

Durch den Körper ihrer Mutter lief ein Schütteln. Das hatte Tina noch vor Augen. »Das Miststück greift noch mit seinen blutigen Fingern aus dem Grab.«

Aus dem Grab. Wo war Franka beerdigt? Tina könnte es herausfinden. Wollte sie das?

Damals noch nicht, der Gedanke verschwand, bis etwas anderes auftauchte.

Tina hatte das Kunststipendium Frauenchiemsee zufällig entdeckt, wie man etwas eben *zufällig* ausfindig machte. Sie hatte sich beworben.

Zwei Monate später hatte sie sich voller Erstaunen das Schreiben dicht vor die Augen gehalten. Nicht weil sie schlecht sah, sondern weil sie erst nach dreimaligem Lesen glauben konnte, dass sie gewonnen hatte.

Gewonnen. Ein Aufenthaltsstipendium. Sie würde im Gästehaus des Klosters Frauenwörth ein Zimmer beziehen, beim Klosterwirt essen, sie würde im Atelier Inselsonne malen, sie würde mit den Menschen sprechen, sie würde Unterricht geben – Malerei am Chiemsee –, sie würde für zwei Wochen eine Insulanerin sein.

Und würde ein wenig im Mord-Wespennest stochern. Böser Gedankenblitz.

Gegenwart. Zukunft. Die Vergangenheit hatte Tina nicht um einen Besuch gebeten. Doch sie warf einen dunklen Schatten. Sie musste endlich da hinein- und schließlich wieder heraustreten.

Auch wenn es bedeutete, dass sie Dinge herausfand, die schmerzhaft waren. Keine Schatten mehr!, versprach sie sich. Und Rita. Mit dem Tod ihrer Mutter, dem Papierkram, den Bildern und Aufzeichnungen, ihren Notizbüchern, hatte genau das begonnen. Tina konnte sich nicht mehr raushalten.

Im Gegensatz zu Rita konnte sie von ihrer Kunst beinahe leben. In der Bäckerei verkaufte sie Brot und Kuchen und online Bilder und Zeichnungen. Ungerahmt. Bleistift, Acryl, Öl oder Aquarell. Auftragsarbeiten. Auch Porträts.

Hin und wieder bekam sie einen Artikel in einer Zeitung. Hin und wieder bekam sie einen Antrag. So dumm und unglaublich die zweite Sache war, Ersteres war super. Sich Papier, Leinwand und Farben kaufen zu können, sich nicht sorgen zu müssen, woher sie das Geld dafür nehmen sollte. Sie hatte es sich verdient. Sie lebte schön und für sich. Klein, aber fein am Rande eines Parks, in einer alten Villa mit hohen Räumen, Flair und Geschichte. In Hamburg.

Ritas Verstand war im Vergleich zuletzt so etwas wie eine Bruchbude gewesen, mit eingeworfenen Fenstern. Eine zerstörte Frau.

Gestern hatte Tina eines ihrer eigenen Bilder gerahmt und aufgehängt. Sich daran gefreut, stolz. »Vielleicht wärst du es auch«, flüsterte sie ihrer Mutter zu.

Mit dem ersten Wort in diesem verdammten Buch … Sie wollte wissen, was Rita passiert war. Rita hatte sie nicht allein gelassen und sie doch alleingelassen. Tina hatte bei den Großeltern gelebt. Gut aufgehoben.

Aber ohne Mutter.

Mit Mutter war es schwierig gewesen. Die Depressionen, die Trauer, die sie nicht verstand. Den anderen Nachnamen, den sie nicht verstand. Nicht Tina Donner. Tina Jensen. Und

jetzt wollten ihre Großeltern, dass sie ihre Mutter kennen-
lernte. Sie hatte sich gewehrt, Oma und Opa hatten etwas von
ihrem Erbe gesagt. Dieses Erbe war aber keines, bei dem einem
der Notar etwas von einer monetären Zuwendung erzählte.

Wo kam das Kennenlernen erst am Ende? In so mancher
Geschichte. Aber diese hier war Tinas.

Du liest ihre Notizen trotzdem.

Ich versuche, sie kennenzulernen, rechtfertigte sich Tina.
Vor wem? So ein Unsinn.

Du bist gerade einmal bei der Hälfte der Notizen angekommen, du hast gelesen, was sich die beiden Künstlerinnen auf
der Insel geleistet haben, weißt von den »Mitternachtsspitzen«,
obwohl Rita das erst einmal erwähnt hat. Aber du kannst dir
die Leiche noch nicht denken.

Kälte war ihr in die Glieder gekrochen. Sie fürchtete sich
vor den Worten. Weil es dunkel wurde vor den Fenstern.

*Manchmal hat die Frau den Teufel im Leib. Aber sie hat das
gewisse Etwas.*

*Die Armen – sie würden ihr Leben für Franka aufgeben.
Bis er oder sie endlich bemerkte, dass Franka sie aussaugt.*

Der Klosterwirt, der bemerkt es nicht. Noch nicht.

*Der Kommissar, der ist ihr mit Haut und Haaren verfal-
len. Wollte er nicht etwas herausfinden, hat er überhaupt Zeit
dafür?*

*Der kleine Bernhard Hauser, der ist durchtrieben. Gefähr-
lich ist vielleicht seine Gier. Ich habe ihn noch nicht durchschaut. Er hat sich mit Franka unterhalten, und das hätte ich
nicht hören sollen. Er wittert ein Geschäft – den Deal. Und
ich sollte über den so furchtbar passenden Vergleich nicht
lachen.*

*Der Bürgermeister von Frauenchiemsee, so hat er sich vor-
gestellt. Er sei bodenständig, nicht groß in der Welt herumge-
kommen, sagte Patrick Gräfe. Und ich erwiderte nicht, dass
man das wirklich bemerkt.*

Ein Gedichte- und Geschichtenschreiber hat sich uns angeschlossen. Philip Kunz kennt schöne Worte. Viele davon.

Und Teddy Pischetsrieder zupft die Saiten seiner Gitarre in einer Geschwindigkeit, die staunen lässt.

Die Nonne, die wird spinnengleich als Beute eingesponnen. Vielleicht muss jemand kommen und Birgit Anselm retten. Und manches Mal ist die Vermieterin des Ateliers zugegen. Sie singt ein wenig, sie wollte Schauspielerin werden, es hat nicht ganz geklappt. Sie heiratete, darum der schöne Besitz auf Frauenchiemsee, darum die Stadtvilla in München. All das, aber ein Mann, der selten zu Hause ist.

Wir scheinen einander gefunden zu haben. Wir sind Suchende. Wir haben alle eine Gabe. Und die wird nicht bemerkt?

Franka hat mir vorgeschlagen, dass sie mit meinem tollen Bild losziehen wird. Einen Galeristen anspricht. Das muss gezeigt werden. Wir werden etwas Großes draus machen.

Ihr Lächeln war ein wenig eigenartig. Sie hat vielleicht gar nicht mich gemeint.

Erst einmal kommt sie mit einer Absage zurück. Viel zu eigenwillig, die Idee.

Wirklich? Wenn ich mich so sehe – meine Idee ist nicht eigenwillig, eigenwillig bin ich als Person.

Meine Eltern kümmern sich um mein Allerliebstes. Und du wirst einst denken: Warum, Mama? Warum warst du nicht da?

Weil ich dich liebe.

Sollte ich die Antwort schwach finden? Sie ist verdammt schwach. Ich habe nämlich keine richtige Antwort. Ich will reich und berühmt werden. Und das ist vielleicht schon der falsche Ansatz.

Meine Freundin vorzuschicken ist jedenfalls nicht mutig.

2

Ich denke sowieso nur mit dem Knie.

Joseph Beuys

Es war noch ziemlich früh, aber Schwester Althea wünschte sich sehnlich, sie könnte jetzt ganz allein und für sich einen Kaffee am See genießen und dabei ihr Ordensgewand über die Knie hinaufschieben.

Irgendjemand hatte einmal gesagt, die Knie verrieten das Alter eines Menschen. Althea begutachtete die ihren. Sie sahen gut aus, sogar annähernd hübsch, sie hatte keine rätselhaften Knöchelchen im Knie. Althea hoffte, sie bekäme es nie mit einem solch gemeinen Rätsel zu tun.

»Hm«, machte sie, und das betraf den Kaffee am See, denn dafür musste sie früher aufstehen. Und es war schon so früh genug, fand sie.

Jemand wirbelte gerade kleine Rätsel herum, wie bei der rhythmischen Sportgymnastik, nur ohne das Band. Althea hörte gern den Heimatsender, wenn dafür noch Zeit war.

Sie war heute zeitig aufgewacht, hatte sich frisch gemacht, war dabei, sich anzuziehen, und staunte mit offenen Ohren. Wie ein Platzregen, der stark genug war, Löcher in die Blätter der Bäume zu reißen, brachen Neuigkeiten über die Insel herein. Der Moderator behauptete, die Bergung des abgestürzten Flugzeugs in den düsteren Tiefen des Chiemsees stehe kurz bevor.

Wie? Kurz? Jetzt? Althea schaute die kleine Herrgottsfigur am Kreuz ein wenig ratlos an. »Es hieß doch, der See sei unberechenbar in diesen Tiefen und schon mal wild im April und im Mai.« Eine Bergung sei zu gefährlich. Zumindest hatte das eine andere Firma als Grund angegeben, weshalb die Piper Cherokee erst einmal dort unten bleiben musste.

Düster sei dort unten am Seegrund gewissermaßen ein Dauerzustand, hieß es nun. Althea zupfte etwas ratlos an ihrer Haube. Aber dieses Düster meinte er nicht. Althea hatte im Gespür, gleich würde der Herr etwas aus dem Ärmel schütteln.

»Das hat was Makabres«, wurde angefügt. »Und ich habe natürlich auch etwas aktuell Makabres.«

Der. Am liebsten würde er sich alles aus der Nase ziehen lassen. Wie gern möchte Althea … Sie machte eine Handbewegung.

»Natürlich hab ich noch mehr zu berichten über die Toten vom Chiemsee. Ja, ich mache euch gscheit neugierig. Aber ich brauche noch ein Detail. Also erst ein paar Songs – schaltet nicht aus. Das düstere, schon in die Jahre gekommene Geheimnis solltet ihr euch nicht entgehen lassen.«

Der Moderator warf wie ein Fischer seine Angel aus, köderte die Hörer, streifte Themen, bohrte herum. Er wollte den Finger auf eine alte Wunde legen.

Althea ahnte, was gleich folgen würde, denn so viel Makabres hatte ihre Insel nicht zu bieten. Sie setzte sich auf ihr Bett.

»Frauenchiemsee hatte eine Künstlerkolonie, das liegt in etwa hundert Jahre zurück. In einigen Häusern hängen noch Gemälde und Zeichnungen aus jener Zeit.« So harmlos begann er. »Die Gemeinde Frauenchiemsee hat nach einer halben Ewigkeit das Kunststipendium wieder ausgeschrieben. Hurra. Und die Gewinnerin ist auf unserer schönen Insel im Chiemsee eingetroffen.«

Allerdings. Und Althea hatte Schwester Dalmetia zum Fähranleger begleitet. Eine fürchterliche Fotografin vor dem Herrn, aber die Schwester wollte unbedingt sehen, wer da ankam, und den Moment festhalten. Eine Hörerin der Morgensendung war Dalmetia wohl nicht. Die unsterbliche Kunst, so hatte die Schwester es genannt, und Althea hätte sich gern den Mund zugeknöpft, um nicht zu lachen.

An jenem Vormittag wurde geredet, nicht bloß getuschelt, die Leute drängten sich regelrecht am Anleger, um einen Blick auf die junge Frau zu werfen.

Von den Sätzen, die Althea dort gehört hatte, waren ihr nur wenige im Gedächtnis geblieben. Weil es das übliche Hin und Her war. Empfindlichkeiten, Eifersüchteleien, Spott, Aufschneiderei, Haarspaltereien und nicht zuletzt sorgenvolle Bedenken und eine Vorhersage.

»Das hätte die Gemeinde Chiemsee nicht machen dürfen – uns so vorzuführen.« Die entrüstet verschränkten Arme stellte sich Althea bloß vor.

»Hübsch ist sie.« Ein Lächeln in den Worten.

»Darum hast du auch einen Kurs gebucht, oder?« Argwöhnisch.

»Muss der Künstlerin komisch vorkommen. In einem Leichenhaus zu arbeiten«, sagte jemand.

»Ach was – das kommt nur uns komisch vor«, antwortete jemand anders.

»Mir gehört so eine Zeichnung – ob die was wert ist, nachdem die Malerin gemeuchelt wurde?«

»Des könnt echt sei – machst an Mordspreis.« Gelächter.

»Damit ist sofort Schluss, ich will nichts mehr hören, wir hören uns ja an wie die letzten Deppen. Die Sonne scheint wieder im Atelier Inselsonne. Wir sind stolz.« Der ehrenamtliche Erste Bürgermeister kämpfte um Gehör und die richtigen Vokabeln. Umsonst.

Beim Blick in Tina Jensens Gesicht glaubte Althea zu erkennen, dass die junge Frau wusste, welches Erbe sie antrat. Dalmetia hatte wissen wollen, was nun so ein Stipendium beinhaltete, und Althea hatte wiederholt, was der Moderator der Morgensendung schon verkündet hatte. »Es besteht Residenzpflicht, Zeichenunterricht für interessierte Bürger und ›Künstlergespräche‹ stehen auf dem Plan. Ein gemütliches Zimmer im Gästehaus des Klosters wird zur Verfügung gestellt, Frühstück und Abendessen gibt es beim Klosterwirt.«

Und beim Empfang der Stipendiatin behielt Valentin Zeiser, der Klosterwirt, auch das letzte Wort. Damit keiner vergaß, dass *er* die Warnung ausgesprochen hatte. »Mit der Kunst haben wir uns etwas angetan. Vor achtzehn Jahren schon und jetzt wieder. Denn der Mörder von damals, der kommt vielleicht zurück. Oder er war nie weg.«

Althea musste an die alte Kath denken – Katharina Venzl, die das Zweite Gesicht hatte. Was würde sie zu diesem »Inselfluch« sagen?

Was sagst du selbst, Althea?

Die besten Fragen waren die, die man sich selbst stellte – und für die man die Antwort schuldig blieb.

»Und von mir werdet ihr alles erfahren«, reichte der gute Moderator der Morgensendung gleich darauf nach. »Kunst ist, was nicht begreift. Ein Sprichwort. Was mir auch oftmals so erscheint.« Althea wartete an so manchem Tag, wie auch an diesem, bis er zum Punkt kam. »So, und jetzt erfahrt ihr von dem Detail; ich musste mich erst vergewissern. Das Archiv kennt die Fakten. Es geschah einmal ein Mord. Im Künstleratelier auf Frauenchiemsee wurde vor achtzehn Jahren die Malerin Franka Mellis grausam ermordet. Täter konnte keiner ermittelt werden.«

Althea war nicht sicher, wie viel er über das grausige »Detail« wusste. Sie war nur sicher, dass *sie* nicht genug darüber wusste. Sie mochte diese Position nicht.

Althea hatte den ungesühnten Mord nicht vergessen, aber sie hatte lange nicht mehr daran gedacht. Was gar nicht ihre Art war, schon wegen ihrer investigativen Neugier.

Damals hatte sie Verstecken gespielt. Sie wollte sich heraushalten, sie *musste* sich heraushalten – Althea hatte selbst einen Mord im Gepäck. Sie war im Gefängnis gewesen, hatte dafür bezahlt.

Zu jener Zeit hatte die Äbtissin sie im Auge behalten und Althea dennoch ihr Vertrauen ausgesprochen. Sie hatte sie herausgefordert und ihr eine einmalige Möglichkeit, zu lernen, gegeben. Diejenige, die zu der Zeit längst noch nicht das Vertrauen der Mitschwestern hatte, durfte für viele Wochen nach Italien reisen. Denn die Äbtissin vertraute. Im Monastero di San Daniele, einem hübschen italienischen Kloster, ein wenig abgelegen auf einem Hügel, wurde Althea in Kräuter- und Heilkunde ausgebildet; für sie gewiss nicht schwer, wo sie doch fließend Italienisch sprach und weltgewandt war. Schwester Althea würde zurückkehren, Pflanzen- und Heilwissen mitbringen und dieses zu medizinischen Zwecken nutzbar machen. Dazu käme Rüstzeug und anderes Wissenswertes, um im Klosterladen einige sensationelle Angebote machen zu können. Sie müsste sich natürlich damit vertraut machen, wie Liköre und Weine angesetzt wurden …

Als die wissende Althea zurückkehrte, waren auf der Insel seltsame Dinge passiert. Doch sie war bei ihrer Rückkehr nicht in ein Durcheinander geplatzt, das folgte erst nach dem Mord. Und so gab es für sie kein Vorher / Nachher. In den Monaten der Lehre in Italien hatte Althea wieder mehr Zutrauen zu sich selbst gefasst, und sie hatte eine Aufgabe. Sie konzentrierte sich auf ihre Pflichten.

Den Frauen, Franka und Rita, war sie begegnet. Ganz sicher. Nur hatte sie sich anders, als sie es heute tun würde, von ihnen ferngehalten. Sich nicht dafür interessiert, was gesprochen wurde, was sich zutrug. Musste sie jetzt wirklich durch den Wirbel der Zeit schauen, zurückgehen in diese Vergangenheit, die sie doch nur am Rande mitbekommen hatte?

Wenn du etwas sehen willst, wirst du hinschauen müssen. Ja.

Und als hätte der Moderator sie gehört, sagte er jetzt: »Ich vertraue darauf, dass schlafende Hunde geweckt werden. Schwester Althea – die Klosterermittlerin – ist dafür bekannt, dass sie sich interessiert. Und falls es nicht allgemein bekannt ist, eine Richterin außer Dienst hat ihren Lebensmittelpunkt ebenfalls auf Frauenchiemsee gefunden. Auf jeden Fall …

so viel dazu von mir. Ich schätze, auf die Schwester und auf Friederike Villbrock ist Verlass. Den Rest und ein Ende samt Auflösung können wir abwarten. Bleibt dran.«

Oh weh, dachte sich Schwester Althea. In einem Atemzug mit der Richterin a. D. genannt zu werden, das war ihr doch ein bisschen zu viel. Sie hätte Friederike gern in einer kälteren Umgebung gesehen, sie in die Arktis gewünscht, um genau zu sein. Friederike war noch immer hier. Nun, wäre sie nicht hier gewesen, dann hätte sie dich nicht gesehen, und du hättest das Zeitliche gesegnet, oben am Berg.

Na ja, ich hätte es wohl auch allein schaffen können. Wem widersprach sie da gerade? Althea wollte Friederike einfach nichts schuldig sein. Lebensretterinnen. Ausgerechnet Althea und sie – und sie und Althea.

Althea hob die Hände, zog ein Gesicht. »Und solche Nachrichten schon am frühen Morgen.«

Ein Leben für das andere, sie waren eigentlich quitt.

Wenn du meinst, sagte das leise Stimmchen.

Es ging munter weiter. Der ungekünstelte Mord war abgehakt, die Stimme erklärte, es müsse noch etwas gesagt werden …

Wo Althea doch gar keine Zeit mehr hatte.

Sie blieb am folgenden Kommentar hängen. »Wegen später … der Nacht zum 1. Mai. Leute, seid anständig und macht nur Unfug, der niemanden verstört und keinen den Kopf kostet. Wie ihr wisst, folgt auf eine kleine Verfehlung auf der Stelle ein größeres Missgeschick. Wenn mir jetzt jemand sagt, was die Schwestern unserer schönen Abtei Frauenchiemsee sagen, anstelle dessen, was die Bibel darüber weiß, dann hat der- oder diejenige eine Flasche vom berühmten Klosterlikör gewonnen.«

Althea hatte zu ihrem Mitbewohner geschaut, bei sich geflüstert: »Ich weiß ja, was er meint, aber …« Sie erkundigte sich. »Kleine Sünden straft der liebe Gott sofort. *Das* steht in der Bibel?«

Hatte sie ihn mit der Schulter zucken sehen? Von den Schwestern wüsste es sicher mehr als eine. Alle? Bis auf Althea, die ihre liebe Mühe mit der Bibel hatte und zwar die Antwort kannte, aber keinen Schimmer hatte, dass diese im Buch der Bücher zu finden war. Die Bibel war unterhaltsam, an manchen Stellen einschüchternd, an anderen unbegreiflich. Was niemand aussprechen würde, eine Nonne schon gar nicht.

Althea könnte jetzt telefonieren, dem Moderator die Lösung anbieten, eine Flasche Klosterlikör gewinnen. Wie lange hatte sie keinen Klosterlikör mehr getrunken?

»Ich, einfach unverbesserlich.« Althea, du vergleichst dich mit einem ordinären Dieb und Betrüger aus einem Film. Selbstgespräche hatten zwar immer ein Fundament, doch Althea verzichtete gerade darauf, sich die Meinung zu sagen.

Althea bat Jadwiga kurz vor der Morgenmesse flüsternd um ein paar Minuten ihrer Zeit – vielleicht nach dem Frühstück?

Aber Jadwiga sagte: »Schneide das Thema kurz an.«

Damit man es schnell aus dem Weg bekam?

»Es geht um die heutige Nacht und um die Streiche«, begann Althea. Anschneiden, das war etwas, worauf sie sich nicht so gut verstand. Es hörte sich nach Geheimniskrämerei an.

Um die Walpurgisnacht rankten sich schlimm-schöne Geschichten. Und eine davon, dass sich der Name »Walpurgis« von der heiligen Walburga ableitete, die gefiel ihr. Eine gelehrte Äbtissin, wohltätig und bekannt als Beschützerin der Zauberkünste. Mit einer Heiligen im Rücken … was sollte da passieren?

Althea wollte vorschlagen, diesmal den Spieß umzudrehen. Zuerst musste sie natürlich Jadwiga überzeugen. Dann passierte etwas Sonderbares.

»Das wird ein Frühstücksgespräch«, sagte die Priorin. Hatte Althea das wirklich gehört?

Es war kein Thema fürs Frühstück. Die Schwestern würden sie zerstampfen wie Kartoffelbrei. Eine Beilage zum Mittagessen.

Und Althea wollte während der Morgenmesse an etwas anderes denken. Nicht an die gelbe Masse im Topf.

Im letzten Jahr hing nach der Freinacht das Schild am Nordsteg der Fraueninsel ein wenig schief, und jemand hatte eine Ordensschwester gezeichnet – mit schwarzer Haube – und, damit auch kein Missverständnis aufkam, einen Slip mit roter Spitze befestigt. Einigen war der Artikel in einer der heimischen Zeitungen offenbar in Erinnerung geblieben: Schwester Althea – eine Schwester, die Spitzenunterwäsche trug. Als wäre das sündhaft.

Priorin Jadwiga nannte es ein »Höschen«, als hätte sich die Unterwäsche geradewegs zu einem biederen Kleidungsstück gewandelt. Jadwiga war anders gestrickt, hätte Althea dazu gesagt.

»Ich bitte dich nur darum, dir anzuhören, woran ich denke, und dann am Tisch gleich die Einleitung zu übernehmen.« Althea erklärte, was sie dachte, dass sie tun könnten. Den Jugendlichen zuvorkommen.

Jadwiga nickte. Genickt hatte sie schon öfter, aber dieses Mal reckte sie nicht das Kinn, fuhr sich nicht über ihre lange Nase. Sie *nickte* bloß. »Schwester Althea, wie gelingen dir nur diese Gedanken?«

War das eine ernst gemeinte Frage? Althea sprach es leise nach: »… gelingen«, und wagte ein Lächeln. Jetzt hatte sie es so nett einstudiert, und der kleine Herrgott am Kreuz ihrer Zelle, der war, wie es aussah, einmal nicht ganz dagegen.

»Erinnerst du dich an das Öl, das gegen allerlei Beschwerden eingesetzt wird? Das Rezept stammt von …« Sie kam nicht dazu, es zu sagen, es war die Rezeptur einer Heiligen. Jadwiga schüttelte den Kopf. Warum?

»Das Öl machte die Schwester übermütig. Schwester Althea, mit dem Öl wird gerade heute nichts angestellt.« Jetzt reckte Jadwiga das Kinn.

Althea hatte es gehört, fühlte sich, als wäre sie zwanzig und hätte etwas zusammengemixt, um mit Freundinnen ein wenig Spaß zu haben. Halleluja! Sie war die Kräuterexpertin in der Abtei, stellte Heilsalben her. Diese Rezeptur war nicht so leicht zu bekommen gewesen. Über vier Ecken und von jemandem, der von sich behauptete, er schulde ihr etwas.

»Gegen die Schwermut ist es wirklich nicht gedacht. Es wird nicht getrunken«, stellte Althea richtig.

»Offenbar wurde es getrunken«, hielt Jadwiga dagegen.

Egal, darum ging es nicht, der Hinweis war als Überleitung gedacht, die heilige Walburga hatte das Rezept gehütet.

Und so saß Althea mit all ihren eigenwilligen Gedanken in der Morgenmesse.

Frühstücksgespräch. Eine Stunde später war es dann so weit. Ein Rezept, wenn auch ein anderes, brauchten sie jetzt auch.

Die fragenden Gesichter hatte sich Althea ansehen müssen, als die Priorin um Aufmerksamkeit bat. Beim gemeinsamen Frühstück. Jadwiga verkaufte Schwester Altheas Idee, aber nicht als solche. Sie würden heute Nacht tun, was Klosterschwestern eben taten. So lautete Jadwigas Vorbemerkung.

»Die Gedanken sind der Anfang der Tat. Schwester Althea – was genau schwebt dir heute Nacht vor, wofür der Herrgott nicht missgelaunt unsere Ringe einfordert?«

Priorin Jadwiga hatte Witz. Auch wenn sie es wohl nicht so sehen würde.

»Wir drehen den Spieß um. Am heutigen Abend werden wir losziehen.«

»Ach, Althea – manches Mal wünsche ich mir auch ein wenig mehr von diesem Übermut. Aber nennen wir es nicht ›den Spieß umdrehen‹, Spieß klingt, als würde daran etwas gebraten. Geröstet. Es hört sich nach Rache an.«

Woher nimmst du das?, hätte Althea Jadwiga gern gefragt, aber dafür reichte die Zeit nicht. Die Schwestern mussten, welche Idee auch immer, dafür begeistert werden.

Erst einmal stieß die Priorin auf Widerstand. Bevor Althea gerügt wurde.

Schwester Anna kniff die Augen zusammen. »Du brockst uns nicht wieder so etwas ein wie bei diesem Interview für den kirchlichen Radiosender? Junge Frauen, die Novizin werden wollen, um Kriminalfälle aufzuklären.«

Ja, da hatte sich etwas entwickelt, was anders gedacht gewesen war.

Das begann gerade nicht gut mit dem Frühstücksgespräch.

»Es ist die Nacht, in der die Übergänge von dieser zur Anderswelt besonders durchlässig sein sollen«, kam es von Schwester Ignatia.

»Kein Hexenimbiss«, sagte Schwester Anna.

Also wirklich, einen Hexenimbiss im Kloster, das würden sie nicht durchkriegen. Althea musste auch lachen. Daran hatte sie nicht gedacht.

Althea machte den Vorschlag, die Schwestern sollten nichts Komisches anstellen. Etwas hinterlassen, nichts fortnehmen. Den Leuten eine Freude machen und vielleicht ... Friederike Villbrock liebenswürdigerweise einen Reisigbesen an die Tür lehnen.

»Eine Unternehmung an einem solchen Tag verlangt, dass wir alle in Zivil sind. Keine der Schwestern wird Ordenskleidung tragen.« Die Priorin hatte es heute mit dem Nicken. Zivil. Wie sich das anhörte. Zivil. Selbst Jadwiga wollte mitgehen.

Althea schluckte überrascht und setzte nach: »Wir helfen, geben Ratschläge, es ist kein Schabernack. Eine jede bekommt zwei Anschriften von Inselbewohnern und überlegt sich etwas Hilfreiches. Ein Zettel, geschrieben, laminiert, an die Tür gelegt. Natürlich mit unserer Anschrift. Ob vielleicht die Läuse auf den Rosen zu bekämpfen sind, wie jemand sich das Rauchen abgewöhnen kann, eine Flasche Klosterlikör vor die Tür stellen mit einem Gruß. So was brauchen wir. Eine Anstrengung. Es kann etwas Lustiges sein. Aber wirklich lustig und keine Peinlichkeit.«

»Ja, doch. Das kann man sich vorstellen. Es ist ja bloß für

eine Nacht.« Unterstützung von Schwester Fidelis. Ganz ungewohnt, fand Althea.

Das Frühstück hatte sie überstanden. Und ihre Idee auch.

Im Besprechungsraum wurde anschließend beratschlagt.

Diese Nacht sollte keine sein, um schon beim Frühstück Befürchtungen zur Sprache zu bringen. Die würden vielleicht gleich folgen. Ein anderer Tisch, einige Zettel, in der Mitte ein Krug mit selbst gemachter Limonade und an jedem Platz ein Glas.

Althea dachte wehmütig an den angedachten Kaffee am See. Den könnte sie auf den Abend verschieben, wenn alles getan war. Wenn die Schwestern in ihren Betten lagen. Sie trank einen Schluck Limonade.

Es waren noch haufenweise Dinge zu erledigen. Althea würde die ehemalige Richterin und Valentin, den Klosterwirt, überraschen.

Martha, eine der älteren Schwestern, gluckste gerade, trommelte mit den Fingerspitzen auf den Tisch und warf Althea ein Zwinkern über die Tafelrunde hinweg zu. Walpurgisnacht. Schwester Martha und Althea teilten eine Erinnerung. Wie sie gemeinsam kleine Reisigbesen für ihren Scherz angefertigt hatten.

Martha konnte Vogelstimmen imitieren, ein Waldkauz war gefragt. Sie hatten vereinbart, Martha sollte die Jugendlichen ankündigen, mit denen zu rechnen war. Wenn der lang gezogene Balzruf des Kauzes erklang, war es an Althea.

Und so geschah es. Sie hatte sich auf die Klostermauer gestellt, den Besen zwischen den Beinen, ohne Haube, ein lautstarkes »Wuuuiii« auf den Lippen, und war verschwunden.

Althea war von der Mauer gesprungen und hatte den Besen anschließend in einen Baum geworfen, wo ihre dunkle Jacke hing. Ein bemerkenswertes Arrangement.

Die Jugendlichen hatten ihnen das Schauspiel abgenommen, es Freunden, vielleicht auch den Eltern erzählt. Und ein Journalist hatte daraus »Hexensichtung im Kloster« gemacht.

Martha und sie hatten sich gebogen vor Lachen. Die Äbtissin nicht unbedingt, aber sie hatte den Reporter eingeladen – »Kommen Sie näher« – mit einem lockenden Finger, einer schmeichelnden Stimme und einem anzüglichen Grinsen. Brillant, ihre Mimik.

Das Lächeln des Armen, der um den Termin gebeten hatte, verunglückte, er schüttelte den Kopf, entschuldigte sich, wandte sich um und beeilte sich, aus dem Schatten der Abtei zu gelangen.

»Das wäre aus der Welt«, hatte die Äbtissin anschließend gesagt. »Wer Sorge hat, ihm könnte gerade eine unfassliche Wahrheit begegnet sein, wird den Mund halten, um nicht als Dummkopf dazustehen.« Sie klatschte in die Hände.

Althea musste zustimmen, der arme Kerl würde nichts mehr sagen, aber Alpträume haben. Der Besucher hatte jedenfalls kein Wort geschrieben.

Es war ein toller Spaß gewesen. Heute Nacht würde es ein wenig anders sein. Sie wurden auch nicht jünger. Wie lebensklug.

Wenn jemand heute Nacht ausflog, dann Friederike Villbrock.

Althea, du bist schuftig.

Sie dachte an die ehemalige Richterin, und gleichzeitig kam ihr Maximilian in den Sinn. Friederikes Enkel. Den sie oft vermisste.

Althea sah ihn vor sich, wie er Steinchen geworfen hatte und sie auf der Leiter zu ihm hinuntergeklettert war. Es war um etwas Ernstes gegangen. Maximilian war schlau, und mit seiner Hilfe hatten sie eine Erpressung aufgeklärt.

Althea atmete geräuschvoll aus. Sie musste sich wieder auf hier und jetzt konzentrieren. Schwester Anna warf gerade ein: »Kein Ordensgewand. Da erkennt uns niemand. Ich habe eine ganz doll alte Jogginghose. Adidas.«

»Trägt man wieder«, versicherte ihr Althea.

»Wir sind unsichtbar. Ich fühle mich nicht so gut, wenn man mich nicht sieht.« Schwester Ignatia zog einen Schmollmund.

Himmel, hilf!, dachte Althea und verdrehte die Augen.

Es war alles vorbereitet. Sie erzählten sich beim Abendessen, was sie anziehen würden, als wäre es eine Großveranstaltung.

Das war es nicht, aber jede freute sich, Gutes zu tun, und so war es *großartig*.

Eine Schwester hatte ein Ghostbusters-T-Shirt.

»Das ist perfekt«, verkündete Althea. Sie löffelte die Kartoffelsuppe und würzte ein wenig mit Salz nach. Vielleicht die Hälfte eines klein geschnittenen Wiener Würstchens hatte sich in ihren Suppenteller verirrt. Althea stand auf, um einen Blick in die Runde zu werfen und in die Teller der übrigen Schwestern. Hm, da sah es auch nicht viel besser aus. Sie angelte nach einem Stück Weißbrot. Besser noch eines. Es wurde womöglich eine lange Nacht.

Auf jeden Fall eine aufregende. Althea hatte selten so viele vergnügte Mitschwestern gesehen.

Das Öl, das die Schwestern übermütig machte, war nicht zum Einsatz gekommen. Man tat Gutes. Das genügte.

Mitternacht war nicht mehr fern. Jede hatte eine Tasche, einen Korb oder Ähnliches dabei. Und Althea einen Reisigbesen, der ihr ausnehmend gut gelungen war, wie sie feststellte. Sie hatte am Stiel eine Schleife befestigt. *Mit herzlichen Grüßen, eine Schwester.*

Für Valentin hatte sich diese eine Schwester eine Flasche vom feinsten Likör aus dem Klosterladen geholt, sie umgefüllt, ausgespült und für den Klosterwirt selbst gemachten Baldriantee in die Likörflasche gefüllt. *Mit besorgten Grüßen, eine Schwester.*

Einige Jugendliche waren ausgerückt, um ein paar Gartenmöbel aus diversen Vorgärten zu verziehen und sie anderswo zu arrangieren. Und denen kamen jetzt die Schwestern in Zivil in die Quere.

»Nee jetzt!«, hörte Althea jemanden verwundert sagen, und einige mussten lachen.

»Die sind bewaffnet, die Kreuzträgerinnen, wir verziehen uns woandershin«, lautete eine helle Empfehlung.

Und eine der Schwestern, es klang nach Martha, sagte mit Grabesstimme: »Hinfort mit euch.«

»Ja, besser schon – die Schwestern machen mobil«, verkündete einer.

Jetzt wurde erst richtig losgelacht.

Althea hatte die Flasche mit ihrer Mixtur bei Valentin Zeiser an die Seitentür gestellt. Er würde wissen, wer an ihn gedacht hatte in dieser Nacht.

Für einen Augenblick meinte Althea, in den Augenwinkeln etwas Dunkles, Huschendes wahrzunehmen. Eine große Gestalt. Natürlich, sie schlichen nicht allein umher.

Althea öffnete Friederikes Gartentor einige Häuser weiter, versuchte, leise zu sein, und schlich auf das Grundstück der ehemaligen Richterin. Sie trug Schwarz, sie war wirklich unsichtbar – dachte sie. Schnell den Besen abstellen, wieder verschwinden. Es brannte Licht. Friederike war zu Hause.

»Buh«, machte jemand.

Althea nahm den Besen und sprang auf die Gestalt zu.

Ihr fiel ein, *sie* war die ungebetene Besucherin.

»Der steht Ihnen nicht so gut, Schwester Althea. Alter, dachte ich, da will einer bei der ehemaligen Richterin etwas anstellen. Und die, die was anstellt, ist eine Nonne. Freue mich aber echt, Sie zu sehen.«

»Maximilian, ha, hu – ich freue mich auch, habe ich doch vorhin noch an dich gedacht.« Althea flüsterte, denn Friederike musste sie nicht unbedingt hier auflesen. »Wenn deine Oma den kleinen Scherz missversteht« – tat sie aller Wahrscheinlichkeit nach – »und mich erwischt …« Althea brachte den Satz nicht zu Ende und stellte den Besen wieder auf.

»Also, die Tarnung ist nicht gut überlegt, Schwester Althea.« Maximilian deutete auf den Zettel an der Schleife.

»Morgen darf Friederike den Hexenbesen finden. Das ist der Plan«, weihte Althea ihn ein. »Die Heimlichkeit ist nicht wirklich eine, sie kennt die Absenderin.«

»Okay …« Eine lang gezogene Zustimmung.

»Was bringt dich auf die Insel?«, wollte Althea wissen.

»Zeichnen für Anfänger. Meine Oma hat mich angemeldet. Ich bin im Landschulheim in Marquartstein und kann nach den Hausaufgaben übersetzen und mal über Nacht bleiben – na ja, meine Oma ist eine ehemalige Richterin.«

Hatte er gerade gezwinkert?

»Dich hat's aber schlimm erwischt!« Althea nickte. Landschulheim. Internat. Jetzt hatte sie mit der Nickerei die Priorin nachgemacht. Zeichnen für Anfänger. »Maximilian, deine Reihenfolge passt aber nicht. Die nächtliche Teufelsmalerei, wäre die nicht heute angeraten?« Jetzt lachte sie.

»Ach, Schwester Althea. Ich wollte grade einen Besuch machen, aber Sie sind ja schwer beschäftigt. Ich hab Steinchen an Ihr Fenster geworfen. Ich male echt nicht teuflisch.«

»Weil diese Nacht eine besondere ist. Hör zu, ich mache uns Kakao, und wir treffen uns am Hintereingang vom Kloster.«

»Den gibt's doch gar nicht. Oder haben Sie dafür gesorgt?«

»Zur Küche hinaus und durch den Garten bis zum Zaun. Dort ist ein kleines Tor.«

»Gut. Zehn Minuten. Ich bringe Verpflegung mit. Bleiben Sie so, oder müssen Sie in die Tracht schlüpfen, weil wir sonst auffallen? Wir spielen ja keine Streiche, gell?«

Maximilian und Althea tauschten die Positionen. Er steckte den Schlüssel ins Schloss der Haustür, ließ aber den Besen stehen, während Althea den Weg zurück nahm.

Zehn Minuten später saß Althea mit dem Enkel der ehemaligen Richterin auf einer Decke im Gras, trank Kakao, verspeiste eine Süßigkeit und fühlte sich glücklich im Mondenschein. Sie konnten auf das Gästehaus des Klosters sehen. Ein Fenster ging auf, und jemand rief ihnen eine »gute Nacht« zu.

»War sie das, diese Künstlerin?«, fragte Maximilian.

Althea bejahte, was Maximilian gleich darauf brachte, dass er sich nicht so freute, wenn seine Oma dachte, er habe Talent zum Zeichnen.

»Hab ich garantiert nicht. Aber wer weiß, wofür es gut ist. Ich gebe mir halt ein wenig Mühe und kann nebenbei verfolgen, wie die Piper aus dem See gehoben wird. Oder wer jetzt auftaucht, um den alten Mordfall in dem Atelier aufzuklären.«

Althea hatte gehört, was er gesagt hatte, aber wie war das gemeint? Bislang war keine Bergungsfirma angerückt. Althea hatte keine gesehen. Und den Mordfall aufklären? Für den interessierte sich auch niemand. »Das ist sehr lange her. Eiskalt, diese Spur.«

»Schwester Althea? Interessiert Sie denn gar nicht, wer gemordet hat?« Er drehte sich zu ihr um, als könnte er nicht begreifen, dass sie so uninteressiert war.

»Vor achtzehn Jahren, da habe ich eine zweite Chance bekommen«, sagte sie. »Die wollte ich nicht aufs Spiel setzen.« Althea dachte nach, Maximilian wartete.

Dann erklärte sie: »Du weißt sicher, um den Fall wieder aufzunehmen, müsste es neue Erkenntnisse ergeben. Frische Impulse, hat es einmal jemand genannt.«

»Ja«, sagte er.

Natürlich, Althea. Friederike Villbrock, die ehemalige Richterin. Die vielleicht auch die Morgensendung hörte? Selbst wenn. Sauer sein half nicht. Die Polizei deswegen zu verständigen, auch nicht. Althea, denk nach! Ein Cold Case.

Friederike wusste etwas. Und Maximilians Ohren spitzten sich, wenn er etwas von wegen »geheim« vernahm.

»Was für eine neue Spur gibt es, und wer weiß etwas darüber?« Jetzt hatte es sie erwischt.

Maximilian grinste. »Endlich. Die richtige Frage, Schwester Althea.«

3

Der Hauptfeind der Kreativität ist der gesunde Menschenverstand.

Pablo Picasso

Mit seinem Besuch hatte Althea nicht zwingend gerechnet, aber schließlich hatte sie dem Klosterwirt in der vergangenen Nacht etwas Nettes hinterlassen. Und so sagte sie belustigt: »Er ist vielleicht mit meiner freundlichen Gabe nicht einverstanden«, und machte sich auf den Weg zur Pforte, wo Valentin Zeiser wartete.

»Das ist jetzt so eine Sache, und ich habe mir das nicht ausgedacht.« Er wackelte mit einer Flasche herum. Aber es handelte sich augenscheinlich nicht um *die* Flasche. Nein, in dieser steckte etwas Gerolltes, und sie tropfte.

»Was bringst du uns da?« war im Grunde eine seltsame Frage. *Uns.* Er hatte nach ihr gefragt. Doch »uns« fühlte sich besser an. Althea konnte kaum danach fragen, warum es aussah wie eine Flaschenpost.

»Das ist eine Flaschenpost.« Valentin schüttelte weiter.

»Ah«, sagte Althea, und bevor sie weiter nichts sagte, erfuhr sie auch die Adressatin dieser Post.

»Für Priorin Jadwiga.«

»Was?« Althea verstand die Welt nicht mehr. Im Chiemsee trieb Post für die Priorin, der Klosterwirt fischte sie heraus und fragte nach Schwester Althea? Das war zu viel. Valentin musste die Nachricht gelesen haben, weil er sonst nicht gekommen wäre, um sie abzugeben.

Schlau, Althea. Einziger Fehler, sie glaubte nicht, dass die Strömung des Sees diese besondere Postsendung ausgerechnet bei Valentin abgelegt hatte.

»Valentin, es war doch nur ein Spaß, den Likör zu vertauschen.« Konnte es sein, dass er deswegen so verärgert war? Das stünde Valentin nicht gut zu Gesicht. Aber vielleicht hatte noch jemand gestern eine komische Idee gehabt, am Ende ein Gruß von Jadwiga, und Valentin war eingeschnappt.

»Schwester Althea, du brauchst nicht zu meinen, dass ich jetzt wegen deines Scherzes hier erscheine. Ich will diese schaurige Post loswerden.«

Nicht eingeschnappt.

»Was steht denn drin? Für Jadwiga?«

Wenn er es wusste, dann würden es sowieso in Kürze alle wissen. So wie man Valentin kannte, der Neuigkeiten aufsog wie ein Schwamm, um sich und sie anschließend freimütig wieder auszuwringen.

Valentin ließ sich Zeit, schüttelte die Post einmal mehr. Er veranstaltete etwas mit seinen Lippen. Das Hin- und Herschieben sah schauderhaft aus.

»Nichts Angenehmes«, sagte er jetzt auch. »›Man hat so einiges erfahren voneinander in diesen Nächten. Verschließe dein kleines Kästchen der Geheimnisse, Jadwiga. Deine Franka Mellis‹.«

Valentin rezitierte. Er hatte sich die Worte gemerkt. Gar nicht gut. Althea machte ebenfalls etwas mit ihren Lippen. Sie kniff sie zusammen.

Da drohte jemand. Jemand? Franka Mellis. Die wohl nicht. Da wusste einer etwas? So genau war das nicht zu bestimmen. Althea streckte die Hand aus. Valentin gab ihr die Flasche.

»Andeutungen über frühere Zeiten gefallen mir gar nicht. Das hat mit der Malerin zu tun, die damals abgemurkst wurde.«

Valentins Ton und die besorgte Miene konnten Althea nicht gefallen. Überdies gefiel ihr »abgemurkst« nicht, und sie konnte sicher sein, dass der Klosterwirt die Ermordete gekannt hatte, wenn er so redete. Das wäre aber schnell in Erfahrung gebracht.

»Valentin, ich muss jetzt von dir hören, was es zu hören gibt, denn ich war zu jener Zeit auf Reisen, wegen der Ausbildung zur Kräuterexpertin.«

Schön formuliert, Althea, und schon leuchteten Valentins Augen. Aber sein Mundwinkel zuckte.

»Das war ein waschechter Kriminalfall. Die Priorin war Novizin, und ich kannte Franka Mellis ein wenig. Vom Sehen«, betonte er.

Nur vom Sehen? Nein, Valentin, dachte Althea. Aber das war jetzt gleich. Sie wollte wissen, was man sich erzählt hatte. Und das erfuhr sie von keinem ausführlicher.

»Franka Mellis war heiß und ihre Gemälde sehr begehrt, aber Zündstoff. Es handelte sich um Auftragsarbeiten. Ihr Markenzeichen: Auf der einen Bildseite ein Porträt der Person und in einer Gegenüberstellung ein Tier, dessen Eigenschaften laut Franka zu ebenjenem Menschen passten. Sie nannte es ihre ›Rätselbilder‹. Mellis' Werke waren besonders. Besonders ärgerlich, fanden einige Leute.« Er wackelte mit dem Kopf.

Althea versuchte eine Rückschau. Die Bilder, ja, als sie zurückkam, sprach man darüber. Die damalige Äbtissin hatte gefunden: »So grausam ehrlich zu sein kann nicht guttun.« Das hatte sich Althea gemerkt.

»Frech war die Mellis schon. Der ehemalige Bürgermeister Patrick Gräfe, der war zusammen mit einer Stechmücke abgebildet. Aber Gräfe wollte unbedingt ein Gemälde von sich – und hat eins bekommen.« Ein kleines Auflachen von Valentin.

Frech einerseits. Das war eher harmlos. Grausam ehrlich war eine andere Liga.

Althea, frag ihn nach dem Mord, weil du es damals nicht so genau wissen wolltest … Das kleine Stimmchen trug ihr auf, zu fragen.

»Valentin, kann sich jemand genug über seine tierische Entsprechung geärgert haben, um Franka Mellis zu ermorden, was meinst du?«

»Schwester Althea, seit wann fragst du, was ich meine?

Das ist jetzt sonderbar – sonst weißt du doch immer was und vermutest Dinge.«

»Die ich da nicht vermuten kann, weil ich doch nicht auf der Insel war«, gab sie zu bedenken.

»Ich hätte aber schon gedacht, du seist auf Frauenchiemsee gewesen«, hielt Valentin dagegen. »Die Priorin hat bei Franka Mellis einen Malkurs gemacht. Damals. Vielleicht auch noch was anderes. Das musst du aber Jadwiga fragen.« Und bevor Althea noch etwas bemerken konnte, sprach Valentin weiter. »Nicht allen ist wohl dabei, dass jemand dort im Mordatelier arbeitet. Einige der Inselbewohner sehen die Vergangenheit an die Tür klopfen.«

Ein Mord, der nicht aufgeklärt wurde. Die Tatwaffe ein Spatel, wie Künstler ihn benutzen. Der Täter hatte Franka Mellis das Werkzeug in den Hals gerammt.

Der Klosterwirt konnte es nicht lassen, er musste geheimnisvoll werden. »Die Frau wurde wahrscheinlich nicht einfach nur so ermordet.«

Ja, Valentin. Das ist klar. Einfach nur so stirbt kaum jemand einen gewaltsamen Tod. Der Spatel sprach für etwas sehr Persönliches und für eine Tat im Affekt, hätte Althea vermutet. Aber das musste sie jetzt niemandem sagen.

Außerdem hielt sie Jadwigas Post in der Hand. Die Priorin bekam etwas zu lesen.

4

*Wir machen keine Fehler, es sind nur glückliche
kleine Missgeschicke.*

Bob Ross

Die Priorin reagierte einen Hauch eigenartig, nicht ängstlich,
nicht ärgerlich. Nur eigenartig. Althea stand wie angewurzelt
in Jadwigas Büro, sie würde dort ausharren, bis Jadwiga entschieden hatte, was sie unternehmen wollte.

Die Flaschenpost war kein Zettel ohne Aussage, dachte
Althea und hatte so eine Ahnung. Es machte gerade keinen
Sinn, zu theoretisieren. Jadwiga hatte in der Vergangenheit
eine Rolle innegehabt.

»Valentin erinnert sich auch noch an so manches. Was für
Nächte sind da gemeint?« Althea spielte auf den Wortlaut in
der Post an.

Jadwiga fing ihre Unterlippe ein, was immer dafür sprach,
dass jemand auf etwas nicht stolz war. Sie verhakte die Hände
ineinander. »Schwester Althea, setz dich – ich bin ja froh, dass
du diese besondere Postwurfsendung in Empfang genommen
hast«, sagte sie. »Damals …«

Althea tat wie geheißen.

»Ich ließ mich beeinflussen, ich war eine Novizin, die vom
Leben noch nicht viel mitbekommen hatte. Und ich war beeindruckt von Franka. Sie war so ganz anders, sie wagte etwas. Ihr war es nicht so wichtig, was andere von ihr dachten.
Sie war die Geheimnisvolle. Ihre Freundin, sie hieß Rita, war
zurückgezogener, nicht so offen. Aber Franka Mellis war es
zu verdanken, dass die Künstler auf Frauenchiemsee sich auf
ihre Geschichte besannen. Und sich trafen, um zu diskutieren,
zu philosophieren.« Die Novizin war neugierig und bat die
Äbtissin, einen Kurs bei Franka machen und an den Abenden

ihre Gedanken vortragen zu dürfen. Sie bekam den Kurs und durfte mitreden.

»Plötzlich gehörte ich dazu. Zum Leben, das draußen stattfand, das nichts mit dem Kloster zu tun hatte. Aber ich erinnere mich gut an deine schwere Bürde. Du warst auch eine zurückgezogene Frau. Andererseits hattest du einiges mit Franka gemein. Du hieltest den Kopf nicht gesenkt. Und das gefiel mir. Die anderen Schwestern fanden, du müssest dich kleinmachen, denn du hattest schwer gesündigt. Aber nein, Marian Reinhart hielt stand.«

Über Marian Reinhart wollte Althea gerade nichts erfahren. »Du möchtest nicht wissen, wer das geschrieben hat?«, fragte sie Jadwiga direkt.

Oder ahnte die Priorin es bereits?

Althea hatte gesehen, dass es nichts Handschriftliches war. *Deine Franka Mellis*, selbst das war die Schrift eines Schreibprogramms. Sonst hätte sich Althea von einigen Personen Schriftproben besorgen können. So war es damit nichts, sie fügte insgeheim ein »leider« hinzu.

»Heute ist der 1. Mai, da gibt es nichts zu wissen, und morgen wird Stefan Sanders eintreffen.« Das war ein Überfall von Jadwiga. »Dieser Arno Wendlsteiner, sein Chef, hat angekündigt, die Mordkommission wird den Fall Franka Mellis wieder aufnehmen. Es gab einen anonymen Anruf – jemand auf der Insel muss das gewesen sein –, und es gibt angeblich eine Spur.«

Der Enkel der ehemaligen Richterin hatte gestern so etwas erwähnt, wenn auch nicht ganz in dieser Richtung. Aber Maximilian hatte Althea angehakt. Sie konnte sich nicht mehr heraushalten.

Damals war etwas anderes. Damals war nicht heute. Eine Spur. Warum sollte es die jetzt geben?

Jadwiga sah Altheas erstaunte Miene. »Ein Kriminalkommissar hat ermittelt in einem Fall, in dem es um Drogenschmuggel ging. Er kam deshalb auch auf die Insel.« Jetzt zog Jadwiga ein Gesicht. »Er verliebte sich völlig sinnlos in

Franka … Althea, ich bin keine Äbtissin, die in die Hände klatscht und die Lösung des Problems von irgendwoher hervorzaubert.« Sie holte tief Luft. Jadwiga hatte sich auch an die Sache mit dem Reporter erinnert. »Kriminalpolizei, ausgerechnet, wo die Stipendiatin doch einen guten Eindruck mit nach Hause nehmen soll. Die Gemeinde Chiemsee wird uns teeren und federn.«

»Uns teeren und federn … Hast du angerufen?«, fragte Althea.

Ein Kopfschütteln von Jadwiga.

Sie waren nicht im Mittelalter, als eine solche Strafe gang und gäbe war. Normalerweise bei vermeintlichen Verbrechern. Aber heutzutage gab es einen Radiosender und einen unerbittlichen Moderator.

Ein Klopfen an der Tür, ein »Ja, bitte« von Jadwiga.

Althea drehte den Kopf.

Schwester Anna streckte den ihren herein. »Da ist ein Herr, der sagt, er habe sich nicht angekündigt, aber kurz entschlossen möchte er ein Zimmer, und sein Bekannter habe gesagt, es gebe ein Gästehaus im Kloster. Er redet von Zellen und lacht fürchterlich. Sonderlich angenehm ist er nicht. Und für Marian Reinhart ruft grade jemand an. – Dass die Leute sich das nicht merken können«, ergänzte Schwester Anna.

Diese Leute, der Anrufer für Schwester Althea, das war Stefan. Und kaum hatte sie den Hörer genommen, da fragte er, wie es um sie stand, und sagte, er müsse einige Tage auf der Insel verbringen, um etwas zu untersuchen.

»Stefan, was soll der Unsinn, wie es um mich steht – der Mord ist plötzlich Gesprächsthema. Und ja, ich war damals schon wieder auf Frauenchiemsee, als die Malerin ermordet wurde, aber dazu kann ich dir nichts sagen. Ich hielt mich sehr im Hintergrund, ich hatte bereits einen Mord begangen. Und was ist dieses Etwas?«, fragte Althea.

»Du bringst mich durcheinander. Du hast keinen Mord begangen. Wendlsteiner ist grantig, weil ein Kriminalkommissar vor achtzehn Jahren ermittelt hat. Es gab Tote, es ging um geschmuggelte Drogen. Eine Spur führte auf die Insel. Die Notizen des Kollegen geben nicht viel her. Ihn will man nicht mehr danach fragen. Die Kurzform: Es ist unangenehm, aber einer von uns hängt da mit drin. Und ich muss herausfinden, wodrin genau. Kein Aufsehen.«

Althea bemerkte, dass ein Teil fehlte. Sie sagte es Stefan. Der grummelte etwas.

»Tante Marian, jemand Bekanntes von der Insel hat angerufen und geglaubt, anonym zu bleiben. Aber so funktioniert es nicht, du weißt ja.«

Jemand Bekanntes von der Insel. Jadwiga konnte es nicht gewesen sein, die Post bekam sie erst heute Morgen. Aber …

»Valentin Zeiser?«, fragte Althea. Der konnte die Post schon gestern gelesen haben. Dann aber wusste der Klosterwirt etwas, was ihm Angst machte.

»Morgen reise ich an. Und möchte nicht hören, dass Schwester Althea losgezogen ist, um die Leute auszuhorchen.«

Hm. Als würde sie losziehen! »Schwester Althea hilft gern, Dinge in Erfahrung zu bringen. Aber musstest du dich unbedingt bei Friederike Villbrock anmelden?« Sicher nicht Stefan, sicher sein Vorgesetzter. Althea wollte es nur angesprochen haben.

Kein überraschter Stefan. »Die ehemalige Richterin weiß von den Ermittlungen, weil der Geschäftsverteilungsplan festgelegt hatte, dass sie den Franka-Mellis-Fall übernimmt.«

Geschäfts… was? Es gab Zeiten und Dinge, da konnte man Althea verblüffen. Das klang erschreckend weltlich. Justitia hatte verbundene Augen. Die konnte vielleicht durch das Tuch ein wenig durchspitzen.

»Bis morgen, Tante Marian – gib auf dich acht auf dieser Insel der Geheimnisse.«

5

Man muss systematisch Verwirrung stiften,
das setzt Kreativität frei.

Salvador Dalí

Sie fühlte sich seltsam. Als wäre Frankas Geist hier im Atelier Inselsonne.

Das war doch dumm. So etwas gab es nicht. Nur den Fleck, der vielleicht ein Blutfleck war, den gab es. Immer noch sichtbar.

Tina brauchte nicht vorzugeben, sie wüsste nichts von dem Mord, aber sie sollte achtgeben, *was* sie wusste.

Einige Leute hatten wirklich komisch geguckt, als der Bürgermeister sie begrüßte, sie vorstellte. Tina Jensen. Eine Hamburgerin im tiefen Süden. Bangigkeit in den Gesichtern?

Vorauseilende Sorgen wollte sie sich keine machen. Vielleicht war es ja auch diese erwartungsvolle Stimmung gewesen, und die hatte an jenem Tag gar nichts mit ihr zu tun. Die Freinacht stand bevor. Und sie hatte tatsächlich gesehen, wie die Schwestern des Klosters mit Taschen und Tüten und überhaupt nicht in ihren üblichen Gewändern hinausgingen, um … Was sie taten, wusste Tina nicht, sie vermutete, nichts, was andere verärgern konnte. Das wäre ja unchristlich. Und sie hatte eine der Schwestern mit einem Jungen auf einer Decke im Gras sitzen sehen. Dem Jungen war sie wieder begegnet. Und hatte erfahren, dass er der Enkel einer ehemaligen Richterin war. Das war mal eine Konstellation. Sie hätte interessiert, worüber die beiden gelacht hatten.

Die Nonne hatte Tina noch nicht kennengelernt, aber ihren Namen erfahren. Schwester Althea. »Eine ganz besondere Pflanze«, hatte ihr Schwester Ignatia geflüstert. Sie hätte den Tonfall ein wenig missbilligend genannt, wusste nicht, ob sie recht hatte. Unbedingt wollte sie Schwester Althea treffen.

Tina war die Besonderheit der Insel, sie kam sich ein wenig vor wie eine Spezialität. Sie hatte ihren Malkoffer dabei und hatte die Gemeinde Chiemsee gebeten, für sie eine Leinwand in einer Größe von sechzig mal neunzig auf die Staffelei zu stellen. Denn dieses Gemälde, natürlich sollte eine Chiemsee-Szene dargestellt werden, würde sie während der Zeit malen und der Insel überlassen.

Tina wünschte sich Sturm. Das wäre ein Motiv, wie es sicher wenige gemalt hatten.

Die Schwestern, in deren Gästehaus sie wohnte, waren freundlich. Auch der Klosterwirt, bei dem sie frühstückte, war gastlich und gemütlich. Und ganz fürchterlich neugierig, doch diese Wissbegier konnte sie für sich nutzen.

Sie hatten sich über Bilder und Farben unterhalten, und Tina hatte ihm gesagt, dass die Bilder, die im Gastraum hingen, schön gerahmt seien.

»Die Rahmen habe ich selbst angefertigt, ich habe vor langer Zeit eine Schreinerlehre gemacht.« Er grinste, bis sie ihn fragte, ob er Auftragsarbeiten erledige; Rahmen für Künstler zu fertigen sei sicher ein schöner Nebenverdienst.

»Nie wieder.« Mit einer Miene, die zu Stein erstarrt schien.

Danach war er nicht mehr in der Laune, Fragen zu beantworten, sonst hätte Tina gefragt, ob er auch für Franka Mellis Rahmen gearbeitet habe. Vielleicht war sie die Enttäuschung gewesen? Aber das wäre jetzt ein großer Zufall, oder nicht?

Tina hatte das Inseltagebuch mitgebracht, vielleicht das passende Umfeld, es dort zu lesen, wo es geschrieben wurde. Ihre Mutter könnte hier am Tisch gesessen haben, stellte sie sich vor. Für den einen Satz.

Über meinem Tisch ein Wopfner, an meinem Tisch ein Rüpel, den zu mögen ich mich noch entschließen könnte und der mich wissen lässt, dass nicht jeder auf der Insel uns Künstlerinnen so außergewöhnlich findet.

Tina vermutete, der Rüpel, das war Valentin Zeiser. Der Wopfner war ein gelungenes Bild, das eine Fischerfamilie am Chiemsee zeigte. Der Maler, ein Österreicher, hatte an Chiemseemotiven Gefallen gefunden und war von da an als Chiemseemaler bezeichnet worden. So hatte es Tina gelesen.

Sie hatte ein Stipendium gewonnen. Also war es klug, sich mit der Umgebung vertraut zu machen, sie konnte nicht ankommen und gar nichts wissen. Und darum würde es auch niemand seltsam finden, wenn sie sich nach der ermordeten Malerin erkundigte.

»Ich führe ein Inseltagebuch über meinen Aufenthalt«, sagte sie dann. Und weil sie es zuvor schon dem Bürgermeister gesagt hatte, dürften ihre Notizen auch keine besondere Aufmerksamkeit erregen.

Wenn sie vor dieser einen Sache Angst hatte – Ritas Tagebuch, nicht ihrem eigenen – und wenn sie sich zudem vor den Erinnerungen der Insulaner ein wenig fürchtete, so war es den Einsatz doch wert.

Was ist dein Einsatz?, musste sie sich fragen. Ihr vertrautes Hamburg zu verlassen und als Nordlicht ans bayerische Meer zu reisen? Ihre Vorstellung, wie Rita auf dieser Insel gewesen war, Ritas Stimme zu vernehmen (auch eine Phantasie) oder an jedem Morgen den Mut aufzubringen und diesen Heimatsender zu hören, um etwas zu erfahren?

Und ja, man erfuhr wirklich etwas. Durfte sie es ernst nehmen, war wohl eher die Frage. Die Toten vom Chiemsee und weitere Schreckensnachrichten. Tina blätterte eine Seite im Tagebuch um und stutzte.

Ich habe es gerade so erfunden. Mein Mädchen, das bist du im Schwung des Lebens und das Eichhörnchen die Leichtigkeit. Passt es, was meinst du?

Ich hoffe, wenn wir uns wieder in den Arm nehmen, bin ich berühmt, und du kannst ein wenig stolz auf deine Mama sein.

Rita hatte das Bild für ihr Mädchen gezeichnet, dem jetzt Tränen über die Wangen liefen. Tina wischte sich mit den Fingern die Nässe in Richtung Haaransatz.

Tina hatte nie eines dieser Gemälde von Franka Mellis gesehen, aber davon gehört. Über das Wie. Und hier stand ein Datum dabei. Franka, die nicht nur den tollen Gedanken der Freundin für sich beansprucht hatte.

»Sie hat es tatsächlich kopiert, sie hat deine Idee gestohlen. Wie konnte sie das tun?« Das musste sie nicht fragen. Denn Tina hatte gelesen, wie sie es gekonnt hatte. Indem sie ihrer Freundin versprach: »Wir werden etwas Großes draus machen.«

Tina hatte gehört, wie Rita die Anklage regelrecht ausspuckte. Die goldene Nase, die sich Franka mit den Aufträgen verdient hatte. Sogar von einer Ausstellung in einer Galerie hatte ihre Mutter erzählt. Zuletzt, als Tina sie schon nicht mehr zu erreichen glaubte. Als Rita sich wiederholte, als ihre Mutter den Faden zu verlieren schien und einfach ein anderes Thema aufgriff. Es wurde Zeit für eine Entschuldigung, auch wenn sie zu einer Toten sprach.

»Mama, es war zuletzt schwierig, dir zu glauben. Aber ich versuche herauszufinden, was passiert ist.« *Ich verspreche es.*

Was sie eigentlich fragen wollte, war: Hast du darum zugestochen? Ist es Frankas Blut im Atelier Inselsonne, und bist du verantwortlich, dass es geflossen ist?

Frühstückszeit vorbei.

Tina wollte mit Block und Stift ein wenig über die Insel wandern, ein paar Skizzen anfertigen, mit den Leuten reden, sich nicht anmerken lassen, wie gespannt sie war, was ihr anvertraut wurde.

Und traf als Erstes auf einen Gast des Klosters. Sie hatte den Mann, der ein wenig künstlich aussah (er sah aus, als hätte man ihn zurechtgemacht), bemerkt, als er ankam und sich straffte, als hätte er eine großartige Aufgabe übernommen.

Tina glaubte, er könnte ein Schauspieler sein. Sie sah ihn im Profil, und als er sprach, bewegte sich tatsächlich seine Nase.

»Keinen Tag was im Magen haben, so liest sich das hier. Über den Speiseplan, also darüber müssen wir vielleicht noch reden. Ich nehme die Auszeit, weil ich am Ende bin – es ist schon aus, es soll wieder anfangen, und Schwester, langweilen Sie mich nicht mit irgendwelchen Diversitäten.«

Tina musste lachen. Das Wort hatte sie noch nie gehört. Sie wusste, was gemeint war, aber der Typ benahm sich unmöglich. Die Schwester zuckte erst, ging aber nicht auf das Geschimpfe ein, sondern sagte ihm, dass er sich ganz nach seinem Gusto Lebensmittel auf dem Festland kaufen könne.

Auffallende Gäste waren sicher nicht die Regel. Dieser Gast würde in Erinnerung bleiben. Konnte es sein, dass er genau das wollte?

Er hatte sie nicht bemerkt, aber sie sah, wie er sich auf eine Bank setzte, den Kopf schüttelte und den Mund verzog. »So ekelhaft zu sein ist anstrengend. Verdammt, was mache ich hier?«

Jetzt klang die Stimme anders. Er hatte etwas gespielt, wozu? Vielleicht war er wirklich am Ende, wie er gesagt hatte. Dann brauchte er einen guten Psychotherapeuten. Tina atmete tief ein. Solche Zufallsbegegnungen waren nicht angenehm, davon brauchte sie nicht so viele. Bitte.

Ehe sie darüber nachdachte, hatte sie auch schon den, der sich selbst nicht verstand, der nicht wie er selbst aussah, *in disguise* (wie Elvis sang) – den hatte sie mit wenigen Strichen auf Papier gebannt. Er war kein Glücklicher.

Über anderer Menschen Unglück wollte sie überhaupt nicht nachdenken. Tina lief hügelabwärts, am Klosterladen vorbei, und sah in die Gärten.

Das wäre auch eine schöne Szene.

6

Die besten Ideen habe ich, wenn ich schlafe.

Salvador Dalí

Althea wunderte sich nicht, als die Priorin fragte, ob sie vielleicht zu einem Zeichenkurs bereit wäre. Sie wunderte sich, als Jadwiga sagte: »Mir geht da etwas nicht aus dem Kopf. Vielleicht wäre es gut, die junge Frau ein wenig im Auge zu behalten.«

Was genau Jadwiga nicht aus dem Kopf ging, erfuhr Althea nicht. Jetzt könnte sie rätseln, und es wäre umsonst. Doch Althea stimmte zu. »Das scheint mir ein netter Zeitvertreib, und so nebenbei lassen sich Dinge in Erfahrung bringen. Welche genau, liebe Jadwiga?«

»Augen und Ohren offen halten. Ob der Klosterwirt tratscht, was die Insulaner wissen, wer den Kurs besucht … Offen gesagt, ich weiß es nicht, Schwester Althea. Die Sache mit Franka Mellis liegt lange zurück, aber anscheinend nicht so lange, dass sie vergessen wurde. Ich darf davon ausgehen, Stefan Sanders macht keinen Anstandsbesuch bei Tante Marian.«

Nein, nicht. So war noch über allerhand zu brüten, bis ihr Neffe ankam.

»Schwester Althea, da ist jemand für dich aus der Nachbarschaft. Sie hat was dabei und ist übel gelaunt«, informierte sie Schwester Anna, die an der Pforte die Stellung hielt.

Jadwiga riss die Augen auf. »Schwester Althea? Wegen gestern? Wem hast du was angestellt, wir wollten doch gar nicht –«

»Ein Scherz, und Friederike Villbrock weiß das auch. Man kennt sich schließlich lange«, versetzte Althea. Lange hätte man sich gekannt, wenn man sich zwischendurch gesehen und gesprochen hätte, was nicht der Fall war. Altheas Erzfeindin aus der gemeinsamen Zeit im Internat mochte Altheas Scherze nicht besonders.

»Dann mache ich mir keine Gedanken«, beschloss Jadwiga.

Anna, die Mitschwester, machte sich aber welche und verzog den Mund. »Ja, ist denn heute jeder so missgestimmt!« Wer war jeder? Althea fragte nicht, sie wartete ab. Es würde gleich aus Anna heraussprudeln.

»Der neue Gast, der eine Auszeit nimmt, der ist besonders schwierig – und besonders ekelhaft.« Schwester Anna schluckte. Als hätte sie gerade etwas gesagt, weswegen sie um ihr Seelenheil fürchten musste. Es gab schlimmere Worte als »ekelhaft«.

»Schwester Anna, man kann alles sauber machen, aber keinen schmutzigen Mund.«

»Oh, welche Stelle ist das denn?«, fragte sie mit einem kleinen Lächeln.

Althea fand, es sollte durchaus eine sein, doch … »Ich fresse einen Besen, wenn das in der Bibel zu finden ist«, sagte sie.

Die Nachbarschaft mit dem Besen wartete derweil ungeduldig. Friederike stampfte nicht mit dem Fuß auf, das erledigte sie mit dem Besen in ihrer Hand.

»Einen schönen guten Morgen«, wünschte ihr Althea. »Was – du bist mit den Hühnern aufgestanden?«

»Die Sache mit den Hühnern ist deine, das überlasse ich dir gern«, gab Friederike kühl zurück. Sie packte den Besen fester, sagte: »Dein Präsent ist amüsant, vor allem ist es ein guter Besen. Ich wusste gar nicht, wie begabt du in solch kleinen Dingen bist.«

Das hieß, sie würde ihn wieder mitnehmen? Typisch, ihr Gegenüber zu ärgern. Friederike versuchte ständig, Althea wissen zu lassen, dass sie sie sprichwörtlich in die Tasche stecken konnte.

»Was hast du diesem Morgenmagazin verraten, Marian?«

Mit »Schwester Althea« sprach Friederike sie nie an. Die »Schwester« glaubte sie ihr nicht. Es ging also nicht bloß um den Besen. Morgenmagazin – als wäre es eine Zeitschrift und Althea hätte ein Interview gegeben.

Es war der Kommentar des Moderators in der Morgensendung, nicht Altheas Schuld. »Frau Richterin a. D., wie sieht die Lösung aus?«, fragte sie. Ohne Sarkasmus. »Wir könnten den Fall, wie die Malerin sich Feinde machte, aufklären.« Was für ein Vorschlag, Althea. Wo war der jetzt hergekommen?

Gleich darauf wurde sie auch schon deswegen getadelt. »Nicht gemocht oder, im Gegenteil, beneidet zu werden ist kein *Fall*, Schwester.« Betont.

Oh, war die bissgurkig. Althea behielt ihr Lächeln bei. »In dem Fall ist es ein Fall«, behauptete sie. Und wusste, sie durfte nichts von der Flaschenpost sagen. Aber wohl, dass der Kriminalkommissar auf die Insel kam. Kein Besuch bei seiner Tante. Das erwähnte sie. Aber das war nicht nötig.

»Willst du dich einmischen, weil du doch da warst? Dein Neffe wird fragen, woran du dich erinnerst. Und wenn es da etwas gibt, dann darfst du sicher schon aus Glaubensgründen nichts verschweigen.«

Wohin führte das Besengespräch? »Ich sollte mich erinnern, du hast ganz recht, und ich werde nichts unversucht lassen, den Herrgott um Erleuchtung zu bitten.«

»Oh mein Gott«, war die Antwort. »Lass mich dir helfen …« Zuckersüß. »Die Priorin war ein ganz kleines Licht. Aber sicher leicht zu beeinflussen. Wenn du mitbekommen hast, was in diesen Nächten veranstaltet wurde, dann sag es besser jetzt als irgendwann, Marian.«

»Ein bisschen viel Hülle-und-Fülle-Infos, Friederike, die du da auspackst. Über mich«, gab Althea zurück. »Lass mich dich fragen: Damals wurden Ermittlungen eingeleitet, eine Spur führte zur Ermordeten und dann nicht weiter? Ein Mord, der eingeschläfert wurde. Das kann man doch nicht ›glauben‹«, sagte Althea.

Friederike schnaufte. »Was für ein Unsinn. Es fehlten damals die Beweise. Und jetzt muss Stefan Sanders dafür sorgen, sie einzutüten. Und den Komplizen finden. Nicht dich, sicher nicht. Obwohl Drogen ja dein Ding waren.«

Nein, nein. Lass dich nicht einfangen. Filtere heraus, was sie sagt. Eintüten – absichtlich. Es ging um Pillen? Althea fiel es noch schwerer, sich nichts anmerken zu lassen. Der Mörder, den sie nicht gefasst hatten … Sie hatten einen Verdacht. Wahrscheinlich. Der Komplize. Drogen. Einer, der ein Labor hatte; ein anderer, der den Stoff unter die Leute brachte.

Der Moderator der Morgensendung hatte sich jeweils die Kerne herausgepickt. Althea pickte auch. »Die Person ist vielleicht auf unserer Insel.« Abgeschieden genug war die Fraueninsel im Chiemsee, und das war schon einmal vermutet worden.

»Der Giftmischer ist sicher nicht auf unserer Insel«, war Friederike sich gewiss. »Wir sind jederzeit erreichbar. Das waren wir damals auch, wie du weißt.« Glaubte sie, das hinzufügen zu müssen?

»Der Mörder von Franka Mellis wird vielleicht auf die Insel zurückkommen.« Das betonte die Richterin.

»Scheiße«, entschlüpfte es Althea. »Ich meine, um Himmels willen!« Aber eben das meinte sie nicht. Denn der Himmel würde sich so etwas nicht anschauen wollen.

»Wahrlich«, bestätigte Friederike. Sie hatte, ihrer Meinung nach, wieder das Heft in der Hand und war zufrieden.

Die Gelegenheit könnte nicht vorteilhafter sein, musste Althea zugeben. Der Rummel um die Künstlerin. Der Zeichenkurs, die Presse, der Heimatsender, der den Fall besprach. Wer fiele da auf?

Das war es auch nicht, was Althea in Frage stellte. Es war das Motiv. Warum sollte jemand Kopf und Kragen riskieren? Und wie?

»Was sollte die Person hier zu erledigen haben?«, fragte Althea. Ehemalige Richterinnen wurden informiert? Was sie auch tags zuvor schon gedacht hatte, als Maximilian von einem mitgehörten Gespräch berichtete.

»Das ist doch unmittelbar einleuchtend«, behauptete Friederike. War es überhaupt nicht, fand Althea. »Mörder lassen manches Mal Unerledigtes zurück. Dinge, eine Person, von der sie glauben, sie könnte ihnen gefährlich werden.«

Friederike hatte es noch jedes Mal geschafft, dass Althea die Hutschnur riss. So auch jetzt.

»So klug du bist, so bescheiden ist deine Hausfrauenanalyse. Du vereinfachst die Gedanken eines Mörders, Frau Richterin a. D.«

Wer sollte wem gefährlich werden? – Die Flaschenpost-Nachrichten, die hatte Althea gerade fast vergessen. Konnte man Jadwiga vergessen? – Konnte man. Ja. Wollte einer die Priorin umbringen? Wegen damals?

Althea steckte fest. Die ehemalige Richterin nicht.

»Womit ich übrigens kürzlich dein Leben rettete, Marian Reinhart. Mit meiner Hausfrauenanalyse. Die sich auch Beobachtung nennt.«

»Wobei ich dein Leben zuerst rettete, Friederike Villbrock.« Das musste einfach sein. Beobachtung nannte sich das auch.

Gerade ein bisschen dämlich, das kleine Scharmützel. Althea musste lauthals lachen. Über sich, über die ehemalige Richterin. Nur Friederike schaffte es, ernst zu bleiben. Die Frau war ein Stein.

»Wissen ist Macht. Vielleicht ist der Klosterwirt in Gefahr – vielleicht auch nicht«, sagte sie mit Grabesstimme.

Vielleicht war Jadwiga in Gefahr – oder auch nicht. Althea wurde kalt.

»Wie kommst du darauf, dass der Klosterwirt mit Franka Mellis so gut bekannt war?«, fragte Althea. Sie hoffte, Friederike würde nicht wieder zurückschlagen und danach fragen, woher sie das Gegenteil wisse.

In diesem Fall würde Althea ihr den Besen aus der Hand reißen und die Frau zur Tür hinausfegen.

»Valentin Zeiser ist sonst nicht so mutig, aber dieses Mal hat er doch tatsächlich bei der Mordkommission angerufen, auf der Insel werde jemand bedroht. Und die Person werde es vielleicht nicht an die große Glocke hängen wollen, wegen ihrer besonderen Stellung.«

Friederike wusste um die Flaschenpost, von der Althea nichts hatte sagen wollen. Stefan hatte es »keinen anonymen Anruf« genannt. Aber Valentin dachte ohnehin stets, ihn müsse man erkennen.

Sie sollte Jadwiga davon in Kenntnis setzen, dass Valentin über ihre Post geschwafelt hatte. Und zu wem.

Mutig, hätte Althea gesagt. Aber da musste etwas sein, was ihm wirklich Angst machte. Und Valentin Zeiser fürchtete, falls überhaupt, nur um *sein* Leben.

»Schwester Althea, da ist jemand für dich – aus der Nachbarschaft.«

Moment. Die Dame war … was? Eine Viertelstunde weg?

Althea hatte das heute schon einmal gehört. Hatte sich Friederike die Sache anders überlegt, und der Besen war jetzt … ungut?

Althea atmete kurz darauf erleichtert auf. »Maximilian.« Über diesen Besuch freute sie sich. Durfte sie sich freuen? Er sah ein wenig drein, als hätte er etwas ausgefressen.

Und so begann er auch. »Schwester Althea, wenn man etwas getan hat, was man nicht hätte tun sollen – kann man das auch einer Nonne beichten?«, fragte er. Mit einem Grinsen.

Er *hatte* etwas ausgefressen. Aber dramatisch war es offenbar nicht. Absolution. Die Instanz war sie natürlich nicht. Aber bevor diese Nonne reagieren konnte …

»Ich hab ermittelt und musste bei Oma Friederike ein paar Schubladen aufziehen«, erklärte er. »Jetzt hab ich's gebeichtet.«

Schubladen aufziehen. Übersetzt: schnüffeln. Bei Friederike gab es Geheimnisse zu ergründen, die er beichten wollte.

»Mist, sozusagen. Andererseits – was haben die Ermittlungen ergeben?«, fragte Althea interessiert.

»Ich wusste, dass es was bringen könnte«, sagte er. »Oma Friederike hat zu jedem ihrer alten Fälle Notizen gemacht, und die sind super geordnet. Zur Toten auf der Insel hat sie auch ein paar Dinge aufgeschrieben. Möchten Sie es hören, oder ist das so was wie das Ding mit den Affen: ›Nichts hören bewahrt einen vor Schaden‹?«

Es war ein mittelalterliches Sprichwort. Höre, sieh und schweige, wenn du in Frieden leben willst. Zu einer Zeit hatte es sich so verhalten. Aber gerade verhielt es sich völlig anders, sagte sie sich.

»Maximilian, die Nonne hat deine Beichte gehört und legt ein gutes Wort ein – aber nicht für nichts.« Erpresserin? Sie würde für sie beide ein gutes Wort einlegen müssen, wie das gerade aussah.

»Na dann«, beschloss er. »Die Frau, die die Tote gefunden hat im Atelier ... Angeblich war sie die Freundin des Opfers, und Oma schrieb etwas Seltsames. Ich habe kurz auf mein Handy gedrückt, ein Foto gemacht.« Er ließ es Althea sehen.

Ich hätte sie ermorden wollen. Die Betrügerin.

Da war jemand am Werk, der zornig gewesen ist, aber sicher kein Künstler. Ein Spatel ist kein Mordwerkzeug.

Friederike hatte eine tadellose Schrift. Das fiel Althea wirklich als Erstes auf.

Eine Freundin, die so redete, *war* zornig. Glaubte Althea.

Sie sollte Maximilian an ihren weiteren Überlegungen teilhaben lassen, wenn er ihr schon seine Entdeckung präsentierte. Dazu musste sie sich erinnern. Was sie auch tat. Diese Freundin war verschwunden. Das wusste Althea. Der Kommissar von damals hatte sich aber nicht sonderlich ins Zeug gelegt, um sie zu finden. Wenn sich Althea recht erinnerte, war Liebe im Spiel gewesen. Sie selbst hatte weggeschaut.

Weil sie musste und wusste, dass Neugier ganz und gar nicht angesagt war.

»Die Freundin hieß Rita, sie verschwand nach dem Mord, und es sollte nicht so schwierig sein, herauszufinden, wohin«, sagte sie. Jetzt durfte sie inquisitorisch sein. Jetzt war es aber nicht allein Neugier, denn Althea vermutete, dass auch Jadwiga etwas verheimlichte.

»Ein paar Leute hier auf der Insel erinnern sich sicher. Zwei Freundinnen. Eine davon sehr erfolgreich. Was war mit der anderen?« Maximilian verzog den Mund. »Die hätte vielleicht genau das Mordwerkzeug genommen, damit jeder sagt, die war es sicher nicht.« Eine Möglichkeit, sagte sein Blick.

»Sie *musste* verschwinden, denkst du? Die Einfachheit daran gefällt mir gar nicht.«

»Aber es braucht nicht immer schwierig zu sein«, hielt er dagegen.

Althea gab ihm recht. »Nicht immer, nein. Aber da spukt etwas durch meinen Kopf.« Und sie sagte ihm, was es war. Liebe.

»Das ist schräg«, fiel ihm dazu ein. »Warten Sie, wie klingt das? … Kommissar taucht auf, verfolgt eine Drogenspur. Er verliebt sich in die Künstlerin. Die verarscht ihn und spielt ihm etwas vor, sie dealt nämlich. Und hält ihn hin. Er kommt dahinter und tötet sie.«

Hui. Althea nickte. Das konnte einem auch nicht gefallen, aber es klang, als hätte es funktionieren können. Somit wäre der Kommissar nicht an Rita interessiert. Das war ein Ansatz.

»Es gilt herauszufinden, was der Kommissar ermitteln konnte. Und was sich die Leute erzählten. Damals. Im Zeichenkurs wird sicher auch geredet. Heute. Eine Malerin auf Frauenchiemsee. Eine Malerin, die im Atelier arbeitet, in dem eine andere gestorben ist.«

»Das ist schon auch schräg, aber die Wahrheit«, sagte Maximilian.

Althea fand, es hörte sich schwarzmalerisch an. Die Einladung, das Stipendium und ein Mörder, der womöglich auf der Insel etwas übersehen hatte. Der noch eine Rechnung offen hatte. Der hoffentlich nicht glaubte, dass es im Atelier irgendeine Spur von ihm gab.

»Schwester Althea, ich würde jetzt gern sagen, wir könnten wieder mal ein Lagerfeuer machen. Aber ich kann nicht bleiben. Wir denken es uns einfach, oder?« Es war eine Bitte.

»Würstchen im Schlafrock, dann bin ich dabei«, erklärte sie.

»Oh, Ihr Angetrauter will sicher nicht, dass Sie hungern. Wie grausam wäre das denn!«, sagte Maximilian.

Althea musste lachen. Sie konnte es sich gut vorstellen und würde es im Sinn behalten – das eingebildete Lagerfeuer.

Mittlerweile hatte Priorin Jadwiga für Schwester Althea einen Platz in Tina Jensens Kurs organisiert, und Althea hatte Jadwiga von Valentins Anruf berichtet. »Anonym ist er nicht automatisch, nur weil er keinen Namen sagt.«

»Das muss keine Absicht gewesen sein. Na ja, er macht sich Sorgen«, war alles, was sie erwiderte.

Althea warf in die Luft: »Na ja, und um wen sorgt er sich?«

Jadwiga sagte, das sei egal. »Stefan Sanders kommt auf die Insel. Wenn Valentin nicht angerufen hätte, ich hätte es tun müssen.«

Aha. »Dann weißt du also, wer die Post geschrieben hat?«

»Jemand, der Antworten verlangt«, gab Jadwiga zurück.

So einfach. Althea fand das nicht. Ihr kam es so vor, als würde Jadwiga gerade Haken schlagen.

Althea fand, die Nachricht war keine Drohung. Aber doch fast. Sie besagte immerhin: Ich weiß etwas über dich, und du willst vielleicht nicht, dass andere es auch erfahren. Eine Warnung?

Etwas war faul. Sie sollte vielleicht die alte Kath besuchen. Womöglich würde sie das auch tun, wenn von keiner Seite eine Erwiderung zu erwarten war und ihre eigene Erinnerung nicht genügte, weil Althea zum einen nicht alles mitbekommen hatte – Italien – und weil sie später nicht auf den Gedanken kam, eine bestimmte Novizin genauer im Auge zu behalten.

Bevor Althea in Jadwigas Gesellschaft weitergrübelte, kündigte sie an, sie werde jetzt die Stipendiatin kennenlernen gehen und sehen, was sie für den Zeichenkurs brauchte. Denn das müsse dann natürlich auch besorgt werden.

Sie traf Tina im Garten, wo die junge Frau zeichnete – vier verschiedene Stifte in der Linken, einen Block auf dem Schoß, den Blick auf die Blumen und die Mauer mit der Sonnenuhr gerichtet. Sie strich sich eine Haarsträhne zurück und flüsterte: »Liebe Zeit, du bist ein Gebrauchsgegenstand, zum Wundenheilen taugst du nicht.«

Es hörte sich an, als würde Tina einen Brief beginnen und als hätte sie ein Hühnchen zu rupfen – mit der Zeit.

»Nicht erschrecken, ich will mich nicht anschleichen«, sagte Althea laut und fügte hinzu: »Herzlich willkommen auf Frauenchiemsee.«

»Moin«, grüßte die junge Frau, was Althea lange nicht gehört hatte. »Sie sind Schwester Althea. Ich hab mich schon auf Sie gefreut. Will heißen, ich habe auf der Insel Lustiges über Sie gehört.«

Lustiges. Wenigstens.

»Dass eine ehemalige Richterin heute Morgen einen Besen vor ihrer Tür fand. Es wird angenommen, eine gewisse Nonne grüßt mit einem Hexenbesen ihre Schulkameradin. Die Leute finden es zum Lachen. Schwester Althea traut sich was.«

Althea grüßte zurück, sagte, sie sei gespannt auf den Zeichenkurs. »Schwester Althea sollte sich wirklich was trauen«, stimmte sie zu. Und meinte eine ganz andere Sache.

»So lerne ich jetzt beide kennen, die Nonne und die Frau, die in dem Gewand steckt.«

Althea fiel auf, dass das stimmte. Denn die Nonne würde sich nicht im Ordenskleid an eine Staffelei stellen und mit

Farben hantieren. Sie konnte Hose und Hemd tragen, ohne Haube auf dem Kopf.

Warum freute sie sich stets auf diese kleinen Ausbrüche?

»Ich möchte gerne ein paar Kniffe lernen«, sagte Althea. Wahrscheinlich würde auffallen, dass sie wenig Ahnung hatte, darum sollte sie es vielleicht gleich erwähnen. Andererseits, es hieß »Zeichnen für Anfänger«, Tina Jensen erwartete vielleicht viel weniger als Althea. »Ich bin als Malerin kein großes Talent. Aber ich kann mich schließlich nur selbst enttäuschen. Obwohl, auch diese besondere Begabung fehlt mir beinahe gänzlich«, gab sie zu.

»Perfekt sein zu wollen?«, fragte ihr Gegenüber. Dann ein Abwinken. »Das ist Ansichtssache, würde ich meinen, keine Begabung.« Ein Lachen. »Ich bin aus Hamburg und werde sicher komische Dinge sagen, weil ich aus dem Staunen nicht herauskomme. Meine Mutter erzählte Schönes über den Chiemgau.«

»Gut recherchiert«, sagte Althea. Selten, dass jemand es richtig sagte. Der Chiemgau. Viele Heimische wussten nicht genau, wo er begann, wo er endete. Das war sicher auch so eine Art Ansichtssache. Jedenfalls eine, über die gestritten wurde.

»Auch Recherche. Natürlich«, sagte Tina. »Trotzdem. Ihr Chiemsee ist ein Juwel. Die Berge scheinen über ihn zu wachen.«

Altheas Chiemsee. Das klang gut. Die Berge als Wächter, welch ein schönes Bild. Was ihr Althea auch sagte.

Sie fragte nach Zeit und Ort und den Utensilien, die für den Kurs vonnöten waren, und hoffte, Tina Jensen würde sagen, sie brauche etwas, was im Kloster nicht zu haben war.

Sie war ein wenig enttäuscht, als Tina nur sagte: »Ein Zeichenblock und Bleistift und Radiergummi. Wir beginnen mit Ihrer Sicht auf die Dinge.«

Welche Dinge das seien, fragte Althea nicht. Mit etwas musste schließlich begonnen werden.

7

Man rettet gern aus trüber Gegenwart sich
in das heitere Gebiet der Kunst.

Ludwig Uhland

Beginn war nicht das richtige Stichwort, denn jemand hatte bereits begonnen.

Mit der Nachricht an die Priorin, die offenbar froh war, dass jemand sich kümmerte.

Althea war mit dem Gefühl eingeschlafen, dass darauf noch einiges folgen würde.

Und als Valentin Zeiser am nächsten Morgen mit einer tropfenden Flasche, ganz im Stil der ersten mit der Nachricht an die Priorin, an der Pforte stand, war Althea klar, da wollte jemand Unruhe stiften.

»Nicht fürs Kloster – mir reicht's nur jetzt langsam. Es ist blöd.«

Ja. Valentin hatte natürlich die Nachricht herausgeholt und sie gelesen.

Und Althea fragte gar nicht pflichtschuldig, nur besorgt: »Wie, ›blöd‹?«

»Eine Nachricht für die Allgemeinärztin Elisabeth Hofreiter. Ich liefere sie jedes Mal ab. Warum landen die Flaschen ausgerechnet bei mir, und wann ist eine der Nachrichten für mich dabei?«

Ah. Sein Blick sagte: Hoffentlich ist keine Nachricht für mich dabei.

Was stand in dieser? Althea hatte nicht fragen wollen, aber der Klosterwirt sagte bereits: »›Glück wird nicht in ein paar nette Worte gepackt – wenn du es dort gesucht hast, hast du nichts als Verzweiflung gefunden. Arme Elisabeth. Verliebt, nicht verlobt, niemals verheiratet. *Er* liebte die Unehrenhafte.

Deine Franka Mellis‹. Warum schreibt jemand so was?« Valentin schüttelte den Kopf.

»Du hast die Flasche aufgestöbert, du wirst wieder den Postboten spielen müssen, Valentin«, sagte Althea. Die Zeilen besagten, es gab eine Person, die wusste etwas. Vielleicht würde schon morgen die nächste Flaschenpost an Land gehen.

Valentins Sorge war genau die gleiche. Seine Stirn legte sich in Falten.

Es ging um das Gewesene. Was wollte jemand ausgraben, worauf aufmerksam machen? *Deine Franka Mellis.* Sehr freundlich. Post von einer Toten.

Althea bat eine Mitschwester, der Priorin zu sagen, sie werde Valentin begleiten. Eine Notsituation. Wie oft hatte sie genau das schon ausgepackt? Und natürlich war es das stets gewesen. Altheas Nöte waren vielfältig-bunt-divers, um sie selbst ging es dabei meist nicht.

Althea dachte daran, dass als Nächstes wohl festgestellt werden musste, wo man Franka bestattet hatte. Sicher war es erwähnt worden. Damals. Sie hatte nicht darauf geachtet.

Der Radiosender wusste es vielleicht. Wenn sie Witze mit sich selbst machte, dann klang das ratlos. Das durfte es nicht. Google wusste es gewiss, und diesem Gegenüber schuldete sie keine Erklärung, warum sie es wissen wollte.

Valentin murmelte etwas. Ein Gebet?

»Valentin, man kann einen Schwarm von Gedanken um deinen Kopf herum sehen«, übertrieb sie.

»Um meinen. Ha, Schwester Althea – wo ich nicht neugierig bin. Ich habe dich gestern mit dem Richterinnenenkel gesehen. Da behältst du lieber den Gedankenschwarm im Blick, der um seinen Kopf saust.«

Althea lachte, und jetzt wusste sie genau, worüber.

Valentin bot ihr seinen Arm an. Den Beistand brauchte er wahrscheinlich nötiger, doch sie nahm an. Die Fraueninsel war klein, und natürlich waren ihre Bewohner allesamt Nachbarn.

»Wir kommen, um unsere nachbarschaftliche Pflicht zu erfüllen, Klosterwirt«, sagte Althea.

»Nur die. Was auch sonst, ich reiß mich doch nicht um fremde Post.«

Elisabeth Hofreiter, die schmale, meist lächelnde, gut gekleidete, mit Worten nie grobe, alleinstehende ehemalige Ärztin, eine Segelfreundin mit einem sechzehnjährigen Sohn, war in ihrem Garten und stieß ärgerliche Verwünschungen aus, als Althea und Valentin über den Gartenweg eilten.

»Wenn du aus dem Tausch schon ein Thema machst, dann bring ich Nachrichten, die dich richtig aufregen«, kündigte Valentin an.

Elisabeths Blick wanderte aber zuerst zu Althea. »Schwester Althea, ich hörte, du warst frech. Ein Freinachtsscherz. Aber meine Zustimmung hast du.« Das ließ sich Althea gern sagen. Dann schaute sie auf den Klosterwirt. »Valentin, ich weiß nicht, wo mein gemütlicher Sommerstuhl ist – der hat gestern Nacht Füße bekommen.«

Der Klosterwirt verzog den Mund, machte: »Mhmm«, der Kopf ging von links nach rechts. Nein. »Ja, glaubst du, ich will dich ärgern, wo ich doch hin und wieder deinen Rat brauche? Wie blöd wär das denn«, sagte Valentin. Es war eine Feststellung.

Elisabeth atmete aus, zog ein Gesicht. »Vielleicht mein Sohn mit Freunden, die könnten so etwas witzig finden. Was sagtest du von üblen Nachrichten?«

Valentin wackelte wieder mit der Flasche. »Da drin ist was Altes, was niemand braucht.«

»Da drin ist eine Flaschenpost. Und weil sie bei Valentin angespült wurde, musste nachgeschaut werden, für wen«, half ihm Althea aus.

»Du hast nachgeschaut, Schwester Althea?«

»Nein, aber Valentin wollte die Zeilen persönlich überbringen. Das Kloster hat auch eine solche Nachricht bekommen.«

Althea hatte das Gefühl, das sagen zu müssen. Elisabeths Augenbrauen hoben sich, und ihr Mund wurde zu einem Strich. Mit solch einem Blick bedacht zu werden, nur weil man ermitteln wollte, wer der Adressat einer Mitteilung war, war so richtig unangenehm.

Valentin bekam Farbe im Gesicht. »Auf der Lauer liegen geht anders«, muffelte er, streckte Elisabeth die Flasche entgegen. Sie musste sie nehmen, weil Valentin aussah, als würde er sie sonst fallen lassen.

»Also, ich bin dann auch wieder weg. Die Mordkommission rollt den Franka-Mellis-Fall wieder auf. Weil es nicht geht, dass eine Tote Nachrichten verfasst.« Er drehte sich um, und fort war er.

Althea konnte Elisabeths Mundbewegungen sehen, doch es kam kein Ton raus.

»Ungeheuerlich«, sagte Althea übertrieben und fand, sie konnte gleich die nächste Anmerkung bringen. »Du hattest damals auch mit der Künstlerin zu tun. Wenn man sie auf dem Friedhof der Insel beerdigt hat, dann wäre das sicher eine kleine Attraktion.«

»Wie der Kriegsverbrecher, so wurde auch die Asche der Mellis dort untergebracht«, erklärte Elisabeth trocken. In einem Satz. Das klang hart. Und die Information stimmte nicht. Die Ehefrauen des Generalobersten Jodl hatten hier ihre letzte Ruhestätte gefunden. Und vielleicht war die Ruhe da bei zwei Frauen gar nicht so gewiss.

Elisabeth verschränkte die Arme vor der Brust, als müsste sie einen Angriff fürchten. »Ich hab Franka bewundert, ich mochte sie – aber ich glaube, wir alle mussten schließlich erkennen, sie nahm nur und gab nichts zurück. Sicher weiß ich es nicht, aber ihre beste Freundin hat damals gesagt, Franka habe *ihre* Idee zu Geld gemacht. Wenn da eine zurückkommt und Briefe schreibt, dann sie. Es gibt keinen besseren Zeitpunkt dafür. Im Atelier riecht es nach Farbe, es wird gemalt, die Kunst lebt wieder auf – und auch die Erinnerungen. Jadwiga kann einiges erzählen.« Das garnierte sie nicht mit einem Schmunzeln. »Sie hat auch eine Flaschenpost bekommen, sagst du?«

Das hatte Althea nicht gesagt. Stattdessen wollte sie wissen, wer die Erinnerungen teilte. »Ich denke es mir sehr aufschlussreich. Eine Gruppe Künstler, Musiker, Schriftsteller – die sich trafen, philosophierten …« Altheas Ton änderte sich, es klang schwärmerisch, vielleicht würde Elisabeth den Rest erzählen, was sie auch tat.

»Und sich betranken, in die Sterne schauten, einander Dinge anvertrauten, die peinlich waren – es heute noch sind. Steht so etwas in diesem Ding? Ach, ja. Es war ja Valentin, der geschaut hat.«

Elisabeth entstöpselte die Flasche, schüttelte die Post heraus, rollte sie auf und las vor. Althea, die die Worte schon gehört hatte, konzentrierte sich auf Elisabeths Gesicht.

»›Arme Elisabeth. Verliebt, nicht verlobt, niemals verheiratet. *Er* liebte die Unehrenhafte. Deine Franka Mellis‹.« Jetzt senkte sie den Blick und holte Luft. Jetzt war sie getroffen. *Er.* Nach ihm hätte Althea sie gern gefragt. Sie würde es herausbekommen, aber anders.

Althea musste so tun, als hätte sie keine Ahnung. »Unehrenhaft. Soso. Auch die Bibel versteht zu kompromittieren, und Unmoral ist, wonach man sich nicht gut fühlt. Das Wort ist mit Vorsicht zu genießen.«

»Ich wusste, dass du das sagen wirst«, sagte Elisabeth.

Erstaunlich, weil nicht einmal Althea gewusst hatte, dass sie das sagen würde.

»Ich schaue mal im Atelier vorbei«, fuhr Elisabeth fort. »Ich hatte noch gar keine Gelegenheit, die Künstlerin zu begrüßen. Unser ehemaliger Bürgermeister spricht in den höchsten Tönen von ihr, überhaupt ist man recht angetan von der jungen Frau.«

Sie hatte unglaublich schnell das Thema gewechselt. Althea hatte den Eindruck, sie wischte die Tränen des früheren Schmerzes weg.

Elisabeth Hofreiter biss kurz die Lippen zusammen. Der Schmerz kam noch einmal vorbeigehuscht. »Was kaum einer weiß – Patrick Gräfe war damals auch gut bekannt mit Franka Mellis. Ob wir uns jetzt alle darauf einstellen sollten, solch einen Dreck zu bekommen?« Sie bebte.

Hätte man eine Flasche zusammenpressen können, sie hätte es geschafft. »Bis dahin, Schwester Althea«, sagte sie.

Althea hätte ihr einen schönen Tag gewünscht; was sie stattdessen sagte, hörte die andere nicht mehr.

8

Die Kunst ist mehr wert als die Wahrheit.

Friedrich Nietzsche

Der Morgen hatte so seltsam begonnen, wie der lange Abend geendet hatte. Natürlich war Althea davon überzeugt, dass die ehemalige Richterin sich bereits eine Retourkutsche überlegte. Sie nur nachtragend zu nennen war zu schwach. Friederike konnte eine Teufelin sein. Von Engeln und Teufeln ... Auf dem Friedhof tauchten beide auf, und einer kümmerte sich nicht um den anderen. Bildhaft. Und dorthin führte Altheas Weg.

Das Umherwandern nahm nicht viel Zeit in Anspruch. Das Lesen der Grabinschriften auch nicht, sie suchte schließlich nach einem bestimmten Namen. Für den sie Google nicht hatte bemühen müssen. Das hatte Elisabeth Hofreiter gewusst.

Der Kies knirschte unter ihren Schuhen.

Jemand fotografierte, ein anderer machte Notizen, und eine Frau schaute in den Himmel über dem Campanile.

Da. Tatsächlich. Franka Mellis hatte ein Sonnenplätzchen an der Mauer bekommen. Ein Eisenkreuz, eine Laterne, die seitlich daran befestigt worden war. Mit einer Kerze darin.

Auf einer kleinen Platte, die wie ein Rundbogenfenster gearbeitet war, erfuhr man, wer hier ruhte. Eingetragen waren der Name, ein Geburtsdatum und die letzte Stunde. Frische Blumen standen in der Vase. Rosen. Rot. Das kam Althea doch komisch vor. Obwohl, es könnte ja sein, dass es öfter Blumen für Franka Mellis gab. Jetzt sollte sie wissen, was sie nicht wusste ...

»Tante Marian?« Erstaunen.

Und Althea schnappte nach Luft, drehte sich um. Was war die Frage? »Neffe, was genau erstaunt dich? Dass ich es bin oder dass ich sehen wollte, ob die Ermordete hier liegt?«

»Weder noch. Mein Gefühl – ich kann diese Totenstätten nicht leiden. Ich freue mich, dich zu sehen. Komm weg hier, wir trinken eine Tasse Kaffee beim Klosterwirt.«

»Schwester Althea hat natürlich Pflichten. Den Kaffee müssen wir erklären«, sagte sie.

Stefan Sanders fasste Althea an den Schultern und umarmte sie inmitten der Kreuze. »Ich war als Erstes bei Priorin Jadwiga. Sie ist eine Spur freundlicher als sonst.«

»Sie ist womöglich auch eine Spur besorgter als sonst«, sagte Althea.

»Was ist bei euch los? Und warum weiß der Klosterwirt von einer Bedrohung?«

Hatte Valentin es wirklich Bedrohung genannt? Ein Kopfschütteln von Althea.

»Der Wirt fischt die Nachrichten einer Toten aus dem See.« Althea wusste, wie das klang. »Es sind Flaschenpost-Nachrichten. ›Deine Franka Mellis‹, heißt es am Ende der Briefe. Und vorhin wurde die zweite Nachricht, soweit bekannt, angespült. Es ergibt keinen Sinn, aber es ist so.«

»Es ergibt keinen Sinn, weil die Flaschen wegen der Strömung dort nicht angespült würden?«, vermutete er.

»Jemand legt sie dort ab. *Wer*, das wäre interessant.« Althea nickte. Schon wieder. »Das ist doof, ich bestätige mich selbst. Aber hier liegt die Verfasserin der Nachrichten. Und wir können nicht nachschauen, ob es stimmt. Es ist eine Aschenkapsel.«

»Tante Marian, wir wollen dieses Mal gar nicht nachschauen. Mich hat es anständig geschaudert, als du im Schrein der heiligen Irmengard herumgesucht hast.«

»Selig«, korrigierte Althea.

»Ja, auch.«

»Nein, nicht auch. Sondern nur. Die selige Irmengard. Und ich habe nicht herumgesucht«, verwahrte sich Althea.

Stefans Augen fanden das Grab, an dem sein Blick vorher vorbeigegangen war. »Franka Mellis. Wirklich. Rosen.«

Warum hatte Althea den Eindruck, Stefan bemitleide den Rosenüberbringer?

Sie hörte das Gras wachsen. Buchstäblich. Und ihr Neffe war nicht sonderlich mitteilsam.

Althea begleitete Stefan zu Valentin Zeiser. Weil der Klosterwirt gesprächiger sei, wenn er sich nicht beim Schlafittchen gepackt fühle, sagte der Kommissar, der schließlich mehr über die Flaschenpost erfahren musste. Überdies vertraue Valentin ihr. Was Althea unter Vorbehalt bestätigt hätte.

»Die Priorin wird es verstehen. Nenn es eine Bitte.«

Valentin würde nicht mehr sagen, als er sich leisten konnte, das wusste Althea.

Der Wirt wedelte bei ihrem Anblick mit der Hand, dass es ihm gerade gar nicht passe.

»Valentin, wir möchten Kaffee und etwas Kleines bestellen. Über einen Anruf bei der Mordkommission kannst du dich auch im Anschluss noch unterhalten.« Althea hatte ihn nicht erschrecken wollen, aber sie wegzuwedeln, das ging gar nicht. Wo er doch behauptete, dass er sich sorgte.

Der erschrockene Blick war unbezahlbar. Natürlich konnte er nicht wollen, wenn seine Gäste mitbekamen, dass ein Kriminalkommissar Fragen hatte. Fragen zu einem Mordopfer.

Er brachte ihnen die Bestellung, Althea freute sich über den Kaffee und den Bienenstich. Schöne Ausnahmen.

»Schwester Althea, ich weiß, was du denkst. Ich kann es mir ja auch nicht erklären, aber«, er riss die Hände in die Höhe, »ich bastle doch keine Flaschenpost. Ich hab ja schon Sorge, dass da wieder was ankommt. Herr Kommissar, wir haben hier auf der Insel jemanden, der Leute erpresst.«

Leute erpresst?

»Keine Erpressung, Valentin. Vielleicht Auszüge aus einem Tagebuch«, sagte Althea.

Stefan sah sie verwundert an.

»Ich wusste doch, dass du etwas vermutest, Schwester

Althea«, sagte Valentin. »Auf jeden Fall ist das grade ganz ungünstig, hinterhältig ist es obendrein. Wir, die Insel, werden endlich wieder wahrgenommen. Und jetzt kommt uns der alte, fiese Mord dazwischen. Das muss im Stillen geklärt werden. Die Presse hat ein Auge auf uns. Die Künstlerin, der Zeichenkurs, die Touristen – und seit Neuestem sperren wir unsere Türen ab. Was soll denn das sein?, frag ich.« Und zu Stefan: »Finden Sie diese Franka Mellis.« Er war zornig, und er hatte wirklich Angst.

Was auch Stefan bemerkte. »Franka Mellis liegt auf dem Friedhof«, sagte er.

»Ach, Sie wissen doch genau, was ich meine. Komische Gestalten kommen an und stellen Fragen.«

Althea schob sich ein Stück Bienenstich in den Mund. Daran vorbei fragte sie: »Komische Gestalten?«

»Dieser absonderliche Kerl, der wohnt doch bei euch im Gästehaus. Schauspieler oder so. Und er hat es mit der Stipendiatin. Er wollte ziemlich viel über sie wissen. Der bekommt große Augen. Da sollte man vielleicht anfangen.«

Althea sah Stefan zucken.

Aber er sagte nichts dazu. Stattdessen: »Haben Sie und Franka Mellis zusammengearbeitet, damals?«

»Was?« Valentin hielt sich am Tisch fest.

Was?, fragte sich auch Althea.

Stefan nahm einen Schluck von seinem Kaffee. »Ob Sie Bilderrahmen für die Künstlerin angefertigt haben?«

Die Frage war nicht so unschuldig, wie sie klang. Althea beobachtete die Szene, ihr entging Valentins Unsicherheit nicht.

»Ja, ein paar. Und die Frau war nett, bis sie eben nicht mehr nett und meine Arbeit nicht mehr gut genug war. Ich habe gekündigt.«

»Womit hat Franka Mellis euch alle geködert?«, lautete Altheas Frage.

Die Frau musste schon sehr nett gewesen sein, wenn der Klosterwirt seine Arbeitskraft angeboten hatte.

»Die Sache mit ihren Bildern wurde ein Selbstläufer. Ich hab nicht schlecht verdient. Sie erzählte jedem, die Kunstgalerie in Prien plane zusammen mit ihr eine Ausstellung. Na ja, und dafür und für ein wenig Werbung hab ich die Bilderrahmen gemacht. Sie war schon eine Hübsche. Aber sie hat sich den Kommissar geangelt. Einen Gastronomen wollte sie nicht, so einer war ihr nicht aufregend genug.« Valentin fuhr sich über den Mund, als hätte er einen schlechten Geschmack auf der Zunge. Als Nächstes zog er sich einen Stuhl heran.

»Schwester Althea, denk nicht schlecht von mir. Ich hätte ihr gern den Hals umgedreht, wegen der Lügen, aber der wurde ja nicht umgedreht, hm?«

Althea legte ihre Gabel auf den Teller. Ach, Valentin! Sein Gesicht verlor an Farbe. Wer war Franka Mellis gewesen, dass man sich für sie so verbogen hatte?

Stefan schüttelte den Kopf. »Valentin Zeiser, das ist unklug, das betonen Sie besser nicht. Sonst brauchen wir noch einen Anwalt. Wenn ich was höre, wenn ich rauskriege, dass Sie mir was verheimlichen, dann rumpeln wir ganz gehörig zamm. Also, wenn es noch etwas gibt – irgendwelche Geheimnisse –, dann kommen Sie ins Kloster. Ich will sie hören. Sonst aber halten Sie sich bedeckt.«

»Bedeckt«, wiederholte Valentin.

»Und die Füße still. Keine Gerüchte, kein Geschimpfe. Solch eine kleine Insel und so ein großes Durcheinander.« Stefan verdrehte die Augen.

Valentin schmollte sichtlich. Gerade, dass ihm noch »Habn S' an guten Tag« über die Lippen kam, ehe er aufstand und Schwester Althea zunickte.

»Wer ist der Kommissar von damals, Stefan?«, wollte Althea wissen.

Sogar Friederike hatte ihn erwähnt. Und jetzt auch der Klosterwirt.

»Thorsten Schwarz, aber das tut wenig zur Sache. Er verliebte sich, hielt die beste Freundin für die Mörderin und konnte sie nicht mehr ausfindig machen. Er hat den Tod der Frau nicht gut verkraftet, quittierte den Dienst. Soweit mir gesagt wurde.«

Fehlende Teile. Schon wieder. Heimlichkeiten? Wozu? Althea würde gleich die zusammensetzen, die sie bis jetzt hatte.

»Du solltest Friederike Villbrock nach ihren Notizen fragen. Sie könnte welche darüber haben«, half Althea aus. »Sie notiert gern Dinge.«

Althea wollte Maximilian nicht ins Spiel bringen. Stefan wusste, dass die ehemalige Richterin über die neue Ermittlung informiert worden war. Doch wenn es ihr Fall war, dann hing da noch viel mehr dran.

»Komischer Tipp, Schwester Althea«, sagte er. Aha. Keine Tante Marian.

Stefan ging mit ihr das kurze Stück zurück zum Kloster. Er müsse noch mit ein paar Leuten reden, sagte er. Und zog eine Liste aus der Tasche.

Althea spitzte auf die Namen.

»Mit Franka Mellis hatten damals zu tun – Rita Donner, Birgit Anselm, Elisabeth Hofreiter, Bernhard Hauser, Philip Kunz, Teddy Pischetsrieder, Valentin Zeiser, Thorsten Schwarz.«

Birgit Anselm. Den Namen hatte Althea noch nie gehört, aber das musste Priorin Jadwiga sein. »Und der Bürgermeister, Patrick Gräfe«, ergänzte Althea.

Bernhard Hauser und Philip Kunz sagten ihr nichts. Sie hoffte, ihr Neffe redete. Wollte er vielleicht gerade, da winkte der Kerl, den Valentin eine eigentümliche Gestalt genannt hatte und über den Schwester Anna schimpfte.

»Ah, der Kriminalkommissar in Sachen der alten Leiche. Gibt's schon was?«, fragte er.

»Nein, es gibt nichts. Kümmern Sie sich um Ihre eigenen Sachen und stellen Sie nicht jungen Frauen nach.«

So hatte Althea Stefan selten erlebt. Vielleicht überhaupt noch nie. Er ließ die komische Gestalt und Tante Marian stehen und lief weiter.

»Ha«, machte Althea.

»Ich hab doch nichts gesagt, ich hab doch nur gefragt. Empfindlich, der Polizist.« Der Mann grinste, zupfte seine Haare zurecht (trug er ein Toupet?) und nahm ihren Arm. »*Schwester* Althea, da bin ich mir sicher, wegen des Namens. Darf ich *Ihnen* nachstellen? Sie waren doch schon im Kloster, als der Mord passierte. Wissen Sie, wer Franka Mellis Übles gewollt hat?«

Er stellte besondere Fragen. Vielleicht war er von der schreibenden Zunft.

»Sie sind Reporter, schreiben eine Serie über Mordschauplätze und sind dabei auf unsere Insel aufmerksam geworden?« Althea *wollte* ihn erschrecken.

»Was? Nein. Das können gerade Sie nicht lustig finden. Warum sagen Sie so etwas?« Er ließ ihren Arm los, als hätte er sich verbrannt. »Sie können einem Angst einjagen. Ihnen möchte ich nicht im Dunkeln begegnen.«

Es war nicht dunkel. Aber gerade kam Althea eine Idee.

Er glaubte an einen dummen Spaß ihrerseits, und sie hatte ihn verdächtigt, so ein Crime-Watching-Typ zu sein. Mordfälle und wo sie begangen wurden, das Verbrechen überm Gartenzaun …

»Wer sind Sie, wenn nicht …?« Sie ließ den Satz in der Luft hängen, erwartete keine Antwort.

»Was, wenn nicht so einer? Jemand, der Leute beobachtet? Ich nehme eine Auszeit. *So einer* bin ich. Und offenbar mitten in einen Mordfall geraten, der wieder aufgerollt wird. Und weil die Täterin nicht dingfest gemacht werden konnte, unterhält man sich eben darüber. Da bin ich hier nicht allein. Ich bitte *nicht* um Verzeihung.«

»Ich auch nicht«, sagte ihm Althea, und auch er verschwand, wie Stefan kurz zuvor. Ähnlich verärgert. Sie würde den Kriminalkommissar vielleicht beim Abendessen sehen. Er musste ja noch mit einigen Leuten reden.

Die allgemeine Stimmung konnte Althea es nicht nennen,

die kannte sie gerade noch nicht, doch schien sie sich angepasst zu haben – etwas missgelaunt, weniger vertrauensselig, achtsam.

Und Althea musste sich durch den Kopf gehen lassen, was sie alles so nebenbei erfahren hatte, und nachforschen, was die Zeitungen damals berichteten.

Es könnte doch helfen, wenn sie im Kloster darüber redeten, wo es schon alle anderen taten – nicht bei Tisch, aber im Gemeinschaftsraum. Schließlich waren sie alle betroffen. Ihre Insel und auch die Abtei. So ähnlich sprach sie bei Priorin Jadwiga in der Angelegenheit vor. Sie verschluckte den Teil, dass sie es war, die jemanden direkt auf den Mordfall angesprochen hatte. Nachdem der Jemand etwas über Franka Mellis wissen wollte.

Althea wurde ausführlicher, nachdem Jadwigas Ausdruck noch sehr unentschlossen schien. Althea sagte, dass vielleicht auch Mitschwestern schon gefragt worden seien.

Der Kommissar muss Dinge in Erfahrung bringen, und du klinkst dich ein.

Am späten Abend wollte sie ein wenig mehr unternehmen, als nur das Wissen der anderen zu erfragen. Das Lagerfeuer mit Maximilian in Gedanken. Außerdem wollte sie sehen, wer umherschlich, wer Flaschen so positionierte, dass Valentin sie finden musste.

Vielleicht er selbst? Aber seine Entrüstung sprach dagegen.

»Schwester Althea, was würde es nützen, wenn wir darüber sprächen?«, wollte Jadwiga wissen.

Dass ich nicht herumlaufen muss und fragen, wer Bernhard Hauser und wer dieser Philip Kunz ist. Was sie natürlich nicht sagte.

»Der heimische Radiosender gibt vor, etwas zu wissen. Selbst wenn er nichts Genaues weiß, genügt es, um die Hörer aufmerksam werden zu lassen. Auch, dass die ehemalige Richterin und Schwester Althea, die dafür Sorge trugen, dass schon einige Kriminalfälle gelöst wurden, diesem Inselmörder vielleicht gemeinsam auf die Schliche kämen.«

Die Priorin erschrak. »Grundgütiger!«

»Schlimmer, dass womöglich so ein Crime-Watcher unterwegs sein könnte, um Informationen über den Mordfall zusammenzutragen.«

Jetzt geschah etwas, was Althea noch nie gesehen hatte. Jadwiga schlug sich mit der Faust gegen den Mund. Sie atmete vorsichtig, machte ein Gesicht, als hätte man gedroht, das Kloster aufzulösen. »Ich fürchte mich ein wenig, Schwester Althea.« Das war untertrieben.

»Mir graut auch, aber mehr davor, wie die Leute sich darüber auslassen.«

Wenn Althea erwartet hatte, von der Priorin etwas zu hören, irrte sie sich, diese blieb stumm.

»Und ich möchte mich ein bisschen schlaumachen«, nutzte Althea die Gelegenheit. »Auf den Nachrichtenportalen lesen, was damals über den Mord geschrieben wurde. Dort finden sich sicher auch einige Namen. Und ich würde gern die alte Kath besuchen, ich hab ja ganz lange nicht mehr nach ihr geschaut. Nach Prien sollte ich auch, für den Zeichenunterricht etwas besorgen.«

»Alles, was du meinst – aber die alte Kath, diesen Besuch würde ich zu einer ruhigeren Zeit lieber sehen.«

Würdest du? Interessant. Althea sagte darauf nichts, sie nickte. »Alles, was du meinst« genügte. Den Nachsatz überhörte sie.

Was könnte die alte Kath über diese Sache zu sagen haben, was könnte sie über dich wissen? Was hat dich so erschreckt? Aber sie zeigte eine freundliche Miene, auf ihr Gesicht schlich sich kein störrischer Hauch.

»Ich behalte es im Sinn, höre mich um, was die Mitschwestern denken. Wir debattieren heute nach der Abendmesse. Und du setzt vielleicht für nervöse Zustände das Öl der heiligen Walburga an.«

»Du ziehst mich nicht auf – du bittest mich wirklich?«, vergewisserte sich Althea.

»Ich verstehe mich nicht aufs ›Aufziehen‹, das weißt du.«

Und Althea erklärte ihr, was bei Vollmond gesammelt werden musste. Weshalb es noch ein wenig Zeit brauche, weil der Mond gerade abnahm.

»Ich habe vielleicht noch eine kleine Menge«, sagte sie, als sie den enttäuschten Blick bemerkte. Jadwiga war unruhig. Und Althea beschloss, sie würde, ob Ver- oder Gebot, in jedem Fall die alte Kath besuchen, die hoffentlich keine Hiobsbotschaft hatte.

Sie übernahm den PC, den Jadwiga ihr großzügig überließ. Und großzügig nahm sich auch der Artikel aus, den sie entdeckte. Eine der Heimatzeitungen hatte darüber geschrieben. Nicht wie die »Welt«, nicht wie die »Süddeutsche«, ganz eigen in einem »Bildzeitung«-Ton.

Blut auf der Leinwand

Franka M. liegt leblos neben ihrer Staffelei im Atelier »Inselsonne« auf Frauenwörth im Chiemsee. Für die Künstlerin, die sich mit ihren kühnen Gemälden einen Namen machte, ist die Sonne für immer untergegangen.

Warum sie? Einige sagen, sie war herausfordernd, andere, M. habe es bis ganz nach oben geschafft. Mord aus Neid.

Der Bürgermeister der Insel, Patrick G., ist sich nicht so sicher, sein Lachen klingt hohl, als er sagt, natürlich habe er ein Bild erstanden, er wolle die heimische Kunst unterstützen. Besagtes Bild zeigt sein Porträt auf der einen Seite – und auf der anderen, winzig und kaum sichtbar, eine Stechmücke. Eine Anspielung auf seine Persönlichkeit, weiß eine Mitarbeiterin des Büros und hält zur Inaugenscheinnahme eine Lupe parat. Auch dass Patrick G. geflucht haben soll, ist ihr nicht entgangen.

Die Tatwaffe steckte bei Auffindung der Toten noch immer in ihrem Hals. Ein Malerspatel. Ihr eigenes Werkzeug. Die Freundin und Kollegin kühl: »Sie hat bekommen, was sie aus-

geteilt hat.« Der Kriminalkommissar Thorsten S., der auf der Insel einen Kurzurlaub macht, spricht davon, es werde alles unternommen, um die Täterin zu fassen.

Täterin. Thorsten S. hat also einen Verdacht.

Wir erfahren von einer Anwohnerin, dass es ausgelassene Zusammenkünfte gegeben haben soll. Sie nannte keine Namen, doch mit dabei gewesen seien ein Musiker, ein Schriftsteller, eine Allgemeinmedizinerin, ein Vertreter des Volkes, auch jemand von der Exekutive und der Sohn des Apothekers, von ebenjener Apotheke, in der sie immer ihre Rezepte einlöse.

Ob es Streit gab? Nein, den habe es nicht gegeben. Es gab Bacchanale (sprich: ausschweifende Feste), Annäherungen und dergleichen. Die Anwohnerin sei jedoch erleichtert, dass das jetzt ein Ende habe. Obwohl sie natürlich nicht gemeint habe, solch ein Ende.

Gesucht wird eine Mörderin.

Franka M., angeblich aus Norddeutschland, genau weiß es niemand. Jeder glaubte, sie zu kennen, keiner hat sie wirklich gekannt, aber jeder wollte der charismatischen Künstlerin nahe sein.

Die Mordermittler geben spärlich Auskunft, es heißt wie immer: »Laufende Ermittlungen, kein Kommentar.«

Rita D., Freundin und Finderin der Leiche, vielleicht auch aus Norddeutschland, hat wahrscheinlich die Fähre genommen, von ihr fehlt jede Spur.

Es wird wohl beschlossen werden, Franka M. auf dem Friedhof von Frauenchiemsee zur letzten Ruhe zu betten.

Pilgerstätte brauchen wir keine, so die Insulaner.

Eine Mörderin wird gesucht.

Fiktion, Zufall oder Wahrheit – einen Täter zieht es immer wieder an den Tatort zurück.

Das war manches Mal die Wahrheit, glaubte Althea. In diesem Fall nicht. Denn das würde voraussetzen, dass der Täter Gefallen an der Tat gefunden hatte, sie noch einmal erleben wollte.

Tötete man aus Verzweiflung, fiel der Genuss weg. Die ehemalige Richterin war der Meinung, der Täter von damals werde vielleicht wieder töten. Althea glaubte Friederike, die sicher in ihrer Amtszeit oftmals auch mit Mord zu tun gehabt hatte, doch dieser Täter war wohl keiner, der sich wiederholen wollte.

Von jetzt an würde Althea auf jede Regung achten. Der Zeichenkurs für Anfänger. Heute. Sechzehn Uhr. Die Notiz hatte Althea gerade erst gesehen.

Dann musste sie sich beeilen und würde das Mittagessen verpassen. Wie gut, dass sie mit der Fähre zuerst Gstadt und dann Prien ansteuern konnte. Etwas besorgen, danach wieder direkt zurück. Ohne zu schummeln, käme sie aus Prien, mit den Aquarellfarben für die Skizzen, die im Kurs angefertigt wurden. Es ist eine Hintertür, Althea. Die braucht man von Zeit zu Zeit, lautete ihre Antwort.

Sie zog sich um, das Denim fühlte sich gut an. Denim, das war blauer Jeansstoff und leitete sich vom französischen »de Nîmes« ab. Aus Nîmes.

So hatte es sich die Einkäuferin einst erklären lassen.

Althea schüttelte ihr Haar auf, kniff sich in die Wangen, für einen Hauch Farbe auf den Lippen sorgte ein Pflegestift. Sie präsentierte sich ihrem stillen Mitbewohner, der fand, so gehe es.

Die Wertschätzung der Christusfigur – ach, Althea!

Die Wertschätzung der Mitschwestern, die gab es in dem Sinn selten.

Sie wäre schön, war vielleicht eines fernen Tages möglich. Althea musste nachsehen, ob sie noch Vorräte vom Walpurgisöl hatte. Wenn ja, dann in ihrem Herbarium im Garten, einem kleinen Bau mit eingebauten schmalen Tischen rundherum. Zum Schneiden, zum Mischen, mitsamt den Utensilien, die dafür gebraucht wurden. In der Mitte der niedrigen Decke ein Balken, von dem Kräuter herabhingen. Ihr winziges Refugium, wo sie mit sich und ihren Gedanken allein sein konnte.

Leider kein Labor, etwas Derartiges gab es angrenzend zum Klosterladen. Nutzen durfte sie natürlich auch das. Sie war die Kräuterexpertin. Hin und wieder musste sie sich selbst daran erinnern.

Gerade ging es um andere Utensilien. Dafür hatte eine Schwester auf sie gewartet.

»Schwester Althea, dürfte ich dich bitten, mir einen Kugelschreiber mitzubringen? Einen eleganten«, sagte Schwester Ignatia.

Von einem eleganten Kugelschreiber hatte Althea noch nie gehört.

»Das ist nett.« Fünf Euro landeten in Altheas Hand. Obwohl sie noch gar nichts gesagt hatte.

»Elegant« begann wahrscheinlich nicht bei einer Summe von fünf Euro. Sie würde ihr Bestes tun.

»Schwester Althea …« Der Gesichtsausdruck der Priorin, die sie aufhielt, ließ sich nicht deuten. Was gefiel ihr nicht, was gab es zu beanstanden?

»Besorge dir für den Zeichenkurs etwas richtig Gutes und lass es ruhig etwas kosten. Du repräsentierst unser Kloster mit deiner Kunst.«

Ihrer Kunst. Das war noch nicht raus. Sie hatte die feste Absicht, wirklich. Aber das gerade nannte sich Erpressung. Althea schnappte nach Luft, und Jadwiga hörte nicht mehr zu. Etwas richtig Gutes, nahm sie für sich zur Kenntnis. Die Hälfte hören, darauf verstand sie sich allmählich.

Flotten Schrittes spazierte Althea durch Prien, den Luft- und Kneippkurort. Hier trafen sich wirklich Historie, Altes und Modernes kombiniert. Die Gebäude, die Stilrichtungen. Man verstand es, schön zu sein. Die Leute konnten lächeln.

Althea argwöhnte, sie hatte ganz allmählich den Blick einer Nonne. »De Dieu«, hauchte sie. Und musste über sich selbst lachen.

An einem Eck schräg gegenüber vom Bahnhof war ein Ladengeschäft für Künstlerbedarf. Und dort wurde die Farbigkeit erschaffen, denn um zu zeigen, welche Effekte erzielt werden konnten, mit Acrylfarben, mit Öl, mit Aquarell, da mussten Beispiele her. Althea ließ die Luft entweichen. Natürlich wurde die Farbigkeit nicht aus dem Nichts erschaffen – doch der Anfang war eine weiße Leinwand oder ein leerer Block.

»Was eignet sich für deine Kunst?«, wollte sie von sich wissen. Und ließ ihren Blick umherwandern. Da gab es ein Angebot. Das wäre doch gut für den Anfang. Und war auch für Anfänger.

Leute, die sich die gleichen Gedanken machten wie sie. Sie brauchte geraume Zeit, um die Auswahl zusammenzustellen. Das Angebot beinhaltete ein Buch, so konnte sie ein wenig lesen, wie es funktionierte, und durfte Anfängerin sein, doch nicht absolut ahnungslos. Das erschreckte sie immer an einer Entscheidung, und wenn es sich vermeiden ließ …

Eine Kofferstaffelei aus Holz. Eine Mischpalette. Malerkrepp (man müsste in Erfahrung bringen, wofür genau). DIN-A4-Block. Bleistifte und Radiergummi. Rotmarder-Pinsel in drei Größen und Stärken. Ein Stofftuch. Sogar ein Keilrahmen, für ein erstes Gemälde. Und hundert Farben? Über dreißig gewiss.

Wenn sie gleich mit ihrer Tüte aus dem Geschäft lief, hatte sie allerhand Künstlerbedarf gekauft, für den Jadwiga, die Priorin, geradestand. Die Rechnung ging an das Kloster – und der Anruf, mit dem sich der Mitarbeiter vergewisserte, dass die Schwester, die nicht aussah wie eine, im Namen der Abtei Frauenwörth »gerade über zweihundert Euro verballert hat«.

»Ja … ja. Natürlich. Eine sehr gute Wahl.«

Er legte den Hörer auf, schüttelte den Kopf, und Althea fragte: »Am Ende doch nicht?«

»Man würde nicht annehmen, dass Sie Nonne sind. Ihre gute Wahl ist sehr teuer«, kam es zurück.

»Und die armen Kirchenmäuse nehmen den billigen

Käse«, sagte Althea. »Einen schönen Tag und Gottes Segen«, wünschte sie und war froh, etwas bekommen zu haben, sich freuen zu dürfen, es zu benutzen.

So kostete der elegante Kugelschreiber für Schwester Ignatia ein bisschen mehr und war wirklich elegant.

Sie fuhr sich über den Hals, was das Nachdenken förderte. Sonst würde jemand eine Frau nur stehen und starren sehen, und das wollte sie nicht. Es gab zwei Galerien auf kleinem Raum in Prien am Chiemsee. Es schien für beide zu funktionieren. Althea dachte praktisch. Wenn man mit der Fähre von der Insel kam, dann wählte man wohl die nächstgelegene, um sich vorzustellen, etwas anzubieten?

Einen Versuch war es wert, in der Seestraße hereinzuschneien und Fragen zu stellen.

Und sie machte es sich leicht.

Ob ein Gemälde der Künstlerin Franka Mellis zu erstehen sei, war die Frage.

»Da sind Sie nicht die Erste«, hörte sie.

Und auch nicht die Letzte, vermutete Althea. Die zierliche Hübsche könnte vielleicht schon vor achtzehn Jahren hier in der Galerie gewesen sein?

Wie kannst du etwas nicht sagen und trotzdem alles erfahren?, fragte das Stimmchen, das oft zu hören war, wenn ein loser Gedanke in Altheas Kopf umherflitzte. Dieser nun hatte mit dem Duft zu tun. Sie erkannte ihn, er hatte eine Ewigkeit nicht mehr ihre Nase gekitzelt.

Vielleicht käme man sich über einen Duft näher. »Tiziana Terenzis Duftexplosion steht Ihnen«, sagte Althea.

»Das erkennen Sie?« Beeindruckt.

»Ich errate nicht, welcher, aber«, Altheas freie Hand meinte die Kunstwerke und beschrieb einen Halbkreis, »die Werke sind extra. Ihre persönliche Wahl ist vielleicht dem guten Gefühl des schönen Zufalls geschuldet. Entweder der Name eines Sterns oder ›Orza‹, ein Kurs- und Perspektivwechsel. In jedem Fall ist der Duft sehr passend.«

»Du meine Güte. Da sollte ich vielleicht Terenzi als Sponsor für unsere nächste Ausstellung in Betracht ziehen. Ernsthaft, das ist mir noch nie passiert. Sie haben recht, es ist ›Orza‹ … Wie kann ich Ihnen helfen? Denn mit einem Franka-Mellis-Bild kann ich nicht dienen.«

»Ich recherchiere, ich möchte nichts kaufen. Franka Mellis soll bei Ihnen ausgestellt haben. Jetzt wüsste ich gerne, wie die Leute das gesehen haben; diesen ganz eigenen Stil. Sie war eine herausfordernde Frau, wie ich auf der Insel hörte.«

»Für ein Magazin? Da erzähle ich Ihnen gerne etwas. Der Galerist und Franka haben sich zufällig kennengelernt. Ob er die Bilder wirklich so herrlich fand, das kann ich nicht beantworten, aber die Mellis hat sich über alles lustig gemacht. Mit ihrer charmanten Art gelang es ihr sogar, einen Kriminalkommissar als Model zu bekommen.«

»Das ist ja wirklich sehr eigenwillig und spannend.« Das *war* spannend. Es gab ein Gemälde.

»Sie nannte ihn ihren traurigen Kommissar, dem sie angeblich einen zahnlosen Alligator gegenüberstellte. Das wird ihn wohl verärgert haben, was meinen Sie?«

Das meinte sie auch. Und Altheas Verstand schlug Purzelbäume, denn hier hatte sie eine Information, die unbezahlbar war. Dieser Kommissar könnte wirklich getötet haben.

»Weiß man, wo dieses Bild geblieben ist?«, fragte sie aufmerksam.

»Vielleicht noch auf der Insel. Viel Gerede, niemand hat es gesehen. Also, ich weiß von niemandem. Obwohl, jemand muss das Motiv gesehen haben, oder? Außer der Künstlerin. Es war nicht mehr im Atelier, da waren nur Franka Mellis' grundierte Leinwände. Aber eine Zeichnung, die wurde gefunden. Der Klosterwirt auf der Insel weiß vielleicht etwas. Auch da gab es Gerüchte.«

Valentin. Schon wieder.

Gerade dachte Althea über etwas nach, wie sie an Bilder herankommen könnte, an die nicht heranzukommen war. Nicht

unter normalen Umständen. »Es wird vielleicht im Kloster-
garten auf der Fraueninsel eine Ausstellung mit Franka Mellis'
Werken geben.« Das hatte sie jetzt laut gesagt.

Oh, Althea. Jadwiga verspeist dich zum Frühstück.

Würde sie sowieso, wenn sie gleich nach Gstadt übersetzen
würde – zur alten Kath.

»Sie haben mit dem Kloster zu tun?«, wurde Althea gefragt,
und darauf musste sie natürlich mit der Wahrheit antworten.

»Eine Nonne erkennt ein Parfüm und hat Ahnung von
Düften. Das darf ich doch ein wenig seltsam finden, ohne
respektlos zu sein.«

»Nun, ich war nicht immer Nonne«, erwiderte Althea und
brachte die Hübsche auf die Spur zurück. »Wie ist der Name
des Galeristen? Und – wie fanden nun die Leute Franka Mellis'
Kunst?«

»Hans-Peter Keil. Sehr passend, nicht wahr? Die Preise
der Gemälde waren so exklusiv wie Franka Mellis überspannt.
Wir hatten ein Bild von ihr zur Begutachtung. Sie stellte die
Idee vor. Die war gut. Sie dachte, die Leute müssten ihr ein
Foto geben, sie würde sie porträtieren und dazu – das würde
sie dann auswählen – ein Tier, das zum jeweiligen Charakter
passte. Unter dem Titel ›Rätselbilder‹ sollte diese Zusammenarbeit laufen. Der Gedanke an sich funktionierte. Mit fünf-
zehntausend oder zwanzigtausend einsteigen zu wollen, das
klappte nicht so gut. Und die sehr eigenen Charakterstudien
gefielen einigen Kunden auch nicht sonderlich. Sie war noch
mit einer anderen Galerie in Kontakt. Vielleicht hat sie da
etwas unterbringen können. Obwohl wir davon gehört hätten.«

Natürlich hätten sie das, gab sich Althea überzeugt.

»Ansonsten verkaufte sie privat, das waren Arbeiten, die
solvente Käufer in Auftrag gaben. Ein Sänger, der Frau und
Kind porträtieren ließ, ein Sportler, der ein Bild von sich
wollte, ein Bürgermeister, von dem es heißt, Franka habe ihn
sehr verärgert.«

»Davon habe ich gehört. Die Stechmücke. Kein Rätsel«, sagte Althea.

Ihr Gegenüber lachte. »Letztlich wurden Franka Mellis' Preisvorstellungen erfüllt. Ich konnte das ein wenig verfolgen.«

Dann war ihr Konto prall gefüllt gewesen. Was geschah mit dem Geld – wenn es ein Grab auf der Insel gab, waren vielleicht keine Angehörigen ausfindig zu machen? Hatte es eine Niederschrift gegeben, ein Testament?

Stefan musste so etwas wissen.

Althea bedankte sich, und die Hübsche gab ihr ihre Karte und bat sie, Bescheid zu sagen, wenn auf der Fraueninsel eine Ausstellung zu bestaunen sei. »Ich möchte nicht das Gefühl bekommen, etwas verpasst zu haben. Bitte melden Sie sich.«

»Ich bin Schwester Althea«, sagte sie. Damit die andere wusste, wer anrufen würde.

»Das fällt mir im Moment schwer zu glauben. Verzeihen Sie, Schwester Althea.«

Jetzt folgte der Teil, den die Priorin zu einer ruhigeren Zeit lieber sehen würde. Katharina Venzls Vorhersagen ängstigten Jadwiga. Konnte sie die alte Kath leiden? Althea wusste es nicht. Gefressen hatte sie sie jedenfalls nicht. Oder würde den Ausdruck nicht in den Mund nehmen.

Und von diesem Gedanken wurde Althea erinnert, dass sie wirklich etwas essen sollte. Eine Kleinigkeit konnte sie auf der Fähre erstehen. Knabberzeug, wie armselig.

Mit ihrer Tüte, ein Ohr am Glockengeläute von St. Petrus, das weit trug, hetzte sie die Seestraße hinunter nach Gollenshausen. Dass sämtliche Wege am Chiemsee eine Seestraße waren, das war nicht neu. Das Haus der alten Kath lag schön am nördlichen Seeufer. Friedvoll, hätte Althea gesagt, nur nicht im Sommer. Ähnlich auf der Fraueninsel, da stürmten Touristen das Eiland. Das stand ihnen allen wieder bevor.

Althea schob das Gartentor auf, rief laut, dass sie es sei.

Musste sie darauf achten, dass da wieder ein Tier herumschnurrte? Die alte Kath war immer für eine Überraschung gut. Hier sagten sich Fuchs und Hase gute Nacht – taten es tatsächlich.

»Althea, diese Blässe funktioniert schon lange nicht mehr. Anziehend wirkt sie auch nicht«, sagte ihr Kath. Kraftvoll wie immer und zu Scherzen aufgelegt. Obwohl das gerade keiner gewesen war.

»Hat der Herrgott vielleicht einen Grund, warum er nicht so genau hinschaut?«

Wie genau? Ach, Althea hatte keinen Kopf mehr dafür.

»Das überlässt er einer Alten«, beantwortete Kath Altheas Ratlosigkeit. »Komm rein. Was dich sonst bekümmert, das verschieben wir. Du musst was essen.«

Und wie sollte sie nachher Jadwiga erklären, dass sie schon gegessen hatte?

»Deine Sorgen möchte ich haben«, sagte Kath.

Althea fragte sich nicht zum ersten Mal, ob ihre Gedanken so laut waren.

Ein amüsiertes Schulterzucken. »Ich habe gebackene Süßkartoffeln mit Schafskäse.«

Althea grinste versonnen. »Du rettest mir das Leben«, sagte sie. Kath drückte sie auf einen Stuhl.

»Das wirst du tun. Ein Leben retten. Anders. Aber ja. Du triffst eine Entscheidung, eine schwere.« Kath schaute einen Moment durch sie hindurch. In eine andere Situation. Dann schaltete sie das Backrohr ein.

Althea würde sie nachher fragen. Nachher, wenn sie wieder ein paar klare Gedanken fassen konnte.

Das Essen war köstlich. Althea kannte Süßkartoffeln mit Schafskäse nicht, würde sich das Rezept aber merken. Von Rezepten verstand sie etwas. Auch, wenn sich ihre anders zusammensetzten.

»Was tust du den lieben langen Tag, und wie geht's dir?«,

fragte Althea ihre Gastgeberin, nachdem sie sich für die Verpflegung bedankt hatte.

»Ach, das kannst du dir denken – Klienten Hoffnung geben oder ihnen die selbige nehmen und Patienten gesund oder tot pflegen.«

Kath musste man verstehen. So einfach gelang das nicht immer. Und manche würden sich erschrecken. »Das hört sich zwar ganz nach dir an, aber mir beschert es eine Gänsehaut.«

»Wenn dein System wieder arbeitet, dann bist du einsatzbereit. Und eine Gänsehaut ist ein Überbleibsel der Evolution, heißt es. Durch einen kleinen Muskel am Haarbalg werden die Härchen aufgerichtet. Bei Kälte oder Angst. Wir versuchen, größer zu erscheinen. Abwehr, Schwester Althea.«

»Was glaubst du, wovor ich mich am meisten fürchte?« Das hatte Althea eigentlich gerade nicht fragen wollen.

Kath lachte. »Wir machen uns zur Furcht noch einen Kaffee. Diesen Gedanken rieche ich nur.«

Sie brühte den Kaffee frisch auf, und das war ein wärmendes, sonniges Gefühl.

»Ich werde dir fehlen. Ja, das weiß ich … Althea, es wird noch einige Zeit nicht der Fall sein, dass du mich findest und ich keinen Puls mehr habe. Also lass den Unsinnsgedanken.«

»Mhm«, murmelte Althea.

»Auf deiner Insel ist im Moment guter Rat teuer – eher unbezahlbar. Du bist wieder neugierig, und diesmal willst du einen Zeichenkurs besuchen. Das rate ich nicht, ich kann sehen, was du eingekauft hast. Ist das ein Wollen oder ein Zu-müssen-Meinen, um bestimmte Dinge zu erfahren? Dann sage ich dir jetzt was. Die junge Frau, die das Stipendium bekam, ist genau die, als die sie sich vorgestellt hat.« Kath deutete auf ihre Ohren. Althea verstand kein Wort.

Kryptisch. Althea hatte etwas gegessen, ihr Gänsehautsystem funktionierte, aber sie verstand nicht, was Kath ihr sagen wollte.

Was sie interessierte, war aber doch gar nicht Tina.

»Die Leute, die vor achtzehn Jahren mit Franka Mellis zu tun hatten, bekommen eine Flaschenpost. Gut, es sind bis jetzt nur Jadwiga und Elisabeth Hofreiter.« Von denen sie wusste. Oh. Vielleicht gab es da noch eine bestimmte Frage zu stellen. Valentin.

Zu Kath sagte sie: »Die ehemalige Richterin meinte, der Mörder von Franka Mellis hat vielleicht noch etwas zu erledigen, er könnte zurückkommen. Kath, wenn ich glaube, dieser Kommissar, der damals ermittelte, hat etwas damit zu tun, liege ich dann so falsch?«

»Warte, ich gehe in mich … Schreib den Namen dieses Ermittlers auf. Bitte.«

Und Althea tat, worum Kath gebeten hatte.

Die Kaffeeprozedur war beendet, sie holte zwei große Tassen aus einem Schrank, schenkte Althea und sich ein, nahm Milch aus dem kleinen Kühlschrank und eine Dose Zuckerwürfel aus dem Schränkchen daneben.

»Du musst etwas Anregendes zu dir nehmen, um etwas zu sehen?« Das hatte Althea noch nie gefragt.

»Daran denke ich gar nicht. Der Kaffee ist heiß, er nimmt die Kälte der Bilder fort, die sich mir vielleicht zeigen.« Sie schaute Althea an. »Kein schlechtes Gewissen, das ist mitfühlend, aber sinnlos. Ach, Althea – du kennst doch das Frage-Antwort-Spiel. Und Friederike Villbrock hat sicher unrecht. Mit dem Zurückkommen. Du wirst es rechtzeitig wissen.«

Das Zwinkern erleichterte Althea jetzt nicht.

Kath nahm sich Altheas Zettel vor, strich mit den Händen darüber. Mit geschlossenen Augen zeichnete sie die Buchstaben nach. Thorsten Schwarz. »Er liebte und tat etwas Dummes. Mit dem Vorher hat er abgeschlossen, er wollte nicht mehr so weitermachen.« Kath war ganz bei sich, fiel Althea auf. Dieses »Schauen« war ungewöhnlich.

Stefan hatte gesagt, man werde den Kollegen nicht mehr danach fragen – er hatte sich umgebracht, er hatte etwas angestellt … War es ein und dasselbe? Da hing noch ein Fitzelchen

Ungewissheit dran. Das sagte Althea der alten Kath. Und sie sagte ihr: »Du wirst sicher keinen Geist sehen.«

Kath schob den Zettel von sich. Diese Antwort war gegeben. Kurz darauf nahm Kath die Tasse in beide Hände, ihr Kopf lehnte schräg an ihrer rechten Schulter.

Als sie zuckte, nahm Althea die eigene Tasse und hielt sich daran fest.

Kath sagte: »Den Tod in Kauf nehmen, das ist nicht billig. Gut, dass sie stirbt?« Ein Blick, der sich hebt, als hätte sie jemanden etwas sagen hören. Sie sprach nicht zu Althea. »Und nach so langer Zeit … willst du nicht mehr auf den Tag der Entdeckung warten. Pass auf, Priorin! Pass gut auf!«

Jetzt brauchte Althea die Wärme auch. Kälte kroch ihr über den Nacken, sie biss die Lippen zusammen. Sie hatte geahnt, dass Jadwiga etwas verbarg. Kath hatte es gesehen. Es klang, als … Müsste Althea es in Worte fassen, würde es heißen: Du hast etwas beobachtet und konntest nicht reagieren? Aber Kath hatte es so formuliert, als wäre es kein »konntest nicht«, sondern ein »wolltest nicht« gewesen.

Kath sagte ihr nur, sie, Althea, könne nichts tun. Gar nichts. »Der Lauf der Dinge. Wenn die rechte Zeit ist, frag sie, und sie wird es dir verraten. Althea, ich kann dir nicht mehr sagen. Aber behalte die junge Frau im Auge; ihre Mutter würde darum bitten.«

Die junge Frau, deren Name der Wahrheit entsprach. Tina Jensen. Das würde Althea wohl hinbekommen. Es war nur die Frage, warum sie das tun sollte – waren Künstlerinnen auf Frauenchiemsee in Gefahr?

Auf dem Rückweg hatte Althea kältere Hände als zuvor. Die alte Kath hatte keine ihrer Fragen beantwortet und doch auf jede eine Antwort gehabt. Sie hätte lachen mögen.

Althea war zeitlos, sie trug keine Uhr. Aber sie würde rechtzeitig zurück sein, gerüstet für den Zeichenkurs und natürlich mit dem eleganten Kugelschreiber für Schwester Ignatia.

Ein wenig hatte der Blick der alten Kath dafür gesorgt, dass Althea mit ihren Gedanken jonglierte. Sie hatte sich auf dem Oberdeck der Fähre einen Platz gesichert, hörte die Unterhaltung der Leute um sich herum und lauschte nicht, war bei der Zeichnung, die im Atelier gefunden worden war. Stefan wüsste es? Ihr Neffe müsste so einiges wissen, über das Konto einer Toten, ein Testament oder keines und einen verliebten Kommissar, der eine Dummheit begangen hatte. Und Valentin, der vielleicht noch zwei, drei andere Postsendungen aus dem See geholt hatte, über die er nichts verriet. Die Zeichnung, über die wusste Stefan etwas und der Klosterwirt auch. Eine besondere Zeichnung? Die Liste der zu Befragenden war nicht lang, aber ob der Kommissar Antworten bekam …

Und du hast auch keine bekommen, musste sich Althea eingestehen. Sie sah ein wenig ratlos drein und hoffte, niemand würde es bemerken.

Einer hatte es vielleicht erkannt. »Hey, die Nonne – wie freut mich das, Schwester Althea. Ich hab auch was Schlaues: ›Ihr seid doch nur ein Hauch, der für kurze Zeit sichtbar wird und dann verschwindet.‹ Von Jakobus.«

Von wem auch immer. Althea hatte ihn nicht gesehen, er rutschte einfach zu ihr.

Der junge Mann, den sie überhaupt nicht gern traf, weil sie danach beichten müsste – ihre verwerflichen Gedanken. Sechzehn, gut aussehend, clever, bitterböse. Was sie nicht wusste und nicht wissen wollte. Nur – diese Augen. Wer erriet schon, was hinter seiner Stirn vorging? An Nächstenliebe war da nicht einmal zu denken. Wenn du ihm unrecht tust …

Nehme ich die Strafe. Er hat obskure Gedanken. Daniel war der Sohn von Elisabeth Hofreiter. Althea mochte ihn einfach nicht, so wie sie keinen Tintenfisch mochte, den man erst einmal bearbeiten musste, um ihn zu verzehren. Daniel wollte sie gar nicht bearbeiten, Daniel wollte sie schnell wieder loswerden. Er hatte ihr nichts getan, es war die ungenießbare Art des Sechzehnjährigen.

Die aber, die dem Herrn vertrauen, schöpfen neue Kraft,
und sie bekommen Flügel wie Adler. Mach bitte schnell, sonst
bin ich verloren und sage etwas, was ich genauso meine. Gerade war sie nicht Nonne genug, wo sie kurz zuvor noch das
Gegenteil über sich gedacht hatte.

»Wem wird gedroht?«, fragte Althea. Sie mochte diese Bi-
belsprüche überhaupt nicht.

»Ja, gell. Bei uns ist echt was los. Hoho. Diese Story von
der Mellis und wie sie da im Atelier vor sich hin blutet, die ist
i wie interessant und, wo ich mich umgeschaut habe, ziemlich
p wie profitabel.«

Auch jetzt verstand sie kein Wort, das musste auch nicht
sein.

»Irre, die Kunstfrau hat sich am Ende noch 'nen Namen gemacht. Als Leiche. Was e wie ermitteln Sie denn schon wieder
Feines? Meine Ma hat auch so einen Sch wie …«

»Sag's nicht, ich habe ihr die Post gebracht«, sagte Althea.
Umsonst.

»Hat auch so eine K wie Kacke in der Flasche bekommen.«

»Genau das ermittle ich nicht, denn da kommen sicher noch
ein paar mehr Flaschen angeschwommen.«

Althea, das war dumm. Genau das hat er gewollt. Sie schaute
auf ihr Handgelenk und dachte sich, es müsste doch gleich
kurz nach drei sein. Und am Schiffsmotor, der gedrosselt
wurde, war zu hören, dass sie recht hatte. Sie konnte Elisabeths gruseligem Sohn gleich entfliehen. Althea sah bestimmt
drein, als hätte sie etwas Saures gegessen.

»Sie ziehen ein Gesicht. Mann, was ist Ihnen denn begegnet
bei Ihrem Ausflug – sehe schon, Sie malen. Ich sollte vielleicht
mal bei der Kleinen vorbeischauen, oder? Also, bei der, die
man dafür bezahlt, dass sie was aufs Papier wirft. Geil, sollte
ich vielleicht auch versuchen. Die macht Kohle.«

»Ist ja schon jemand ermordet worden, im Atelier. Wir
wollen dafür beten, dass sich der Fluch nicht erfüllt«, flüsterte
Althea. »Du hast sicher davon gehört.«

»Jetzt echt? Und Sie dürfen ja nicht lügen. Was sagt man?«

»Dass an diesem Ort vielleicht noch jemand sterben wird. Wahrscheinlich ein neugieriger Besucher.«

»Schockt mich nicht. Aber Sie wollen andeuten, die hat auch solch ein Malerwerkzeug. Echt gut, denn jetzt ehrlich, Schwester A, wohingegen Ihre Bewaffnung ganz übel ist – kein Bibelspruch, der zieht, kein Fluch, der bannt.« Er verstellte seine Stimme, ließ sie heller und sanfter klingen. Fehlte noch, dass er die Hände faltete.

»›Aber bitte, Herr, ich bin keine, die gut reden kann, weder gestern noch vorgestern noch seitdem du mit deiner Dienerin sprichst. Mein Mund und meine Zunge sind nämlich schwerfällig.‹«

»Du kleiner Mistkerl«, nuschelte Althea freudig.

»Nein. Mose.« Er tippte sich mit zwei Fingern an die Stirn wie zum Gruß, stand auf und jagte die Treppen hinunter.

9

Ein gutes Geschäft zu machen ist die beste aller Künste.

Andy Warhol

Tina sah in einen reinen blauen Himmel, der auf einem Bild nicht beeindrucken konnte. Er wirkte nicht gerade lebendig. Wie sollte sie ihr Sturmszenario malen, wenn es den Sturm in Wirklichkeit nicht gab?

Im Tagebuch, da gab es ihn. Anders. Rita erzählte, tat es mit einer Verve und zwischendrin an mancher Stelle mit einer Niedergeschlagenheit, die keine blauen Himmelsgedanken zuließ.

Ich erkenne mich kaum wieder. Wir sind nicht in den bewegten Siebzigern.

Wir imitieren im Moment fremde Leben, so kommt es mir vor.

Franka habe ich gedroht, von ihr das übliche Lachen. Wegwerfend.

Eine Idee lässt sich nicht schützen. Mein Fehler, dass ich der Freundin etwas gezeigt habe, dass die Freundin nicht abwartete, ob Erfolg in der Luft lag. Dass es nicht mein Erfolg sein durfte.

Franka handelte. Sie hat einen eigenen Begriff gefunden, für sie sind es Rätselbilder.

Ich habe es übersehen. Warum sollte ich darauf besonders achten, wenn unsere Verbindung auf Vertrauen beruhte?

Ich bat sie, ehrlich zu sein; sie pfeift auf Ehrlichkeit. »Was willst du, dass ich sage? Ich habe den Gedanken für mich genutzt und bessere Bilder hingeworfen, als meine Freundin es könnte.« – Die Idee aufgepeppt, den Gedanken variiert, so beschrieb sie es.

Im Grunde armselig. Doch Mitleid gelingt mir nicht. Es war meine Idee.

Ich könnte sie umbringen.

Stattdessen war ich irgendwann neugierig, während ich darüber nachdachte, fortzugehen, zurück nach Hause. Aber so? Eine, die sich Großes vorgenommen hat und zurückkommt, ohne etwas erreicht zu haben?

Das kostet mich noch einige Überlegungen. Ich will keine Verliererin sein. Würde ich zurückgehen, ich wäre eine.

Ich gehe in Prien von Bord. So viele Galerien kann es nicht geben.

Preis & Schaumer entdecke ich gleich. Abstrakte Kunst, große Leinwände. Kleinere Landschaften in Öl. Maritime Bilder.

Ich werde beim Öffnen der Tür von einem etwas schrillen Klingelton begrüßt. Jemand kommt mir entgegen. Ich sehe sicher nicht aus, als könnte ich eine Kundin sein. Nicht in dem kurzen Rock, den Stiefeln, der geknoteten Bluse und mit den hundert Armbändern.

Ich sehe aus wie eine, die einen Job sucht. Ich stelle mich vor, frage einfach, wann die Ausstellung von Franka Mellis geplant ist, weil ich davon gehört habe. Aber kein einziges Bild sehe.

»Die Chiemsee-Malerin – sehr schön –, wir würden gern ausstellen. Wir sind im Gespräch.«

Interessant. Wie kann sie sagen, es ist eine Ausstellung geplant, wenn keine geplant ist? Eine andere Galerie?

Jedenfalls malt sie wie verrückt dafür. Etwas stimmt nicht. Mein Gegenüber sieht mir die Verwirrung an.

»Sind Sie auch Künstlerin? Dann stellen Sie uns gern etwas vor.«

Sah ich grade so gequält aus? Meint sie das ›gern‹ ernst?

Ich unterhalte mich noch ein wenig. Es wäre dumm, vielleicht auf direktem Weg zu einem Auftrag die Flucht zu ergreifen.

Was fehlt hier, was sie unbedingt wollen kann – was ich leisten kann?

Sie entschuldigt sich, sie hat sich nicht vorgestellt.

»Sandra Preis.« Sie gibt mir die Hand.

»Rita Donner, Künstlerin aus Hamburg.« Ich schüttle sie. Der eine Teil von Preis & Schaumer, der erstgenannte Teil des Duos. Jetzt höre ich von Sandra Preis, was sie gerne hätte. Und ich staune. Das wäre nicht so schwierig, würde nicht viel Zeit fordern. Weil es ein Teil dessen ist, was mich gerade umgibt. Die heimische Gegend. Gern Aquarelle.

»Mein Gedanke, ich möchte für die Touristen Postkarten machen lassen.«

Die Möglichkeiten werden besprochen. Der Preis, den die Künstlerin aus Hamburg bekommen soll, ist ernüchternd. »Ich bezahle Ihnen für ein Aquarell fünfundzwanzig Euro. Für den Anfang wären fünfzehn Motive schön. Gern auch die Moorgegend, Kapellen ...«

Ein älterer Herr stößt zu uns, mustert mich. Unverschämt? Nein. Wertend. Er stellt sich nicht vor, ich sehe Farbe an seinen Händen.

»Franka Mellis?«, fragt er ohne Einleitung. Sein Gesicht eine Maske.

»Ich bin froh, gerade nicht sie zu sein«, gebe ich zurück. Die Wahrheit. Ich bin froh. Wenn auch nur wegen des schäbigen Charakters dieser Dame. »Rita Donner«, sage ich.

Und er: »Ihr Glück.« Gleich darauf schüttelt er den Kopf. »Entschuldigung.« Dazu bekomme ich jetzt ein Lächeln. »Sie sind die Freundin?«

Ich frage mich, woher er das wissen will. Und ich antworte offen: »Ich weiß es nicht mehr so sicher.«

»Es wird alles gut. Fünfundzwanzig Euro, und wenn es läuft, können wir mehr draus machen. Ich bin sicher, die Karten werden wie wild gekauft.«

Wer ist er?, fragt mein Mund ohne Ton.

»Mir gehört die Apotheke gleich ums Eck, und ich pinsle

für mein Leben gern. Ich bin der Teilhaber. Schaumer ist kein Name, nur eine bayerische Aufforderung – wenn das die Frage gewesen sein soll.«

Das war die Frage – und eigentlich auch gar nicht. Ich nicke. Schaumer ist kein Familienname.

Und bevor ich weiter keinen Ton herausbringe, weil ich mir ganz andere Gedanken mache, schließt der ältere Herr an: »Würden Sie Franka Mellis etwas von mir bestellen? Wenn sie meinen Sohn verdirbt, wird sie dafür zahlen.«

Jetzt weiß ich, wer der Sohn ist. In Bayern wird gern übel gedroht. Der Apotheker droht versteckt, doch der Blick …

Tina konnte es sich vorstellen. Vielleicht würde sie die Galerie finden. Ganz sicher. Aber wollte sie das?

Sie war die Tochter der Freundin der toten Künstlerin.

Zu lang, dieser Satz. Nicht vorstellungsgerecht. Tina war mit ihren Gedanken weit weg. Ihre Mutter hatte sich eine Anstellung besorgt. Das hörte sich an, als wäre Rita ein Dienstmädchen gewesen. Hatte sie Spaß gehabt, die Aquarelle zu malen? »Du hast nie darüber geredet. Du hast vielleicht davon geschrieben?«

Wie sie all diese »vielleicht« inzwischen hasste.

Ihre Überlegungen wurden von einer freundlichen Stimme unterbrochen.

»Grüß Gott. Ich wollte kurz vorbeischauen und mich vorstellen. Darf ich?«

Die Schiebetür war offen, die Frau, die um Einlass bat, hatte die Hand erhoben, hatte gerade geklopft. Tina hob den Kopf, der noch über den Seiten schwebte, als die rothaarige Dame zu stolpern schien, eine komische Bemerkung machte und sichtbar schluckte.

»Schön, kommen Sie bitte herein«, sagte Tina. Wie sonst sollte man einer Frau begegnen, die gerade philosophierte?

»Das kann gar nicht sein. Bloß die Zeit hat solch ein fabelhaftes Gedächtnis.« Die Rothaarige sprach sehr leise.

Sie hatte sich erschreckt, Tina wollte besser nicht nachfragen, warum. Angeblich war sie zum Atelier gekommen, um sich vorzustellen.

Jetzt war ihr Gesicht eine Maske. Sie trat näher.

Tina hatte das Buch zugeklappt. Dass es einer Künstlerin gehörte, durfte man sehen. Der letzte Satz schien noch um Tina herumzuschweben.

Die Besucherin holte tief Luft. Wofür sie die brauchte, konnte Tina nicht einmal ahnen. »Verzeihen Sie mir meine Ungeschicktheit, und völlig unwissend bin ich auch noch. Sicher kennt die halbe Insel Ihre Biografie – woher kommen Sie?«

War Tinas erster Eindruck falsch? Die Überraschung, ein kleiner Schock.

Sie stellte sich vor. Tina Jensen aus Hamburg.

»Elisabeth Hofreiter, Allgemeinärztin a. D. Aber jederzeit zur Stelle, wenn es nötig ist. Ich behandle jede Verletzung. Ich wohne auf der Insel. Rufen Sie einfach.«

Das war nett. »Normalerweise passiert nicht viel. Obwohl hier drin etwas Schlimmes passiert ist.« War das wirklich nötig gewesen? Wo die Frau sowieso schon ein wenig verunsichert war.

»Franka Mellis. Ja. Eine blutige Angelegenheit. Das lässt sich weder leugnen noch verstecken. Es ist nur so, dass der Fall aus irgendeinem Grund gerade wieder Fahrt aufnimmt. Wenn Sie sich fürchten und lieber woanders arbeiten wollen – das ließe sich ganz sicher machen!« Jetzt hörte Elisabeth Hofreiter sich an, wie Elisabeth Hofreiter von Beginn an hatte auftreten wollen – selbstbewusst. »Ich bin nicht im Komitee, aber ich habe eine Stimme und … Sagen Sie es nur, ich kümmere mich«, bot sie ihr an.

»Das ist sehr freundlich, aber in einen Kriminalfall zu geraten, eine Künstlerin, die starb, weil … davon kann ich in meinem Inseltagebuch berichten. Es hat nichts Gespenstisches, hier zu sein. Ich denke, Franka Mellis könnte gewollt haben, dass das schöne Atelier wieder genutzt wird.«

»Da wird es nicht viel zu berichten geben. Sie starb, weil …
Was möchten Sie wissen?« Ihre Finger der rechten Hand
schlossen sich um die linke.

»Was für ein Mensch sie gewesen ist. Über ihre Gemälde
wird viel spekuliert, bekannt ist nicht viel davon. Sie sind
in Privathäusern, das habe ich recherchiert. Weil ich wissen
wollte, wer die Frau war, die hier den Tod fand. Wurde sie
vielleicht wegen ihrer Kunst getötet?« Tina tat so, als würde
sie genau das ein wenig verunsichern.

»Das bestimmt nicht, sie war eine großartige Künstlerin.
Ihre Freundin allerdings – Rita, wenn ich mich richtig erinnere –, die neidete ihr den Erfolg. Der Verdacht fiel zuerst auf
sie. Doch sie war nicht aufzufinden, sie war verschwunden.
Der Kommissar hatte seine Mörderin verloren.« Geradehin
gesagt.

Tina bemühte sich, ihre Mimik unter Kontrolle zu bekommen. »Das ist gruselig«, war alles, was sie herausbekam.

Elisabeth Hofreiter sagte ihr noch einmal, sie brauche nur
zu rufen, wenn etwas sei. Egal was. Dieses »Egal was«, dagegen
war kein Kraut gewachsen. Da konnte niemand helfen.

Tina musste weiterlesen, und Elisabeth Hofreiter war etwas
aufgefallen.

Vielleicht siehst du Gespenster, Tina!

Sie schlug das Tagebuch wieder auf.

*Und so glaube ich zu wissen, wer die Aufträge für die Gemälde
beschafft.*

Franka hat sich mit Bernhard Hauser verbündet.

*Ich hatte zuerst den Bürgermeister in Verdacht. Weil ich
vermutet habe, er hat entsprechende Beziehungen. Die Beziehungen hat er sicher, etwas anderes fehlt ihm. Gier. Und
bei Bernhard Hauser kann Franka einige Gefallen mehr ein-
fordern.*

*Die Frau, mit der ich auf der Insel angekommen bin, hatte
sich gewandelt, war eine andere. Der Charakter eines Men-*

schen ist veränderbar, wenn die Person sich selbst durch Untiefen lotsen muss. Oder wenn sie viel Geld riecht. Gewinn. Nie mehr Verlust.

Ich hätte das nicht geglaubt, es nicht einmal für eine Möglichkeit gehalten. Ichbezogen, heimlich, verschlossen, offen nur, wenn es von Vorteil ist. So leidenschaftlich wie kalt. So unmittelbar wie verstohlen. Rednerin und Schweigerin. Sie ist eine Freundin gewesen. Eine echte Freundin.

Als Jörg Jensen die Schwangere, nachdem er sie heiratete, verlassen hat, weil ich ihm nicht mehr gefiel, weil er sich uns zu dritt nicht vorstellen konnte, da war Franka für mich da. Nicht meine Eltern, aber sie. Von meinen Eltern wollte ich nur den Namen. Ich wollte nicht Rita Jensen sein. Franka übernahm es, meine Politik-Comics für die Tageszeitung zu zeichnen, für die ich tätig war. Mir war oft hundeelend und fürchterlich übel. Mein Witz war in den Keller gegangen und nicht wieder heraufgekommen. Ich war dankbar, und ihr fiel es nicht schwer. Wir teilten uns das Honorar.

Ich lebte weiter und vermisste Jörg jeden Tag weniger.

Jetzt – die Welt um mich her hat sich längst verändert –, da schafft Franka sich die ihre neu. Diesmal, ohne zu teilen. Sie hatte für mich einen Auftrag an Land ziehen wollen. Sie gab das Bild für ihres aus, als jemand Interesse bekundet hatte. Es hätte sicher für uns beide gereicht. Ein Team; eine übernimmt die Porträts, die andere denkt sich das entsprechende Seelentier aus, den Spiegel der Charaktereigenschaften einer Person. Es hätte funktionieren können. Aber Gemeinsamkeiten waren vorgestern.

Und der alte Apotheker liegt gar nicht so sehr daneben mit dem »verderben«. Sie kann es.

Und seine Forderung hat nichts mit Geld zu tun, Franka soll anders bezahlen.

Ein flaues Gefühl breitet sich in mir aus. Gegessen habe ich auch nichts.

So, Rita Donner, alles anders. Franka sollte mir egal sein und *ist es nicht. Ich sehe jetzt ein kleines Licht. Ich zeichne – daraus werden Postkarten. Schön.*

Verzweifelt ist eine andere. Die Novizin. Obwohl das Herrgottsmäuschen überzeugt ist, dass der Gekreuzigte über uns wacht. Dann ist es hoffentlich so, aber, lieber Herrgott, beeil dich mal damit!

Franka macht sich Feinde. Wenn ich zu zählen beginne ... nicht nur die Novizin und ich sind es, die die tolle Franka Mellis gerne auf Nimmerwiedersehen verschwinden lassen würden.

Der richtige Zeitpunkt, um abzubrechen? Ihr reichte es, das war ehrlicher.

Tina schlug das Buch zu, verstaute es in ihrer Tasche, machte es unsichtbar.

Sie sollte sich auf ihren Kurs vorbereiten. Konnte sie von Glück sprechen, dass Schwester Althea dabei war?

Sie hatte begonnen, diese Schwester zu zeichnen. Ein Gesicht, das man schwer vergaß.

»Aye, Künstlerin, darf man schauen, was du so treibst im Atelier des Mordes?«

Noch ein Besucher. Mit einem schicken Schal. Der fiel ihr auf, denn in seine Augen wollte sie nicht sehen, die schienen ein wenig giftig zu sein: Der Blick spießte sie auf. Das war keine Neugier.

Was sie trieb – gute Frage. Der Jugendliche meinte es vielleicht witzig.

»Immer herein«, sagte sie. Was auch sonst. Sie war Gast auf Frauenchiemsee, er vielleicht nicht.

Er sah sich um, überhaupt nicht dezent, wanderte in jede Ecke, erkannte, wie sie zuvor, den dunkleren Fleck am Boden.

»Krasser Scheiß!«

Das sollte wohl heißen, er wusste, was der Fleck bedeutete. Antwortete man darauf? Sie nicht.

»Hi, mein Name ist Daniel. Meine Ma, die Allgemeinärztin a. D., war gaaanz sicher schon hier und wird mir auch gleich erzählen, dass sich da im Atelier eine ziemlich hübsche Malerin austobt.« Er kratzte sich hinterm Ohr. »Getobt wird hier aber kein bisschen. Bist du eher der langweilige Typ?«, fragte er sie. Jetzt fiel sein Blick auf die Zeichnungen am Tisch. Aber ehe er etwas sagen konnte, tat es Tina.

»Ja, ich bin langweilig, wenn es mir gelingt.« Sie musste lachen. Daniel war direkt. Konnte sie ihm nicht übel nehmen. Hinauskomplimentiert hätte sie ihn trotzdem gerne. Er würde noch etwas sagen zu ihren Zeichnungen, das verriet sein Grinsen.

Die Bemerkung ließ nicht auf sich warten. »Schwester Althea. Gut getroffen. Malst du Porträts? Wie die andere vor achtzehn Jahren?«

Er deutete tatsächlich auf den Fleck am Boden, das war nicht misszuverstehen. Oder?

»Ja, doch. Aber gerade gebe ich einen Zeichenkurs, hoffe auf anregende Gespräche, Inspirationsgeflimmer … Und so ein kleiner Sturm wäre auch nicht zu verachten; die Szenerie würde ich gerne zeigen.« Sie deutete auf die leere Leinwand. »Das sollte ich nicht sagen, oder?« Er hatte sie einen Augenblick ganz seltsam angesehen.

»Wünschen solltest du es nicht. Unser Chiemsee behält Leichen manches Mal über Jahre bei sich. Mit dem Tod ist nicht zu handeln. Mit dem See«, Kopfschütteln, »auch nicht.«

Tina war froh, er brachte ihr ein paar Informationen. Auch wenn ihr nicht alles gefiel. Sie sollte eigentlich einiges vorbereiten, denn ihre Schüler würden in Kürze eintrudeln. Daniel hatte recht, die Zeichnungen – von Schwester Althea und dem seltsamen Gast –, dafür war sie nicht auf Frauenchiemsee.

Sie hatte sich den Spruch eines Künstlers herausgesucht; sie fand, er passte so schön. »Kunst wäscht den Staub des Alltags von der Seele.« Ihr Blick fiel auf die Tasche. Fünf Minuten. Die wollte sie sich noch zugestehen.

Tina klappte Ritas Inseltagebuch wieder auf und blätterte

zurück. Ihr war etwas eingefallen. Oder besser: aufgefallen. Sie hatte über die eingeklebten Fotos ein wenig weggesehen, weil der Text sie hineinzog, die Vergangenheit wiedererweckte. Da war eine zurechtgeschnittene Gruppenaufnahme. Darauf zu sehen: die Frau, die ins Atelier gekommen war, Elisabeth Hofreiter. Rita hatte eine Bemerkung dazu notiert:

Die Frau, deren Ehemann kaum da ist.
Ich habe ihn einmal gesehen. Toller Mann, dem Aussehen nach. Chefarzt in einer Münchner Klinik. Aber ob die Vorteile in der Summe überwiegen? Elisabeth ist böse einsam.
Wenn ich es vorher nicht wusste – jetzt, jetzt –, Geld allein macht nicht glücklich.

Am Rand waren Herzen, ihr Name stand da. Tina.

Ich weiß es genau, liebes Kind, ich weiß es. Glück ist, wenn du mich anlächelst und meine Nasenspitze küsst.

10

Kreativität ist Intelligenz, die Spaß hat.

Albert Einstein

Altheas Tüte war entsprechend groß, weil die Kofferstaffelei darin Platz fand. Und sie wurde beäugt, als hätte sie die Krautinsel da hineingepackt.

So, wie die Mitschwestern ihr jetzt auf den Fersen waren – mit dieser Neugier würden sie auch im Anschluss ihr Werk begutachten.

Wenn Althea sich vor etwas fürchten sollte, dann vor diesem Urteil.

Sie hatte es eilig, die Treppe hinauf- und in ihre Zelle zu laufen – zu rennen –, denn sie wollte Luft holen, die Augen schließen, Kaths Beschreibungen noch einmal aufrufen und dann entspannt wieder nach unten gehen.

Die Kofferstaffelei vorführen, darum kam sie sicher nicht herum, und Ignatia ihren eleganten Kugelschreiber geben. Nein, genau andersherum. Zuerst die Schwester zufriedenstellen.

Althea ließ sich auf ihr Bett fallen. »Ich war unterwegs in Sachen Nachforschung, und was denkst du …«, sagte sie zu ihrem Mitbewohner. Eigentlich überfiel sie ihn gerade damit. Sie wandte sich ihm zu, ob er interessiert war oder nicht – vielleicht war nur ein Lichtstrahl durch die Schatten getaucht, weil vor dem Fenster ein Windhauch einen der Bäume gestreift und dessen Blätter bewegt hatte.

Ihr Mitbewohner wirkte interessiert, beschloss sie. »Die alte Kath weiß etwas, sagt es aber nicht. Jadwiga hat etwas getan oder unterlassen. Und Schwester Althea wird heute keinen lauschigen Abend am See verbringen. Schaust du mit? Wir werden jemanden ertappen.« Dessen war sie sich sicher.

Atem geschöpft, schnell noch geschaut, was sie alles eingekauft hatte. Sich frisch gemacht. Sie hatte einen Termin.

Unten in der Halle erwartete Althea eine gespannte Ignatia, und seitlich schwärmten fächergleich die Mitschwestern aus, als käme Althea mit Neuigkeiten aus der Landeshauptstadt. Nicht lachen. Oder gerade doch. Du warst in Prien, vergiss es nicht. Wer es nicht vergessen würde, war der Unangenehme. Daniel wusste, wo die Nonne an Bord der Fähre gegangen war.

»Oh, das ist einzig – eine Kofferstaffelei!«, schwärmte Benedikta lautstark. Althea kam sich grausam vor, denn die Mitschwester malte und, soweit sie selbst gesehen hatte, sehenswert. Und da setzte Jadwiga ausgerechnet auf Altheas Kunst? Die erst einen Zeichenkurs besuchte und dann ... weiß der Himmel, sie wollte nicht fragen. Althea war von Recherche ausgegangen, doch dann hatte die Priorin sie zum Kurs angemeldet.

Jadwiga hatte nicht geklungen, als würde sie sich allein damit zufriedengeben, dass Althea etwas lernte und vielleicht nur ihr Kloster malte.

Das würde sie natürlich. Aber nicht als Erstes. Heute und in den nächsten Tagen war die Klostermalerei nicht gefragt, aber so erfuhr die Priorin, was auf der Insel geschah oder nicht geschah und worüber man sich aus ebendiesem Grunde gerade ärgerte. Es wurde geredet. Althea war zum Zuhören ausgesandt worden. Was Althea auch ohne Auftrag getan hätte.

Und ehe sie reagieren konnte, wurde schon gefragt, ob die Kofferstaffelei schnell aufgebaut werden könne. Das hatte sie gerade auch tun wollen. Im Nu war die Staffelei entfaltet.

Der Koffer hatte einen Griff, der Deckel wurde seitlich schräg gestellt, und auf einer Leiste wurde die Leinwand oder der Block aufgestellt. Sogar zum Ausziehen gab es mittig einen Stab, so man ein größeres Format wollte. Die Mitschwestern zeigten sich begeistert.

So hatte Althea am Rande genug Zeit, Ignatia den Kugelschreiber zu geben. Die strahlte und hauchte den Dank. »Das Schreiben wird zum Vergnügen, Althea. Ich weiß, welche Firma, ich kenne in etwa den Preis.« Sie drückte sich den elegant schlanken, kannelierten Schaft des Schreibgeräts an die Brust. Das war eine Situation zum Feuchte-Augen-Kriegen.

»Schwester Althea – wir wollen doch nicht unpünktlich sein«, verschaffte sich die Priorin jetzt Gehör. Sie stutzte. »Wo soll denn die Vorrichtung im Malkurs aufgebaut werden?«

Wir. Seit wann? Althea hoffte nicht, dass Jadwiga Lust bekam, ihre Grundkenntnisse zu erneuern. »Heute werden die Teilnehmer mit Block und Stift erwartet. Wir fertigen eine Zeichnung an. Sonst bin ich allein, dann komme ich mit dem Koffer, und es wird gefragt werden, was das soll, was die Nonne da auftischt.« Althea beschrieb die Funktion des Koffers und fügte an: »Guillotine ist es keine. Auch wenn ich mir am Ende doch Sorgen um meinen Kopf machen muss.« Leichthin.

Es wurde genickt. Die Schwestern klappten die Vorrichtung wieder zusammen, ließen die beiden Verschlüsse zuschnappen.

»Ich dachte mir, die Skizzen auf dem Aquarellblock zu fertigen, und dann kann ich das Blatt einlegen und in Ruhe mit Pinsel und Farben arbeiten. Aquarell, habe ich mir überlegt. Ich sehe das Ergebnis schneller. Im Übrigen war der Malkoffer ein Angebot.«

Einige »Aha«.

»Dann dürfen wir gespannt sein auf deine Skizzen. Althea, ich bin wirklich gespannt«, sagte Benedikta.

»Viel Freude«, wurde gewünscht. »Die Wolken ballen sich ein wenig, das Licht ist vielleicht keines, um gut zu sehen. Aber es ist vielleicht auch mehr Gefühl nötig, nicht wahr?«, sagte Schwester Anna.

Althea wusste, bei ihr zählte das Gefühl. Und es hatte eine Bedeutung, ob etwas in der Bibel stand.

»Es zieht ein Sturm auf, heißt es. Aber das würde für unsere Schwester Althea doch passen.« Jadwiga nickte.

Wie auch immer das jetzt gemeint war.

Von Martha hörte sie: »Gib auf dich acht.« Als Althea komisch dreinschaute, erklärte Martha ernsthaft: »Nicht wegen eines Sturms. Ein Mörder schleicht herum.« Sie klang, als würde sie scherzen. Ihr Gesicht war ernst.

»Was?« Althea verstand nicht, wie man jetzt ausgerechnet darauf kommen konnte. Über die Kofferstaffelei und das Wetter hin zu Mord. Sie hatte den Radiosender gehört, aber … Martha?

»Dich hat doch auch jemand etwas über den alten Mordfall gefragt, oder?«

Nein, Althea hatte es von jemandem wissen wollen. Da hatte sie etwas angestellt!

»Der Mann, der ein wenig wie eine Illustration aussieht, um es kunstvoll zu sagen, der herumfragt und der, wie ich mir dachte, geknickt wirkt. Und dann habe ich es beobachtet. Er stellt Rosen an das Grab der Ermordeten.«

Hatte Althea etwas verpasst? Die roten Rosen? Frankas Grab?

»Franka Mellis?«, fragte Althea zur Sicherheit.

»Die Tote von vor achtzehn Jahren. So viele Ermordete gibt es nicht auf unserer Insel. Ich habe die Zeit auch miterlebt. Wir sind schon ziemlich altes Gemüse, wir beide, Althea.« Martha. »Jetzt musst du aber wirklich«, sagte sie zu Althea und schwang in einer Geste den Pinsel. »Wir behalten die Staffelei im Auge. Dass da nichts wegkommt.«

»Wo malt ihr denn? Es wird dunkler, da draußen könnte es ein wenig winden.«

Wind … Althea hatte dem Wetter weniger Beachtung geschenkt als Daniel Hofreiter. Aber wenn Fidelis das ansprach, dann … sie könnte recht haben. Das sah dunkel aus. Vier Uhr am Nachmittag.

»Der Herrgott schimpft, weil Schwester Althea sich so großzügig beschenkt hat«, unkte Schwester Anna.

»Der Herrgott schimpft vielleicht, weil Schwester Althea

sich noch etwas anderes besorgt hat?«, warf Jadwiga dazwischen. Als Frage formuliert.

»Wir dürfen nicht zu spät kommen«, sagte Althea jetzt.

»Schwester Althea, das ist extrafein«, sagte Maximilian. »Als ich hörte, *Sie* sind mit dabei, fand ich es schon nicht mehr so ... Dings.«

Dings.

»Ich durfte heute Geld ausgeben. Ich war in Prien. Malutensilien besorgen«, verriet sie.

»Was sind Malutensilien?«, fragte er.

Natürlich wusste Maximilian, was das war, jedoch nicht, was sie gekauft hatte.

Althea schwärmte von der Staffelei und schloss an, dass die Priorin einiges von ihr erwartete.

»Die halbe Insel weiß von einer großen Tüte, mit der Sie zurückkamen. Der Name auf der Tüte sagt ›Künstlerbedarf‹, Sie haben eingekauft, Sie meinen es ernst. Oder Ihre Chefin meint es ernst.«

»Das wird herauszufinden sein. Der Malkoffer war jedenfalls im Angebot. Ich will schließlich einen guten Eindruck machen, wenn ich meine Klosterkunst präsentiere.«

»Sie hat's schlimm erwischt, Schwester Althea«, sagte Maximilian. Benutzte ihre Worte. »Aber da sind Sie nicht allein«, verriet er. »Oma Friederike hofft auf den nächsten Monet.«

»Das schaffst du locker«, gab Althea zurück. »Wiesen und Wasser mit angedeuteten Personen. Da hast du hier die tollsten Motive.«

»Ja, genau. Schwester Althea.« Maximilian schnaubte. »Ich weiß echt nicht.« Die Übersetzung konnte Althea sich denken. *Vielleicht hab ich kein Talent.* Sie hatte vielleicht auch kein Talent.

»Womöglich kommt ein Sturm dazwischen«, sagte sie. »Dann gibt es bewegte Bilder.« Was sie durchaus interessant finden könnte – und was Tina gehört hatte.

Die lachte. »Schwester Althea, das hatte ich vorsichtshalber eingeplant, als ich die Wettervorhersage heute Morgen hörte.«

Tina Jensen begrüßte die Kursteilnehmer, stellte Schwester Althea vor – eine Nonne als gutes Vorzeichen für ein treffliches Gelingen.

Sie, Althea, als gutes Vorzeichen. Das würde sie Priorin Jadwiga vorenthalten. Maximilian grinste, sagte aber nichts dazu.

Tina überließ es den anderen, sich selbst kurz vorzustellen. Maximilian, von dem Althea nicht wusste, dass er Berchtgadener hieß. Dazu gesellten sich Peter Fels, Dina Schneider und Clara Helfrich. Allesamt derzeit wohnhaft auf Frauenchiemsee.

Es wurde gefragt, was jeder im Kurs zu lernen hoffte. So wollte Althea »Ansehnliches« fertigbringen. Und als darauf alle eine Antwort hatten und Tina erwiderte, sie werde sich um jeden Wunsch kümmern, konnte es losgehen.

»Pack den Stier bei den Hörnern«, überraschte die Künstlerin ihren Kurs. »Es scheint mir passend. Sie wissen, was im Künstleratelier vor achtzehn Jahren geschah.«

Althea merkte auf. War es klug, damit zu beginnen? War es klug, den Ball weiterzugeben, hätte sie sich gleich darauf fragen sollen, denn genau das tat Tina Jensen.

»Schwester Althea weiß es sicher genauer, während ich nur einen Zeitungsartikel gelesen habe – Franka Mellis, sie war, wie ich auch, aus Hamburg. Sie starb im Atelier.«

Althea hatte auch einen Bericht gelesen. Sie gab sich nicht locker, denn das war sie nicht. Die Klosterermittlerin war an die Wand gedrückt worden, und an dieser Position fand sie keinen Gefallen. Was gab es zu sagen, was nicht schon kursierte? »Franka Mellis hatte einen Gedanken, der ihr vielleicht viel Geld brachte, wahrscheinlich aber auch viel Ärger. Man sollte die Frau kennenlernen, doch das wird schwierig, denn dazu müsste man ihre Bilder sehen.« Das nur, um etwas zu sagen, denn Althea wusste nichts. Sie hatte Franka Mellis nicht kennengelernt.

Ein Mörder wurde gesucht. Wer wusste schon, wer sich damals alles getroffen hatte. Wer Franka Mellis gekannt hatte. Sie beobachtete, wie Peter, Dina und Clara reagierten.

Peter antwortete, noch bevor Schweigen aufkam. »Sie war ein ziemliches Flitscherl.«

Tinas Mundbewegung verriet, sie hatte das Wort nicht verstanden. Peters Gesicht drückte nichts aus, es war nicht zu erschließen, ob er es lustig oder ernst meinte.

Althea übersetzte: »Ein liederliches Weibsstück«, worauf Peter fragte: »Jetzt echt, so was glei?«, worauf Maximilian schnaufte: »Man sollte sich schon selbst verstehen, Herr Fels.«

Dina schwieg, doch Clara sagte: »Schön anzuschauen war sie schon, Peter, oder?«

»Ist jetzt doch keine Frage, wir wissen freilich, dass sie hier ermordet wurde. Ich lebe seit über zwanzig Jahren auf der Insel. Jetzt werden wir auch noch bekannt deswegen!« Was ihm augenscheinlich nicht gefiel. Und ihn wohl ärgerte.

Schwester Althea war nicht mehr gefragt, was ihr keine Spur leidtat. Sie brauchte keine Geschichte auszupacken.

»What a bird«, sagte Maximilian leise.

Tina lachte.

Althea, die an einen alten Song dachte, setzte eins drauf. »What a bird-dog.« Und schloss an, als hätte sie den Mann nicht gerade ein wenig beleidigt: »Peter, bot Franka zu ihren Bildern noch etwas anderes an? Wissen Sie da etwas?«

»Sie erregte den Anschein, lächelte immer, und ja, ma hod g'hört, bei den Treffen hätt's wos Stimulierendes gebn.«

Althea versuchte, keine Miene zu verziehen, aber Hörensagen hieß, er war nie bei diesen Treffen dabei gewesen.

Maximilian bewunderte ganz plötzlich jede Ecke im Atelier, sie konnte sich denken, er bemühte sich, wegzuhören.

»Sind alle bereit?«, fragte Tina. »Dann machen wir uns auf den Weg.« Sie zog die Schiebetür auf. Draußen pustete es.

Dina hielt ihre Haare zurück, die wieder ins Gesicht fielen, sobald sie losließ. Doch sie fand es zum Lachen und förderte irgendwo aus den Tiefen ihrer Tasche ein Haarband zutage.

»Problem gelöst«, sagte sie.

»Ich bin nicht sicher, ob des wos wird mit der Malerei«, sagte Peter, und Tina gab zurück, vielleicht unterschätze er sich ein wenig.

»Das wär neu, sonst überschätzt der sich permanent«, bemerkte Clara.

»Die Gemälde von Franka Mellis – erinnert sich jemand an ihre Lieblingsviecher?«, fragte Althea, sah in Tinas Gesicht so etwas wie gespannte Erwartung. Also wusste auch sie, was gemeint war.

Peter brummelte: »Wissen *Sie* nix davon, dass euer Klosterwirt speziell mit ihr war? Der hat ihr einige Bilderrahmen gebaut, der weiß sicher, was sie gemalt hat.« Eine Antwort und doch keine Antwort. Die Rahmen. Speziell mit Franka. Althea wollte morgen sowieso mit Valentin reden. Jetzt würde sie erst ein wenig an Peter dranbleiben. »Fangen Sie jetzt auch noch an, alles wissen zu wollen, Schwester Althea?«, fragte er.

»Am liebsten wollte ich immer schon alles wissen«, sagte sie. »Wer will sonst noch etwas wissen?«

»Nicht doch. Ich bin nicht wegen dem Mord im Kurs. Sondern weil Sie so schicke Unterwäsche tragen, Schwester.« Jetzt machte Althea große Augen. »Ein Scherz«, federte er die Bemerkung ab. »Und Sie, haben Sie vielleicht vor, den Kriminalfall aufzuklären?«

»Das macht die Polizei«, sagte Althea und schüttelte sich innerlich. »Was ist jetzt mit den Viechern? Gibt's von Ihnen am Ende auch ein Porträt, Peter?«

»Am Ende? An welchem? Na. Gibt's ned. Aber ich hätt mich natürlich mit einem Panther gesehen.«

Althea hörte Maximilian entspannt murmeln: »*Obviously.*«

Es gab vielleicht nichts zu erfahren, oder sie musste anders fragen.

Aber schon warf Peter ein, dass er jemanden wisse, dem so ein Rätselbild aufgedrängt worden war. »Der Vermieterin des Ateliers. Die Mellis hatte die Räume ja gemietet. Heide Brüning. Die hat ein Bild, machte die Runde – nicht das Bild selbst, aber es war halt Inselgespräch, weil sie wohl nicht wollte, dass man's sieht. Die Mellis hatte da einen Nerv getroffen.«

Nein, darauf wäre Althea nicht gekommen. Aber wo er schon so anfing. »Was für ein Motiv zum Porträt?«

»Versteckt wegen dem Motiv. Die Mellis meinte, sie ist die Größte mit der Idee. Die Heide bekam so ein Viech. So eine Einschätzung.«

»Was war es?« Die Frage kam beinahe gleichzeitig aus der ganzen Runde.

Peter fragte, ob niemand auf die Idee gekommen sei, Heide Brüning, die Vermieterin, könnte den Mord begangen haben? Er plusterte sich auf.

Und Clara sagte ihm, er solle doch damit aufhören. »Erfinde bloß nichts. Wehe, das war nicht so. Ich find's raus!«

»Soo wild war es nicht. Eine Maus.« Es hörte sich an, als fände er es langweilig.

»Eine Maus ist wild«, fand Clara.

Fand auch Althea. Im übertragenen Sinn. Worauf Franka Mellis sich verstanden hatte.

»Die war bunt. So chamäleonmäßig. Aber Heide hat sie gut getroffen.«

»Du hast doch keine Ahnung. Beleidigend ist das. Eben wild.« Clara schüttelte den Kopf, weil Peter nichts verstand.

Maximilian begann, die Sache lustig zu finden. Althea begann, sie beunruhigend zu finden. Auf Heide Brüning, deren Namen sie lange nicht mehr gehört hatte und in dem Zusammenhang schon gar nicht, wäre sie nicht gekommen. Aber so undenkbar war es nicht … Nur, wo hielt sich Heide Brüning auf?

»So wie … naheliegend, darum weiter weg und nicht auf dem Radar?« Maximilian stellte die richtige Frage.

»Ich hatte sie überhaupt nicht im Sinn«, antwortete ihm Althea. Wen übersah sie noch?

Sie stiefelten hinter der Künstlerin her, die sagte, ihr sei eine kleine Insel aufgefallen, Schalch genannt. Sie würde sich gern die unterschiedlichen Perspektiven ansehen, den ganz persönlichen Blick und wie jeder oder jede das Motiv anpackte. Tina drehte sich und sagte, sich wiegende Bäume könne man sogar gut zeichnen: Bewegung.

Eine Herausforderung, fand Althea. Ihr gefiel es, Maximilian und Dina auch, den anderen etwas weniger.

»Ich habe uns einen Tisch reserviert, im Kaisergarten Chiemsee. Von dort hat man einen guten Blick auf die winzige Insel im See.« Tina winkte einer Bedienung zu.

»Da tropft es uns ins Bier«, sagte Peter ahnungsvoll.

»In den Kaffee«, widersprach Clara.

»Es regnet nicht«, sagte Maximilian.

Der Kies knirschte unter ihren Schuhen. Es tropfte nichts. Am Himmel zogen nur die Wolken durch. Dunkel, kaum helle Flecken dazwischen. Und Althea dachte sich, ihr Bleistift würde das dort oben gut bewältigen können.

Sie zogen sich Stühle heran, setzten sich und bestellten ihre Getränke. Es wurde leise, Blöcke und Stifte wurden zurechtgelegt.

Tina sagte, sie brauchten ein Grundgerüst. Beginnen solle man mit dem Himmel. Sie zeigte es und zweckentfremdete dazu ein Messer, das zusammen mit einer Gabel eingewickelt in einem Bierkrug am Tisch stand. »Ich bezahle auch dafür«, sagte sie und rieb vom Stift ein wenig Grafit ab, den sie wie Flocken auf das Papier fallen ließ. Sie beschrieb, was sie tat. Als Nächstes kam die Mine des Bleistifts zum Einsatz, um diese Flocken ein wenig einzuarbeiten, zu verteilen. Es entstanden dunklere Gebilde und sanfte Übergänge, Linien und Schatten, je nachdem, wie kraftvoll sie arbeitete.

Man solle sich überlegen, was da passieren könne. Und man dürfe überrascht sein. Der Radiergummi wurde nur wenig eingesetzt, um die Übergänge zu entschärfen, Highlights zu setzen. Die Wolken schien Tina wirklich direkt vom Himmel genommen zu haben. Es sah gut aus, fand Althea.

»Ich gebe zu, ich freue mich gerade über diese Stimmung. Mein Bild, mit dem ich mich für das Stipendium bedanken möchte, wird ›Sturm überm Chiemsee‹ heißen. Und das in echt. Erlebt. Aber Ihre Stürme, die bringen wir natürlich auch in Form«, sagte sie zu den Kursteilnehmern.

Peter trank einen großen Schluck von seinem Weißbier.

»Wo Sie von ›echt‹ reden, manche finden, einige der Chiemsee-Wahrheiten sind grausam.«

»Die Chiemsee-Wahrheiten *sind* grausam«, erklärte Althea. Sie fand Maximilians Blick. Gemeinsam hatten sie es mit einer dieser Wahrheiten zu tun bekommen.

»Jetzt lassen Sie uns die sich wiegenden Bäume aufs Papier bringen.«

Was sie taten. Tina stand auf und besah sich, was sie zustande brachten. Sie lobte, gab Tipps, hörte sich ein paar Probleme an und bot Lösungen.

»Schwester Althea, die Insel spiegelt sich aber nicht im Himmel.«

Es wirkte tatsächlich so, musste Althea zugeben.

»Im Himmel spiegelt sich so ziemlich alles. Wie bekomme ich es ein wenig dezenter, ohne zu radieren?«, fragte sie.

»Mit einem Papiertaschentuch. Warten Sie ...« Tina pflückte eines aus der Verpackung und gab es Althea, die mit einem Zipfel vorsichtig rieb.

»Besser«, verkündete sie. »Danke.« Sie füllte die dunklen Wolken nicht ganz. Akzente setzen. Heller, dunkler durch Aufdrücken des Stifts, hatte Tina ihr geraten. Es wiederholen, bis es gefällt.

»Es wirbelt jetzt aber ganz schön«, fand Peter.

»Sturmwarnung«, sagte Maximilian und deutete hinaus ans gegenüberliegende Ufer. Es standen zwölf Leuchten um den See, die Lichtsignale sendeten. Das Unwetter wurde in etwa einer Stunde erwartet, wie es aussah. Man sah die Lichter in längeren Abständen aufblitzen. Der Code des Sturmwarndienstes an bayerischen Seen.

»Leute, lasst euch nicht davonblasen«, feixte eine Stimme.

»Der!« Maximilian verdrehte die Augen.

»Mmh«, machte Althea gar nicht erfreut. Daniel Hofreiter. Tina lachte. »Machst du mit – oder dich vom Acker?«, wollte sie wissen. Wie sie es sagte, hatten die beiden sich schon kennengelernt.

»Kann nicht bleiben, obwohl's lustig aussieht.« Er nickte. »Sogar die verknöcherten Bäume spielen mit – nicht schlecht, Künstlerin!«

War das ein Kompliment, oder leitete er gerade eine seiner Geschichten ein?

Althea hätte nicht fragen sollen, am besten gedanklich nicht vom Thema abkommen. Peter war ein Mensch, der sich wichtigmachte, Daniel Hofreiter war anders, der musste anderen einen Schauder einjagen, um zufrieden zu sein.

»War auch so ein Wetter, als die andere vor achtzehn Jahren im Atelier«, er machte ein Knackgeräusch, »d wie draufging.«

Althea atmete aus, sie merkte, sie verkrampfte sich.

»Er soll aufhören«, sagte Dina. »Ich will jetzt nichts mehr hören von der Toten.«

»Grausame Chiemsee-Wahrheiten«, sagte Peter.

»Darüber haben wir schon genug gehört«, fand auch Clara. »Daniels Mama hat es ihm wahrscheinlich erzählt. Eine schaurige Gute-Nacht-Geschichte.«

»Ja, armer Junge«, gab Daniel zurück. Seine Augen wurden dunkel.

Althea hätte ihm gleich geraten: Wenn du so höflich sein möchtest, dann v d d – wie »verzupfst du dich«.

Was sie nicht mehr musste, denn Daniel hatte offenbar die Lust verloren.

Er drehte sich um, doch dann fiel ihm noch etwas ein. Oder er musste noch etwas loswerden. »Nicht das richtige Publikum hier. Wer bekommt als Nächstes solch eine Flaschenpost, hm, Schwester Althea?«

Als würde sie diese Post »einwerfen«. Daniel hatte einen guten Abgang, und Althea wurde gefragt: »Was heißt das, was meint er?«

»Eigentlich sind es Gute-Morgen-Geschichten. Die Nachrichten treffen morgens ein. Seine Mutter hat eine Flaschenpost bekommen und das Kloster auch«, sagte Althea. Es wüssten in Kürze auch ohne ihren Einwurf alle.

»Hui«, machte Maximilian. »Gut werden sie nicht sein.« Er wischte über seine Wolke und holte sich schwarze Finger.

»Es wird ungemütlich auf der Insel«, klagte Peter. »Geht's morgen weiter? Denn dann mag ich heute nicht mehr. Der Junge dreht vielleicht nicht richtig. Elisabeth ist Ärztin, die kann ihm doch was geben für seinen Zustand.«

Althea hätte gesagt, er ist sogar blitzgescheit, aber vielleicht, und damit sollte sie vorsichtig sein, von Grund auf böse.

»Lassen Sie mal sehen, Peter.« Tina ließ sich seine Zeichnung zeigen. »Dynamisch. Sie haben einen einwandfreien Blick. Die Welle, die Sie andeuten, wird gut.« Sie nickte.

Peter wurde ein wenig rot. »Ich glaube auch, ich bekomme es hin.«

Und Althea machte sich gerade an die Insel und zwirbelte ihre Bäume. Kleine Striche, harte Details sorgten dafür, dass die Bepflanzung des zweiundzwanzig Quadratmeter großen Schalchs tatsächlich stürmisch aussah.

»Morgen wieder um die gleiche Zeit?«, fragte Tina. »Dann verrate ich einige Tricks, wie man das Wasser spritzen lässt und wie man sich überschlagende Wellen zeichnet.«

Verraten. Erraten.

Althea würde herausfinden, ob der Unangenehme recht hatte, ob damals ein Sturm über die Insel gezogen war. Dann hatte der Mörder vielleicht keine Möglichkeit gehabt, überzusetzen und zu verschwinden.

11

Kunst ist eine Vermittlerin des Unaussprechlichen.

J. W. von Goethe

Eine Szene hatte sich aufgehellt. Der Verwisch-Stift war Daniel gewesen, er hatte die Übergänge verblendet. Fragen und noch mehr Fragen; Flaschenpost, wovon das Kloster eine bekommen hatte, deren Inhalt Schwester Althea vielleicht kannte. Wieder ein Vielleicht.

Daniels Mutter, die Ärztin, konnte Tina nicht fragen, aber Daniel, der gern Dinge weitertrug, um sich interessant zu machen. Mit sechzehn musste ein Junge bemerkt werden. Obwohl dieser Junge sich anhörte, als wäre er ein Prophet des Unheils.

Schwester Althea hatte ihn so gern wie einen Kuhfladen: Ein Vergleich, den Tina sich traute, weil sie sich im schönen Bayern aufhielt.

Daniel – heute wollte sie kein Gespräch mehr mit ihm führen. Erst den Sturm abwarten.

Auch die Nonne könnte sie fragen, und das war etwas, was niemandem seltsam vorkommen würde. Schwester Althea … es war spät. Nonnen hatten andere Verpflichtungen.

Tinas Gedanken fuhren Karussell. Um sich herum die kleinen Momente des Tages, die sie sich vielleicht aufschreiben sollte. Sie führte doch ein Inseltagebuch? Sie sollte wirklich eines führen.

Heide Brüning. Eine Frau, die niemand wegen des Mordes an Franka Mellis auf dem Radar gehabt hatte, wie Peter behauptete. Doch ob mehr dahintersteckte, das könnte sie herausfinden. Gleich. Sie war die Stipendiatin aus Hamburg, der vierzehn Tage lang das Atelier Inselsonne überlassen wurde, um dort zu arbeiten. Und die Heide Brüning gern näher kennenlernen wollte.

Sie sollte es versuchen. An einem Abend, an dem die Lichter rund um den See nun häufiger aufblitzten. Ihre Verabredung war nicht um die Ecke. Tina hatte gedacht, die Dame sei vielleicht auch auf der Insel zu finden. Nein. Aber sie hatte eine Telefonnummer herausgefunden. Heide Brüning wohnte in der Isarvorstadt, in München. Sie hatte sich den Anruf überlegt, ihn aber nicht durchdacht; wie so ein Gespräch sich entwickeln würde, das konnte sie nur raten. Tu es einfach. Was gibt es zu verlieren?

Tina stand am Fenster ihres Zimmers im Gästehaus des Klosters, sah auf ein Stückchen Insel und einen aufgewühlten Chiemsee. Die blitzenden Lichter ließen die Szenerie ein wenig gespenstisch wirken.

Sie würde gleich noch ein paar Fotos machen. Den Geruch des Sees könnte sie darauf nicht bannen, und nicht zum ersten Mal tat es ihr leid, Gerüche nicht irgendwo abspeichern zu können.

Von den Gerüchen schwenkte Tina schnell wieder zu ihrem Beschluss.

Wie sollte sie anfangen, womit begann man so ein Gespräch?

Dass sie gern etwas über den Tod der Künstlerin wüsste. Das »gern« lass lieber weg. Dass der Tod der Malerin die Insulaner wieder beschäftige und Tina nicht fürchte, dass es ein Mörder auf Künstlerinnen abgesehen habe. Trotzdem …

»Meine Mutter hat von Franka Mellis erzählt. Sie ist gestorben, ich kann sie nicht mehr fragen, doch die Frage, womit Franka sich bei den Inselbewohnern unbeliebt gemacht hat, lässt mir keine Ruhe«, sagte Tina, nachdem sie sich bei der Vermieterin vorgestellt und bedankt hatte. Es sei sehr schön, im Atelier zu arbeiten.

»Junge Frau, Sie müssen sich nicht fürchten, es sei denn, Sie machen jedem Mann, der was hermacht und Geld hat, schöne Augen, veräppeln die Leut mit besonderen Porträts und lassen es sich was kosten, eingeladen zu werden.«

Tina schaltete eigentlich schnell. »Seien Sie nicht böse, aber das ist ein Widerspruch. Ich verstehe ihn nicht.« Tina hoffte, Heide Brüning verstand ihn. Nicht so wie Peter.

»Es klingt nach Getratsche. Aber gut – von Franka Mellis war ein bisserl was zu kriegen, wenn man dafür bezahlen wollte. Die Summe variierte etwas.«

Das liederliche Weibsstück? Womit sie genau wieder bei Peter angekommen waren. Tina blies die Backen auf. Franka hatte mehr verkauft als ihre Malerei. Irgendwas gefiel Tina daran nicht, doch sie konnte es nicht festmachen. Heide Brüning hatte es auch gerade Getratsche genannt. Also sei vorsichtig damit, Tina Jensen.

»Wissen Sie noch, wo die Tote im Atelier gefunden wurde? Nicht, dass es mir etwas ausmacht – nein, das stimmt nicht –, ich möchte nur nicht ausgerechnet dort eine Staffelei aufstellen«, sagte sie, wollte dabei nicht abergläubisch wirken.

»Schlechte Energie. Ich kann mir vorstellen, was Sie denken. Aber denken Sie sich nichts. Alles Negative wurde rausbefördert. Mit einer reinigenden Kräutermischung.«

Auch eine Möglichkeit. Im hohen Norden kannten sie sich gut damit aus. Totenschmatzer galten gemeinhin als gefährlich, weswegen Schutzmaßnahmen ergriffen wurden. Tina erzählte von Steinen, die man auf so manchem Grab sah, in Höhe des Kopfes und der Brust eines Verstorbenen.

Heide Brüning sagte: »Da diese Gemeuchelte nur mehr Asche ist, habe ich mich auf Thymian, Salbei, Beifuß und Gigante beschränkt, die auch schnell auf der heißen Kohle im Topf verglühten – Sie sehen den Fleck wahrscheinlich.«

Fleck. Von Tina wurde keine Antwort erwartet.

»Ich habe mich darüber geärgert, denn man könnte annehmen, es ist Blut. Aber natürlich ist es das nicht. Das Stück Boden wurde ausgetauscht. Leider waren die Bohlen nicht mehr zu bekommen und wurden durch ein dunkleres Paneel ersetzt. Da hätte ich es gleich lassen können.« Ein Seufzen von Heide Brüning. »Sie sagten, Ihre Mutter kannte Franka

Mellis, Sie erzählten vom hohen Norden. Ich rate ins Blaue. Dann war Ihre Mutter vielleicht Rita Donner?«

So toll, Tina. Ertappt. Sie suchte einen Augenblick nach einer Antwort. Aber … »Ja. Ich wollte wissen, wo meine Mutter Zeit verbracht hat. Frauenchiemsee gefiel ihr gut.« Das hörte sich selbst für Tina gerade unecht an.

»Junge Frau, jetzt machen *Sie* mir Angst.« Heide Brüning wusste es besser. »Falls Sie versuchen, herauszufinden, ob Rita die Mörderin ist, dann … Das beste Motiv hätte sie gehabt.«

Das beste Motiv war wirklich ein Ideenklau? Tinas erster Gedanke. Aber Heide Brüning sprach schon weiter. Etwas kam ihrer Vermieterin komisch vor.

»Haben Sie es noch nicht gefunden? Es muss irgendwo sein. Ich habe es bezeugt. Franka Mellis hat Ihre Mutter im Falle ihres Todes zur Alleinerbin gemacht. ›Auch wenn du mich umbringst‹, stand da. So in der Art erinnere ich mich. Was vielleicht ein Witz war.« Ausatmen. »Vielleicht überhaupt nicht.« Einatmen. »Und einige von uns haben unterschrieben. Ich habe Franka Mellis vorher und nachher nie wieder so ernst gesehen wie in dieser Minute.«

Tina, die noch immer am Fenster stand, hielt sich am Tisch fest, ihre Knie waren mit einem Mal so wacklig wie Pudding. Sie räusperte sich, aber der Knoten in ihrem Hals war noch da, als sie zu Heide Brüning sagte: »Wer hier gerade wem Angst macht – da wäre ich nicht so sicher, Frau Brüning.«

12

*Die Malerei ist stärker als ich; sie zwingt mich,
zu machen, was sie will.*

Pablo Picasso

Ihr Neffe ignorierte sie nicht absichtlich, als er aus Priorin Jadwigas Büro kam, aber er hatte offenbar gerade etwas erfahren, was ihn sehr, sehr nachdenklich stimmte.

Falsch. Was ihn den Kopf schütteln ließ. Bedenklicher als nur »nachdenklich«. Argwöhnisch.

Du glaubst ihr nicht. Und nicht nur du.

Althea, du redest mit dir selbst! Und bevor das seltsam wurde, sprach sie aus, was sie dachte und was sie selbst fragen wollte.

Sie nahm sich die Zeit, sich bemerkbar zu machen. Nicht so wie er auf dem Friedhof.

Er erwiderte: »Sie bezahlt für ihre Kaltherzigkeit, sagt sie. Die Priorin ist durch den Wind.«

»Die Flaschenpost hat sie nicht erschüttert. Jadwiga weiß etwas über den Tod von Franka Mellis?«, wollte Althea wissen.

»Tante Marian, das sind vertrauliche Informationen. Vielleicht hat mir die Priorin etwas von Bedeutung erzählt.«

»Von wertvoller Bedeutung?«

»Schwester Althea, welcher Verdacht treibt dich um?«

Dachte er das? Dass sie herumspazierte, weil sie Sorgen hatte?

Sie hatte Sorgen, aber sie spazierte nicht herum. Sie hatte einen Entschluss gefasst. Sie wollte heute Nacht Zeugin sein, wenn jemand die Flaschenpost bei Valentin platzierte. Sie bekam nichts von ihrem Neffen und er auch nichts von ihr.

Sie zuckte die Schultern. »Ich komme vom Zeichenunterricht«, sagte sie. »Da wurde geredet. Aber du hast Heide Brüning bestimmt nicht vergessen.«

Sein Gesicht sagte: »Doch«, aber er fragte ungläubig: »Zeichnen bei dem Gräuelwetter?«

»Das konnten wir uns nicht aussuchen. Der Schalch und die sich wiegenden Bäume bei wolkiger Stimmung – spannend.« Sie schlug den Block auf.

Stefan besah sich die Zeichnung genauer, dann zog er eine Augenbraue hoch.

»Im Himmel spiegelt sich die kleine Insel? Kommt mir jetzt komisch vor, entschuldige.« Stefan lachte.

»Wird vielleicht mein Durchbruch als Klosterkünstlerin – aufgefahren gen Himmel ...«

»Lass das bloß niemanden hören«, riet er ihr.

»Und du lässt mich nicht hören, dass du die Vermieterin des Ateliers nicht befragt hast.«

»Sie ist in München, sie war die Erste, die ich anrief. Sonst hätte mir mein Chef auf die Finger geklopft.«

Althea warf einen Blick hinter sich, rechts, links, den Gang hinunter ... »Du überprüfst die Angaben von damals, oder? Dann schau mal bei Peter Fels vorbei und lass dir was erzählen. Wir sind zusammen im Zeichenkurs, er ist ein wenig komisch, ein wenig wichtigtuerisch, aber er wohnt seit zwanzig Jahren auf der Insel, er hat Franka Mellis mitbekommen. Und er wollte gestern wissen, ob niemand auf die Idee gekommen sei, Heide Brüning, die Vermieterin des Ateliers, könnte den Mord begangen haben.«

»Worüber beim Zeichnen so alles geklatscht wird. Wie kommt ihr auf Heide Brüning?«

Über ein Flitscherl, ein Rätselbild mit einer Maus und Valentin, der Bilderrahmen angefertigt hat.

Sie standen noch immer im Gang. Eine Mordermittlung war kein Thema, um ausgerechnet in einem Durchgang besprochen zu werden.

»Wir gehen vielleicht in meine Zelle«, sagte Althea.

»Wir gehen nicht in deine Zelle«, gab er zurück. Hatte er sich gerade geschüttelt? Stefan hatte großen Respekt vor den Frauen in den schwarzen Ordensgewändern, wie Althea wusste. Er neigte ihretwegen schon mal zu Alpträumen.

»Gut, ich muss sowieso noch das Wetter recherchieren. Gab es damals in der Mordnacht ein Unwetter, einen Sturm am Chiemsee?«, fragte Althea und klang nach Geheimnis.

»Woher hast du das?«, wollte er wissen.

Aha. Wie er gerade die Augen zusammenkniff! Althea deutete: die Treppe hinauf, eine Tür aufsperren …

»Schön. Deine Zelle. Aber nur kurz. Gefängnisstimmung.« Stefan nahm ihren Arm. Doch so ängstlich?

Althea schmunzelte. Und gleich darauf nicht mehr.

Ihr Neffe hatte das Wetter am Tag des Mordes abgefragt. Wetterrückblick, es gab dafür ein Archiv. Natürlich, warum nicht. Jemand erinnerte sich, ein anderer schrieb Tagebuch, und wer für dies und das nichts übrighatte, der bemühte die entsprechenden Seiten im World Wide Web.

Stefan zückte sein Smartphone, es dauerte nur einige Klicks.

»Es *gab* ein heftiges Unwetter. Die Wasserwacht muss ausgerückt sein, zur Rettung einiger Segler und Surfer, die in Seenot gerieten.«

Stefan vermied es, die Schultern zu zucken. Doch er gab zu, er hatte das Wetter in der Mordnacht außer Acht gelassen.

»Dann konnte niemand die Insel verlassen, außer die Wasserwacht hat den Mörder aufgegabelt. Aber weil das so dämlich klingt, wie es ist, war es sicher nicht so. Der Mörder von Franka Mellis brachte sich in höchste Gefahr oder musste bleiben. Wer ist übrig, Herr Kommissar? Ein Insulaner, ein Gast, der ein Hotelbett oder eine Ferienwohnung gebucht hatte, eine Person, die auf der Insel bekannt war und darum jemanden um eine Übernachtungsmöglichkeit bat?«

»Keine der Möglichkeiten gefällt. Der Gast, der ein Zimmer gebucht hatte; jemand ist Franka hinterhergereist und hat die

Frau ermordet. Dann werde ich dieses Rätsel vielleicht nicht lösen können.«

»Du hast Krumen gestreut«, sagte Althea.

»Es hat ganz den Anschein, du auch«, sagte Stefan.

Sie oder der Moderator des Heimatsenders, der eine Nonne mit einer ehemaligen Richterin verbandelt hatte. Ein Gedanke ließ sie allerdings nicht los, und der hatte ebenfalls mit einem Sturm zu tun. »Heute ist auch so ein Unwettertag. Sei doch so nett und überlasse mir ganz kurz dein Telefon. Die Nummer der ehemaligen Richterin hast du zufällig gespeichert?«

Sie nahm es ihm aus der Hand, bevor Stefan reagieren konnte. »Friederike Villbrock?«, fragte er.

Althea suchte die Kontakte auf dem Handy. Richterin a. D. Privat. Sie ließ sich verbinden, die Meldung am anderen Ende hörte sich erwartungsvoll an.

»Wird Zeit, Herr Kriminalkommissar.«

»Friederike. Ich übergebe gleich, aber um Zeit geht es mir grade auch. Hält die Chiemsee-Schifffahrt aktuell den Fahrplan ein?«

»Marian.« Überraschung. Zuerst. Der Ton wurde eisig. »Was soll das denn? Du kannst dich doch selbst nach der Fähre und den Fahrzeiten erkundigen.«

»Aber nicht, ob Maximilian mit der Fähre hinüberfahren und in den Bus steigen konnte oder ob er auf Frauenchiemsee hängen geblieben ist.«

Stefan schaute gespannt.

Althea raunte: »Ach, für Nonnen heute keine Auskunft!«, weil nichts mehr kam.

Dann fragte Friederike: »Du bist auch im Kurs?«

»Ja, bin ich.«

Aber dafür interessierte sich die ehemalige Richterin nicht. »Dann bekomme ich demnächst zum Besen noch ein Bild.«

»Aber nein, wie grausam wäre das. Hinge über deinem Bett mein Chiemsee-Bild, müsstest du ständig an mich denken«, sagte Althea mit einem Lächeln.

Friederike schnappte – nach Luft? »Maximilian ist nicht zurückgekommen ins Internat … der Fährverkehr wurde eingestellt. Was du natürlich erfahren hättest. Ein Blick über den See. Blitzlichter.«

Wahrscheinlich. So aber schneller. Die ehemalige Richterin kam ihr ein wenig genervt vor.

»Das ist ja gemein«, fand Althea.

Für den Jungen. Das war schlimmer als gemein.

»Durchaus, das Internat verschlingt Unsummen«, ließ die Richterin Althea wissen.

»Bildung kostet Geld, wie wir wissen, Friederike.«

»Wohin nur mit der Bildung? Ah ja, ich hab's. Der schöne Besen, der mich stets erfreut. Es würde mir besser gefallen, wenn du und der Besen in der Ecke Platz nehmen würdet«, sagte Friederike.

»Wie erfrischend«, erwiderte Althea. Der kleine Angriff – das war Friederike. Wenn der ausblieb, müsste sie sich Sorgen machen.

Stefan streckte die Hand aus. Gib mir das Telefon.

Nein, noch nicht. Althea wollte Friederike weiter nerven, sie brauchte wenigstens eine kleine Information. Einen Schnipsel Enthüllung. Entschuldige, Maximilian. Die Gelegenheit würde sich vielleicht so schnell nicht mehr ergeben. Althea drückte auf das Lautsprechersymbol des Telefons.

Sie schloss ihre Frage an. »Hast du auch ein Gemälde von Franka Mellis erworben?«

Natürlich schockte Althea sie damit.

Friederike antwortete: »Nein. Doch nicht von einer Verdächtigen.«

Das war interessant. Althea grinste Stefan an, der fasste sich mit beiden Händen an den Kopf.

»Wessen wurde Franka damals verdächtigt?«, fragte sie. Sie hatten darüber gesprochen. Aber da gab es noch mehr, war Althea sicher. Friederike würde sie beleidigen, darauf musste sie sich gefasst machen.

Stefan lachte auf. Sein Gesicht fragend, wohin sich das seltsame Gespräch entwickeln würde.

»Marian, deine Neugier beantwortet keine Fragen. Du warst in Italien, erfuhr ich, doch du warst rechtzeitig wieder auf der Insel.«

Rechtzeitig zum Mord. Konnte sie nicht abstreiten.

Weil Althea alias Marian im Gefängnis gewesen war, was die ehemalige Richterin wusste, und danach zum Glauben gefunden hatte. Oder andersherum. Wovon Friederike Villbrock keine Ahnung hatte. Die Insel war nicht groß, man lief sich über den Weg.

Als hätte sie Altheas Gedanken gehört, sprach sie weiter. »Gefährliche Substanzen. Franka hatte ein paar Kontakte aufs Festland. Und du hattest ähnliche Kontakte. Dir muss ich nichts erzählen, du standest im Verdacht, deinen Freund getötet zu haben.«

Was?, sagte Stefan lautlos. Er wollte sein Telefon zurück. Er wollte die ehemalige Richterin darauf aufmerksam machen, dass dieses Urteil aufgehoben worden war, schob das Kinn nach vorne.

»Franka Mellis dealte?«, kürzte Althea die Sache ab und setzte sich auf ihr Bett. Ausgerechnet Maximilians Mordtheorie: Der Kommissar, der sich in die Künstlerin verliebt, die ihm etwas vorspielt, weil sie dealt. Der Kommissar als Mörder.

Friederike ging auf, was sie mit der ärgerlichen Anspielung verraten hatte.

»Schwester Althea«, knarzte sie abfällig.

»Sie hatte Geld. Viel Geld wahrscheinlich. Wo ist dieses Geld, wissen die Behörden von dem Konto?«

Stefan wusste nicht mehr, welches Gesicht er aufsetzen sollte.

Die ehemalige Richterin wusste nicht mehr, woher sie die Antwort nehmen sollte. Sie schrie: »Herr Sanders …«

Schade, dachte Althea. »Stell dich und den Besen wieder zurück in die Ecke«, sagte Althea. »Und grüß bitte Maximilian.« Jetzt konnte sie das Smartphone an Stefan übergeben.

Der es nicht mehr wollte. Doch das wäre unhöflich gewesen, und der Kommissar war nicht unhöflich.

Es gab offenbar ein anderes Thema, das die ehemalige Richterin etwas anging. Weshalb sie mit Stefan Sanders' Anruf gerechnet hatte.

Er schaltete den Lautsprecher wieder aus. »Nein. Thorsten Schwarz hatte einen Ansatz. Verdacht wäre zu viel gesagt. Es fehlt ein Name, die Person ist gesichtslos. Ich übergebe an die Kollegen vom BKA, wenn es konkret wird. Noch ermittle ich in einem Mordfall.«

Althea dachte sich die Pausen weg.

»Auf einem Konto darf dreißig Jahre nichts bewegt werden, dann erst kann sich die Bank die Summe gutschreiben. Wenn Jahre später ein Testament auftaucht, hat der testamentarische Erbe Anspruch auf Herausgabe des Bereicherungsanspruches.«

Er schlug mit der Faust auf die Bettdecke. Während Althea lachen musste.

»Sie sind im Ruhestand, wenn ich erinnern darf. Ja, Sie erfahren es«, sagte Stefan zu Friederike. – »Sie haben keinen Fehler gemacht. Das war ein anderer.« Stefan verabschiedete sich, drückte aufs Display, atmete tief ein und verstaute sein Telefon.

Er setzte sich zu Althea und warf einen Blick auf ihren Mitbewohner. Dann schaute er seine Tante an. »Wenn ich nicht genau wüsste, dass er sich nicht rühren kann … Es sieht aus, als hätte er kurz einen mitleidigen Blick aufgesetzt. ›Stefan Sanders, hast du nicht vielleicht was übersehen?‹, würde seine Frage an mich lauten.«

Althea übernahm. »Die Antwort wäre: jemanden. Deine Tante. Von dir erfahre ich ja nichts«, beschwerte sie sich. »Kaum zu glauben – du steckst mit Friederike Villbrock unter einer Decke.«

»Sie war die Richterin im Mordfall Franka Mellis.«

»Sagtest du schon.«

»Nur hatten die Kollegen keine Beweise und niemanden, um Anklage zu erheben. Die Sache verlief im Sande. Die Ermittlungen wurden eingestellt. Damit endete das Strafverfahren erst einmal. Kein Beschuldigter, keine Verhandlung, keine Strafen. Und jetzt … werden die Ermittlungen wieder aufgenommen.«

»Und du stellst Fragen. An jeder Ecke«, sagte Althea. Er wollte, dass man ihn bemerkte. »Wen zeigt die Zeichnung, die damals im Atelier gefunden wurde?«, überfiel sie ihn. »Davon weiß man übrigens sogar in einer Kunstgalerie auf dem Festland.«

Er diskutierte gar nicht erst. »Es war eine Skizze, und es waren zwei Personen. Franka war schonungslos«, erklärte er. »Was ich mir wirklich nicht vorstellen kann, ist, dass sie jemand gewesen sein soll, den man ins Herz schloss. Jemand, in den man sich verlieben konnte. Einfach so.« Er schnippte mit den Fingern. Schaute kurz zum Herrgott am Kreuz hinüber. »Ich kann mir aber durchaus vorstellen, dass einem schlimme Gedanken kamen. Die Personen auf der Skizze sind Valentin und Birgit Anselm. Eine liegt im Schoß des anderen. Keiner macht dabei eine gute Figur, kannst du dir denken. Ob sich das so zugetragen hat, sei dahingestellt. Franka Mellis hat es gezeichnet. Deine Priorin wäre heute vielleicht keine, wenn das öffentlich geworden wäre. Sie sieht aus, als wäre sie high. Valentins Hemd ist aufgeknöpft, und seine Hand liegt auf ihrem Schenkel. Bisher war die Zeichnung gut verwahrt. Ich fragte, ob sie sich erinnern kann, zeigte Jadwiga ein Foto der Zeichnung. Dir zeige ich es nicht«, stellte er sofort klar.

Wie gruslig, dachte Althea. Die Mitarbeiterin in der Galerie hatte betont, der Klosterwirt wisse etwas über die Zeichnung, die gefunden worden war.

Althea fragte, ob Jadwiga zu erkennen war. Oder ob nur Stefan sie erkannt hatte.

Und er gab zurück, vielleicht sei es die Kette mit dem Kreuz gewesen.

»Zeig mir das Foto. Ich will beruhigt sein, dass nicht der ganze Chiemgau über sie herfällt. Es ist keine Neugier. Wenn nötig, bekommt sie einfach einen Schnauzbart. Ich bin im Zeichenkurs, das wird zu machen sein. Beweismaterial frisieren.«

»Sie hat schon einen Damenbart. Da musst du nicht noch eins draufsetzen. Oh, Schwester Althea!« Sie lachten zusammen. Er zückte das Smartphone, klickte auf eine Datei, hielt Althea das Bild hin.

Die machte: »Uah«, und hoffte, dass Valentin sich nicht mehr genau erinnern konnte. »Birgit Anselm alias Jadwiga, Priorin von Frauenwörth, ist komplett hinüber. Das zeigst du sonst niemandem. Und wenn ich dich auf Knien anflehen muss, Neffe.« Das meinte sie ernst. Fehler ließen sich nicht rückgängig machen. Sie verfolgten einen. Je nachdem, wie viel Potenzial ein solcher Fehler hatte.

»Denkst du, ich gehe damit hausieren? Ich habe es Jadwiga gezeigt. Sie war sehr gefasst, nach außen hin, für den Kriminalkommissar. Tante Marian, diese böse Zeichnung ergibt ein wunderbares Mordmotiv. Ich will es nicht glauben, kann es aber nicht unter den Teppich kehren. Stattdessen muss ich das Gegenteil beweisen. Das ist schwieriger.«

Beweisen, dass eine Person die Tat nicht begangen hatte, obwohl eigentlich nichts auf sie hindeutete? Verhielt es sich sonst doch umgekehrt.

»Was mir Kopfschmerzen bereitet – du warst auf der Insel zu jener Zeit.« Damals, zur Zeit des Mordes. »Du hast es mir gesagt, die Priorin hat es bestätigt, auch Friederike wusste es. Du bist Thorsten Schwarz damals durch die Lappen gegangen, Schwester Althea.«

Worauf willst du hinaus, Stefan? Das fragte sie ihn nicht. »Wie wahr. Diesen Kommissar hatte es von den Socken gefegt. Seine Verdächtigen kannte er persönlich. Ich tauchte in seiner Gleichung nicht auf. Das musste ich nicht, denn ich war weder bei den Treffen, noch kannte ich Franka Mellis und Rita Donner. Die Novizin benahm sich sonderbar. Aber da konnte ich glauben, sie wankte noch mit ihrem Entschluss. Ich schnüffelte nicht, denn dieses eine Mal, da ging es um meine Zukunft.«

Er griff nach ihrer Hand.

»Ich bin noch da. Verschwunden ist diese Freundin. Rita. Für den Kommissar kam sie als Täterin in Frage. Er hat sie nicht ausfindig gemacht? Warum nicht?«, fragte Althea.

»Vielleicht hat er sie ausfindig gemacht. Etwas anderes steckte dahinter. Der Kollege hätte die Mörderin seiner Liebe nicht entkommen lassen, niemals hätte er aufgegeben. Er hat sie gefunden.« Davon war Stefan überzeugt.

Althea fragte sich, warum. Was wusste er? Er wusste ganz sicher etwas.

Nur hatte er beschlossen, es für sich zu behalten.

Kriminalkommissare führten ihre eigenen Untersuchungen – die Klosterermittlerin auch. Althea hatte beschlossen, ihren Ausflug für sich zu behalten. Was sie natürlich ohnehin getan hätte.

13

Jedes Kunstwerk ist eigentlich eine Skizze, die erst durch unsere Phantasie vollendet wird.

Sigmund Graff

Es herrschte ein wenig Unruhe, der Wind kam vom See. Fensterläden klapperten, es klang, als versuchte jemand, sich Zutritt zu verschaffen. Natürlich nur in der Vorstellung, das würde niemand versuchen. Die Schwestern nahmen es gelassen. Das Kloster und seine Bewohnerinnen hatten schon so viele Stürme erlebt, hatten einmal sogar nach einem Gewitter in der Klostereiche eine Tote entdeckt. Es musste mehr passieren, um eine Bedrohung zu sehen. Natürlich, gerade drohte Unheil – aber von Menschen gemacht, nicht vom Wetter.

»Der ist nicht wild«, sagte Martha. Althea pflichtete ihr bei. Das fand sie auch. Den Flaschenpostboten würde der Wind nicht abhalten, hoffte sie. Wirst du sehen.

Nach dem Abendessen zogen sich die Schwestern zurück, Jadwiga trödelte. Sie war in Gedanken. Verständlich. Wäre Althea in dieser Situation, sie würde mit Valentin reden wollen. Was Jadwiga wollte …

»Wie ist es dir im Zeichenkurs ergangen?«, fragte die Priorin auf einmal. Ausgerechnet. Kunst.

Althea sagte ihr, sie feile noch an ihrer Methode, aber: »Tina gibt hilfreiche Tipps und bringt uns alle dazu, genau hinzuschauen, Dinge zu probieren.«

Sie wusste in dem Moment, als sie das Gesicht der Priorin sah, dass diese das gerade auf sich bezog.

Dementsprechend fiel auch deren Antwort aus. »Verwunderung ist der Anfang des Begreifens. Althea, kann man sich an manche Dinge nicht erinnern *wollen*, weil sie das Vertrauen in das eigene Selbst erschüttern?« Sie fragte aus gutem

Grund. Sie fragte *sie*. Althea alias Marian Reinhart musste es wissen.

»Sobald man sich fragt, hat man nicht das Vertrauen zu sich selbst verloren, aber vielleicht den Mut, die Antwort auszuhalten. Wenn der Angriff von einer fremden Person kommt, ist er in der Regel besser zu ertragen. Die Lösung könnte sein, sich zu verzeihen, Priorin.« Althea wusste, Selbstvorwürfe waren nicht Teil der Heilung, dagegen ein guter, ehrlicher Vorsatz schon.

Jadwiga sagte: »In jedem der Stürme kam etwas an die Oberfläche, was das Leben einiger Leute gewaltig durcheinandergewirbelt hat. Und so wird es passieren. Es gibt eine Zeichnung, die dort unbemerkt im Atelier lag. Und die sichergestellt wurde nach dem Mord an Franka Mellis, der Zeichnerin derselben. Valentin und ich … meine Unbesonnenheit, mein Wunsch damals, dazuzugehören, wird mich am Ende zu Fall bringen … Ich werde eine Entscheidung treffen müssen. Für unser Kloster. Für mich.«

Das hörte sich endgültig an. Althea gefiel der Unterton überhaupt nicht. Der hatte dort nichts zu suchen.

»Schwester Althea, falls du dich jemals gefragt haben solltest … ich kann mir gut denken, warum dir unsere Äbtissin zu jener Zeit ihr Vertrauen aussprach. Du hast dir selbst stets so weit getraut, wie du spucken konntest. Du bist eine ehrliche Haut.« Die Priorin sprudelte heute über, ein wenig wie der See bei stürmischem Wetter.

Althea fragte sich, weshalb man eine Situation gern mit etwas verglich, was sich zugetragen hatte.

»Der Weg muss nicht gerade sein, dir sind die Abzweigungen lieber.« Jadwigas Fortführung der Charakterstudie zu Schwester Althea.

Althea hatte sich das auch irgendwann gefragt. Ein wenig anders.

»Du warst in Gollenshausen bei Katharina Venzl, oder?«

Das war eine solide Überleitung. »Keine rhetorische Frage, vermute ich«, sagte Althea.

»Schwester Althea, wir haben vor längerer Zeit aufgehört, einander rhetorische Fragen zu stellen«, erinnerte Jadwiga sie. Sie hatte den Kopf schief gelegt wie die alte Kath, wenn ihr Bilder erschienen, als sie jetzt fragte: »Wusste sie etwas über den alten Mordfall, hat sie jemanden weglaufen sehen?«

So direkt nicht. *Jemanden.* Althea hörte das Gras wachsen. Ein Zufall? Das glaubst du nicht. Kein Zufall.

»Sie könnte etwas wissen. Sie hat aber nichts über den alten Mord gesagt.«

Oje, Jadwiga hing an ihren Lippen. Es sei nicht zu ändern, so sagte Kath. Zum Bild, das sie geschaut hatte, wusste Althea sogar noch den Wortlaut. »Und nach so langer Zeit … willst du nicht mehr auf den Tag der Entdeckung warten. Pass auf, Priorin! Pass gut auf!«

»Ich werde eine schwere Entscheidung treffen, sagte Kath. Sie war guter Stimmung, aber nicht in einer, ihrer Klientin – mir – allzu viel verraten zu wollen. Der Lauf der Dinge sei nicht veränderbar.«

»Was du nicht glauben willst.« Das musste die Priorin nicht raten.

»Was mir schwerfällt zu glauben«, sagte Althea.

Sie wünschten einander eine gute Nacht und gingen gemeinsam die Treppe hinauf. Althea hätte ihr gern mehr verraten von ihrem Plan, sich auf die Lauer zu legen, doch schuldig sein wollte sie allein. Sie vermutete, dass Jadwiga an Rücktritt gedacht hatte.

Und auch wenn Althea die Frau früher nicht unbedingt so gern gemocht hatte, konnte sie jetzt doch sagen, Jadwiga war eine gute Administratorin, die tatkräftig auf der hin und wieder wackeligen Brücke über die Schlucht balancierte und sie alle an den Händen zu halten versuchte. Es wäre nicht lustig, eine Nachfolgerin bestimmen zu müssen, und Althea hatte auch kein passendes Bild, wer das sein sollte.

In ihrer Zelle schaute sie zum Fenster hinaus, führte Selbstgespräche und nippte am Klosterlikör. Dem getauschten, den sie in der anderen Flasche nicht mehr in den Klosterladen zurückgestellt hatte. Er schmeckte wirklich gut. Und sie hatte kein schlechtes Gewissen.

Sie schaltete das Radio ein, hörte ein wenig Musik. Zu leise, um den Sturm zu übertönen.

»Was denkst du, gehe ich heute hinaus und erwische einen Boten?« Kein Selbstgespräch, sie hatte ihren stillen Mitbewohner gefragt. In der relativen Dunkelheit schien es, als hätte er den Kopf ein wenig gedreht. Kein Nicken. »Ich erwische niemanden, willst du sagen, ich hole mir nur kalte Füße?«

Kurz überlegte Althea. Er hatte natürlich meist recht. Aber …

»Wenn ich es nicht versuche, habe ich es unversucht gelassen, und *das* lässt mich gar keine Ruhe finden. Ich glaube, heute wird wieder eine Botschaft den Weg in die Flasche finden, und ich möchte so gerne den elenden Durcheinanderbringer am Kragen packen, der Person zur Idee gratulieren und fragen, welches Ergebnis er oder sie erwartet. Und wo ich dir jetzt mein Geheimnis verraten habe … Ich bin eine ehrliche Haut. Ja.«

Half vielleicht nicht, Althea wusste das. In diesem Fall würde die Strafe wohl nicht direkt auf dem Fuße folgen.

Später würde sie wissen, dass es doch genau so geschah.

14

Die Kunst ist nur ein Weg, nicht das Ziel.

Rainer Maria Rilke

Schreien wäre genau das, was du jetzt brauchst, ist aber nicht möglich. Halt den Mund. Aber halt ihn so, dass niemandem auffällt, wie sehr du dich dazu zwingen musst.

Verdammt, wer schreibt diese Post? Das fragst du dich, und du antwortest dir auch. Denn es bleibt – außer der Nonne, die doch sicher nicht drohen wird? – nur eine Person.

Es kann kein Zufall sein, dass die Künstlerin ihr ähnelt. Es wird kein Zufall sein, wenn sie Frankas Mörder ausfindig macht. Noch nicht, aber sie recherchiert fleißig.

Nur sie kann die Aufzeichnungen haben. Das Inseltagebuch.

Du erinnerst dich. Du hast gesehen, wie Rita alles festhielt, Fotos machte. Du dachtest nur nicht, dass …

Hättest du damit rechnen müssen, dass Rita ihre Tochter vorschickt? Wird Rita Donner auftauchen, zum Showdown? Sicher, wenn sie es kann, denkst du. Und gleichzeitig fragst du dich: Was wirst du tun?

Du bist nicht auf der Spur des Verbrechens, du bist das Verbrechen.

Wünschst du dir, jemand wäre dir zuvorgekommen?

Was hat Rita dazu gebracht, schlafende Hunde zu wecken? Hat es mit Frankas Bildern zu tun?

Oder war sie das gar nicht? Ein anonymer Anruf habe die Ermittlungen ins Rollen gebracht. Wird erzählt. Erzählen kann man einiges. Man darf sich nur nicht alles erzählen lassen.

Du hast ein wenig Sorge, sagst dir, dass Angst blockiert, weißt doch, sie kann sinnvoll sein.

Ohne sie wären die Menschen nicht, was sie sind. Aber ohne

Angst wärst du im Augenblick auch nicht, was du bist – ein Nervenbündel.

Du wirst dir das noch eine Weile anschauen. Du wirst sie nicht aus den Augen lassen.

Der Kommissar stellt Fragen. Beantworte sie nett, biete deine Hilfe an. Franka hat sich interessant gemacht, von dem Bild wissen einige. Nur nicht, wo es sich befindet.

Schwester Althea … der neugierigen Nonne traust du einiges zu. Sie erkundigt sich, hast du gehört. Warum sie das tut, weißt du nicht. Aber diese Schwester ist nicht harmlos. Gar nicht.

Wenn sie irgendwo etwas vermutet, gräbt sie, bis sie fündig wird. Sie hat dich angesehen, als bräuchte sie nur den Deckel zu öffnen und könnte, wie bei einem Topf am Herd, alles herausfischen, was sich darin befindet – Heulen und Zähneklappern, Wut und Zwang, Verdruss und jede noch so kleine Heimlichkeit. Ihr Blick war ein bisschen Sektionsbesteck.

Lass dich nicht beeindrucken. Sei du selbst und achte auf deine Worte. Denn sie wird dir beim kleinsten Verdacht wehtun.

15

Das Werk, das man malt, ist eine Art, Tagebuch zu führen.

Pablo Picasso

Sie musste sich nicht umziehen, sie steckte noch in der Malkurskluft, Hemd und Hose. Ihre Gummistiefel für die Arbeit im Garten wären dazu eine gute Wahl. Und der warme Mantel. Denn Nässe war verräterisch und eisig kalt, falls sie ein wenig ausharren musste. Eine Mütze, ein Halstuch. Handschuhe. Beinahe eine Verkleidung. Altheas Idee – sich Klarsichtfolie zu holen, den Mantel damit einzuschlagen. Der Regen würde abperlen. Es war sicher nicht angenehm.

Leise schlich sie die Treppen hinunter und in die Küche. Den Vorratsraum, in dem etwas entdeckt worden war, den sah sie immer noch so vor sich, wie er sich ihr präsentiert hatte, als Valentin die Holzpaneele abgebaut hatte, um eine Mäusekolonie zu erwischen.

Nun waren wieder Regale angebracht, aber Althea hatte dafür gesorgt, dass eine Wand frei blieb – die Wand, die sie vielleicht irgendwann öffnen mussten, wenn Not am Mann war (na ja, die Redewendung traf es so nicht ganz). Jedenfalls hatte sie es geschafft, dass die Regale weggerollt werden konnten.

Sie hatte bislang niemandem ihr Geheimnis verraten. Außer dem einen, der schweigen würde.

Es war ein gutes Gefühl, etwas zu wissen, den Schlüssel zu haben und die Klosterwelt verändern zu können.

Das gute Gefühl musste fürs Erste hierbleiben. Althea nahm sich die Folie und schnitt sie zurecht. Sie kleidete den ganzen Mantel, innen und außen, damit aus. Es fühlte sich kühl an, als sie das Teil überzog. Sie musste es solide machen, was hieß: mehrfach übereinander und gut befestigen, denn sonst würde die Folie bei dem Wind vielleicht noch im See landen.

Hinterher wollte Althea noch nach dem Öl schauen, das gegen allerlei Beschwerden eingesetzt wurde und von dem Jadwiga behauptete, es mache übermütig. Sie hoffte, es gab davon noch einige Flaschen. Ob das auch klappte, wenn sie einen Verdächtigen im Schlepptau hatte? Vielleicht nicht.

Sie raschelte durch die Küche, hinaus zur Hintertür und zum Tor, dessen Riegel sie öffnete und hinter sich wieder schloss. Jetzt hörte sie es immer noch, das Rascheln der Folie, glaubte aber nicht, dass es ein anderer hören würde.

Wo versteckst du dich?, fragte sie sich. Schaute sich kurz um. Es war bei dem Wetter einfach nichts zu sehen. Natürlich hatte sie eine Idee. Das Bootshaus, irgendwo im Schatten; vielleicht ein wenig im Wasser stehend. Die Gummistiefel waren eine gute Entscheidung. Der Wind blies ihr nicht ins Gesicht, er wehte und drückte Altheas Haare unter der Mütze seitlich an ihre Wange.

Zusammen mit dem Regen schmeckte die Nacht nach See und Algen.

Die Handschuhe waren auch gut, denn sofort kroch die Kälte überallhin. Sie drückte sich am Bootshaus herum, die Kälte im Genick, und bat darum, es möge doch bald jemand vorbeikommen. Ihr Halstuch fühlte sich nicht mehr trocken an. Sie hob ein Bein, bewegte ihre Zehen im Schuh, wiederholte es mit dem anderen. Es war sehr frisch.

Als wäre das die Überraschung.

Aus dem Augenwinkel nahm sie einen Schemen wahr und trat ein paar Schritte nach vorn. Eine Hand legte sich auf ihre Schulter. Sie atmete leise aus, rührte sich nicht.

»Schweinewetter. Sie sind kaum zu erkennen, Schwester Althea. Aber ich dachte mir schon so was.« Maximilian.

Sie war froh, dass er sie ertappt hatte. Aber es war spät, was tat er noch hier?

»Sie warten ab, oder? Sie sind nicht die mit der Post. Ich war mir gar nicht so sicher, aber so sehen wir nichts, zu weit weg … Da war jemand!«

»Bei dem Wetter ist nicht gut draußen sein«, sagte Althea. Was für eine Feststellung.

»Sollten Sie nicht in Ihrem Kloster in Ihrer gemütlichen Zelle sitzen?«, erwiderte er. Schwester Althea, kommen Sie da raus, ich gebe Ihnen Deckung, lautete das Angebot. Wenigstens war auch er warm angezogen.

Es bewegte sich was. Am Strand, in Sichtweite. Augenblicklich sah man die Umgebung wie durch einen Schleier. Es stimmte, da ging etwas vor sich. Jemand. Mittelgroß, schlank.

»Valentin«, sagte Althea.

Der Angesprochene hatte eine Flasche in der Hand. Eine Flasche mit einer gerollten Nachricht. Er sah unglücklich drein. Der Mann tropfte wie das Glas, das er krampfhaft hielt. Der Boden der Flasche schien schmutzig, fiel ihr auf. »Ich glaube, ich frage nicht, was ihr hier draußen macht«, sagte er. Bedeutete ihnen, sie sollten drinnen sprechen. Und fragte doch: »Worauf lauert ihr? Auf den Überbringer dieser Dinger? Habt ihr ihn gesehen?« Er atmete aus. »Ihr müsst etwas gesehen haben.«

»Dich«, sagte Althea schlicht.

»Nein, nein, verehrte Schwester. Ich hab den Boten nicht mehr erwischt. Der hat die Witterung ausgenutzt, um sich möglichst unsichtbar zu machen. Ganz knapp. Ganz knapp.« Hörte sich das im Doppel überzeugender an?

»Klingt jetzt ausgedacht«, sagte Maximilian.

Valentin hielt Althea die Tür zum Gastraum auf und drückte auf die Lichtschalter. »Ach, lies du doch noch einen Band von den ›Drei Fragezeichen‹«, muffelte der Klosterwirt Maximilian an. »Da!« Er wollte Althea die Flasche geben.

»Ein Tee zur Lektüre wäre nicht übel«, bemerkte sie und dachte nicht an die drei Detektive.

»Auch noch Ansprüche stellen«, gab er zurück und trat unentschlossen von einem Fuß auf den anderen, bis er sich schließlich hinter die Theke begab, aber keinen Finger rührte. »Bringst mir so einen Schmarrn. Lügen in der Flasche. *That's all.* Genesis.« Er blies empört die Backen auf. »Dann soll ich sauer gewesen sein wegen des vertauschten Likörs! Und die andere klagt: Ich weiß nicht, wo mein gemütlicher Sommerstuhl ist. Mir reicht's jetzt gewaltig.«

Maximilian schüttelte den Kopf, und Althea dachte auch, dass da etwas gar nicht passte.

»Genesis«, sagte Maximilian. »Die Band, nichts Biblisches, Schwester Althea.«

Was sie auch nicht geglaubt hatte. »Valentin, willst du damit sagen, es gab schon mehr von diesen Flaschen? Bevor du der Priorin eine gebracht hast?«

»Was sage ich denn anderes? Das ist doch Irrsinn. Ich träume schon von der Post!«

»Wir könnten die Polizei verständigen«, schlug Maximilian vor.

»Die nächtigt derzeit im Kloster«, bestätigte Althea. Sollte Stefan das klären.

Na ja, dafür war sie aber nicht losgezogen.

Sie wollte ihm glauben. Sie wollte glauben, dass er es nicht war. Und sie fragte.

Der Raum wirkte groß, wenn ihn keine Menschen füllten.

»Was soll ich jetzt sagen, ich hab doch schon gesagt, da war noch jemand.«

Der Blick ging irgendwohin. Althea schnaufte. Valentin zauberte von irgendwoher einen Teebeutel in eine Tasse, füllte den Wasserkocher. Sie warteten. Da war jemand. Den er fast erwischt hätte.

Da gab es noch etwas anderes, was Althea beschäftigte, und sie wollte seine Reaktion sehen. Um Jadwigas willen musste sie es erfahren. Es war überhaupt nicht der rechte Zeitpunkt, aber der würde vielleicht nie kommen.

Ein Blick zu Maximilian. »Halt dir schnell mal die Ohren zu.«

»So was, okay. Ja, klar.« Er grinste, wandte sich ein wenig ab und legte die Hände über die Ohren.

Althea sagte: »Ich weiß etwas über dich, über die Zeichnung, die im Atelier Inselsonne nach der Ermordung von Franka Mellis gefunden wurde.« Althea sah ihn schlucken, er zog den Kopf ein wenig ein.

»Es war ungut«, war die ganze Erklärung. Jadwiga erwähnte er mit keinem Wort.

Althea glaubte, es fehlte nicht am Sich-Erinnern. Er schämte sich.

»Schwester Althea, du behältst das doch für dich?«

Das war mal was, Valentin bat sie, zu schweigen.

»Was denkst du, ich weiß gar nichts darüber. Du hast es nicht abgestritten und Reue gezeigt. Dann ist es gut«, sagte sie ihm und hoffte, das wäre es.

»Und das langt jetzt?«, erkundigte er sich.

Maximilian nahm die Hände von den Ohren.

Valentin goss das heiße Wasser in die Tasse mit dem Beutel, Althea nickte feierlich.

»Ich weiß schon, die Sache mit der Vergebung, die haut so nicht ganz hin.«

Nicht ganz, gab ihm Althea recht. Sie tunkte den Beutel noch einige Male in die Tasse und legte ihn dann auf einen Teller.

»Aber ein gutes Wort einlegen, das haut hin«, sagte Maximilian. »Ich hab einige Erfahrungen damit und mit Schwester Althea.«

»Das war eine Beichte, die hatte sich gewaschen«, sagte sie.

»Dir glaub ich das«, ließ Valentin hören.

»Wir meinen es ernst«, bestätigte Althea, und Maximilian sagte, das sei jetzt doppeldeutig.

»Ja, gell?«, fand auch der Klosterwirt.

»Jetzt öffne endlich die Post, Valentin«, forderte sie ihn auf.

»Ich glaub, ich mag nicht.«

»Am Ende ist sie noch für dich«, gab sie zurück.

Und wenn sie recht hätte? Sie trank einen Schluck von ihrem Tee. »Kamillentee?« Ein Hauch Entrüstung schwang mit.

Maximilian lachte. »Kamillentee beruhigt.«

»Klappt bei mir nie.«

»Schadet aber auch nicht, so tropfnass, wie du bist«, verteidigte der Klosterwirt seine Wahl.

»Deinetwegen!«, schimpfte sie.

»Sie waren das nicht mit dieser Post, denn der Boden sieht aus, als hätte die Flasche dort schon einige Zeit gelegen. Eine Feder, Sand und Dreck«, brachte Maximilian seine Beobachtung auf den Punkt. »Sie wissen schon – die ›Drei Fragezeichen‹.«

Valentin nickte erleichtert. Es war Althea auch aufgefallen, doch so genau bestimmen konnte man den Zeitpunkt leider nicht. Vorher. Wie lange vorher? Später könnte sie noch einmal nachdenken, sie konnte darüber schlafen. Morgen hätte sie vielleicht eine Antwort. Ob er so schlau war oder ob er …

»Valentin, an wen gingen die anderen Postsendungen?«

»Patrick Gräfe, Philip Kunz und Teddy Pischetsrieder. In der Reihenfolge. Ich habe sie überbracht und durfte mir jedes Mal was anhören. Darum musste ich bei der Polizei anrufen. Und wo ich doch den Kommissar kenne. Dann stellt der komische Fragen und droht mir. Und jetzt geht's munter weiter, und du bist da, wo Stefan Sanders sein sollte. Schwester Althea, uns wird ganz schön der Hintern versohlt.«

»So umschrieben ist es nicht ganz falsch«, stimmte Althea zu.

»Schwester Althea, entstöpselst du das Postbehältnis und lässt den Dschinn aus der Flasche?« Valentin lehnte sich an die Theke, während Althea noch einen Schluck von dem beruhigenden Tee trank. Sie nickte.

Althea glaubte, dass es der einzige Weg war, alle von damals wieder zusammenzubringen. All diejenigen fuchsig zu machen, die mit Franka Mellis etwas getrunken, etwas geraucht hatten; jedem ein wenig Sorge aufzupacken, was als Nächstes käme.

Sie zog die Handschuhe nicht aus, zog den Stöpsel aus dem Flaschenhals und schüttelte die dünne Papierrolle heraus. Behielt sie in der Hand und dachte kurz an die alte Kath.

»Maximilian, hast du dein Handy dabei?«, fragte sie.

»Doch nicht um diese Zeit, bei dem Wetter«, kam es zurück. »Eisfinger.«

»Unter anderen Umständen, glaube ich, wäre das gut«, sagte Althea. Eine konsequente Haltung.

»Und jetzt?«, wollte Valentin wissen. »Für wen ist die Post?«

»Für Valentin Zeiser – steht hier«, gab sie zurück, rollte den Brief aus und hielt ihn fest. Als Althea aufblickte, hatte sie den Text gelesen. Falls der Klosterwirt seine Flaschenpost zurückforderte.

»Nein. Nein.« Valentin wehrte sich. Ein verschreckter Blick.

Niemand bat Maximilian, sich die Ohren zuzuhalten. Valentin war bedient, er sah aus, als erwarte er seine Hinrichtung. Er hielt sich am Tresen fest.

Althea räusperte sich und las: »›Manches Mal weißt du nicht, was du tust, Klosterwirt. Vielleicht weißt du auch bloß nicht, wie dir geschieht. Und du kannst dich niemandem anvertrauen? Es kann ganz blöd ausgehen diesmal. Deine Franka Mellis‹.«

»Was haben Sie getan?« Es war Maximilian, der das fragte.

Valentin verschloss sich. Auch Althea brachte ihn nicht mehr dazu, die Post zu kommentieren.

Sie trank den Rest Kamillentee, und sie und Maximilian ließen ihn mit seiner Post zurück. Dass sich ihr Wunsch eines guten Abends erfüllte, war beinahe auszuschließen, das konnte sie sich denken. Es war mitten in der Nacht, kein Abend, und gut war diese Eröffnung allemal nicht.

»Was passiert jetzt?«, fragte Maximilian.

»Außer dass wir uns zurückschleichen und ins Bett gehen … Das ist eine Sache für den Kriminalkommissar. Valentin tut, was er kann, um zu verbergen, dass er nicht kann, was er tut.«

»Das ist mir zu viel für heute, Schwester Althea. Okay, er sagt etwas nicht, aber Angst hat er auch? Und das Persönliche hab ich wirklich nicht gehört.«

»Wenn du fragst, was würde ich tun – morgen wieder schauen gehen und denjenigen vielleicht erwischen, der die Flaschenpost bringt. Ich dachte, ich hätte etwas gesehen. Bei den Nebeln überm See bin ich mir nicht sicher, wie die Person aussah. Also habe ich doch niemanden gesehen.«

»Haben Sie noch einen Verdacht, außer diesem Verdacht?«, versuchte es Maximilian.

Hatte Althea einen Verdacht? Keiner mit einem Boot. Eine Person, die auf der Insel lebte und niemandem auffiel.

»Ich würde mich selbst verdächtigen«, sagte sie ihm ehrlicherweise. »Jemand will eine Reaktion provozieren. Aber hat die Person auch bedacht, dass es gefährlich werden kann?«

»Eine Klosterschwester kann nicht das Schlechteste über die Menschen denken, das ist nicht ihr Credo. Sie waren natürlich auch meine Verdächtige: Sie sind furchtlos.« So wie er sie ansah, war er sich ganz und gar nicht sicher. »Ich bring Sie noch, Schwester Althea. Das Abenteuer war jetzt nicht ganz so nett wie Lagerfeuer und Würstchen im Schlafrock«, sagte Maximilian.

Ihr wäre diese Variante auch lieber gewesen, ließ sie ihn wissen. »Troubles auf der Insel. Auf Abstand zu gehen sieht Ihnen nicht ähnlich, Schwester Althea. Aber zu nahe ran …« Er schüttelte den Kopf.

»Jetzt kommt das Flugzeug vielleicht in Einzelteilen an die Oberfläche. Der Sturm tobt ja offenbar auch unter Wasser. Kann ich mir gar nicht vorstellen. Können Sie?«

»Menschliche Stürme«, sagte Althea. »Da kann ich den Abgrund auch nicht sehen, aber es fällt irgendwann auf.«

Althea würde noch eine ganze Weile darüber nachdenken. Die Briefe. Die Person – nicht Franka Mellis, aber vielleicht eine, die etwas hatte. Eine, die zurückgekommen war? Rita. Nur wusste niemand etwas über diese Rita. Oder?

16

Die Werke müssen mit Feuer in der Seele konzipiert,
aber mit klinischer Gelassenheit ausgeführt werden.

Joan Miró

Die Nacht des Sturms verbrachte Tina im Atelier. Malend, lesend.

Sie hatte die besondere Farbigkeit einfangen können. Ihre Handykamera, um genau zu sein. Die changierenden Farben des Sees. Intensiv. Diese Wirklichkeit hatte Tina vor sich. Eine andere Wirklichkeit entglitt ihr, hätte sie gesagt. Das konnte natürlich nur sein, wenn sie diese gekannt hätte. Es waren aber Erzählungen, Fotos, Zeichnungen und Berichte. Sie ließ sich diese Wirklichkeit erzählen.

Nachdem sie zuvor die Leinwand grundiert hatte, mischte sie die Farben. Für einen zornigen Himmel, einen wilden Chiemsee, für das Schilf und den Sand. Sie tupfte, ließ die Farben miteinander arbeiten, der Hauch Rosa mit einer Spitze Orange sollte in der oberen rechten Ecke des Bildes ein Verschwinden andeuten.

Der Tag, das Gut und Schön mussten Platz machen. Rückzug. Der dicke graue Pulk war im Anmarsch. Und verstand keinen Spaß.

Sie glaubte, einen Schatten wahrgenommen zu haben. Tatsächlich. Draußen. Im Atelier arbeitete sie nach dem Einsetzen der Dämmerung nicht mehr. Heute wollte sie die Dunkelheit. Doch natürlich brannten zwei Strahler. Der Schatten hatte etwas ins Gesicht gezogen, es regnete. Sie fürchtete sich nicht, es machte sie wütend. Ein Stalker, der sich verbergen musste. Nicht mit ihr.

Nicht an einem ehemaligen Mordschauplatz. Nein.

Was spielte sich auf der Insel ab? Es war, als wäre sie geradewegs in ein Stück geplatzt. Was für ein Theater! Das Reden übereinander, die Vermutungen. Vielleicht nur das, und der Rest war selbst gemacht. Warum ein Mensch nicht gemocht wird? Weil es jemandem gefallen hat, schlecht über ihn zu reden. Oder das Gegenteil.

Das war nicht allein bayerisch. Wirklich nicht.

Wer hatte da zu ihr hereingeschaut?

Ein später Entschluss, aber sie würde nachsehen.

Und besser nichts zurücklassen. Ritas Inseltagebuch. Ein Schatz, nicht nur für sie. Ginge auf Frauenchiemsee der Mörder um, würde er es haben wollen. Tina griff schnell nach ihrer Jacke, die glücklicherweise auch eine Kapuze hatte. Die zog sie sich über den Kopf. Geschützt. Wenigstens vor Wind und Regen.

Tina steckte das Tagebuch in ihre Tasche und warf sie sich über die Schulter. Sie zog die Tür auf und ließ die Lichter brennen, sie würde gleich wieder zurückkommen.

Sie hatte gedacht, Daniel sei derjenige. War er aber nicht. Stattdessen der seltsame Gast, dem sie schon einmal begegnet war. Der Mann, der sich benahm, als hätte er zwei unterschiedliche Persönlichkeiten.

Tina grüßte in die Nacht.

Er hatte die Handytaschenlampe eingeschaltet und sah aus, als hätte er ein Ziel. Ein Mann mit Kapuze sah beängstigender aus als eine Frau mit Kapuze. Was für ein kurioser Schlecht-Wetter-Kleidungs- und Angst-in-der-Nacht-Gedanke.

»Für eine Malerei, die eine Seegeschichte erzählt, passt das Setting doch bestimmt hervorragend«, sagte er.

Ja, dachte Tina, er hatte recht. Einstellung Wind, Regen, Dunkelheit, Lichter um den See.

»Bekommen Sie die Sturmstimmung so aufs Bild?«, fragte er, deutete, und bevor Tina antwortete … »Ich kannte einmal jemanden, die ließ so eine Momentaufnahme genauso auf ihrem Zeichenblock wiederkehren. Sie war gut.«

»Kennen Sie sie nicht mehr, oder … was ist passiert?« Es interessierte Tina.

Er klang nicht, wie sie ihn zuletzt gehört hatte – patzig und dämlich –, er klang wie jemand mit einer Erinnerung.

»Sie sind aber grade weit weg. Ich spreche von Rita«, sagte er, und im ersten Moment schien es ihr die Füße wegzuziehen. Er ahnte etwas oder gab vor, das zu tun. Sie hatte geglaubt, er wollte Konversation machen, die Künstlerin näher kennenlernen. Wie dumm von ihr.

Tina hatte Antworten gewollt. Sie bekam Anspielungen. Wer war er?

Heute Nacht wollte sie das vielleicht wissen.

Doch da kam Schwester Althea des Weges mit dem Jungen aus dem Kurs. Tina konnte nicht mehr fragen.

Althea trug ein nachdenkliches Gesicht zur Schau, und sie sah seltsam aus. Verkleidet?

Bevor Tina überlegen konnte, rief der Klosterwirt der Schwester hinterher, sie solle die Beichte nicht vergessen.

Jetzt wurde es richtig seltsam. Schwester Althea rief zurück: »Sei ohne Sorge!« Das ließ sich nicht dolmetschen. Es ging sie nichts an. Natürlich nicht.

Sie fand nur die Nonne, die spät am Abend ohne Ordensgewand auftauchte und offenbar etwas erledigt hatte, ein wenig beunruhigend.

Hätte Tina diesen Auftritt malen können, sie hätte ihm den Titel »Das Geheimnis« gegeben.

»So ein schöner, später Abend für einen Spaziergang am See«, bemerkte jetzt der seltsame Gast.

Während Althea nichts sagte, übernahm Maximilian. »Wollten Sie vielleicht schnell noch eine kleine Nachricht am Strand beim Klosterwirt hinterlassen?«

Jetzt schmunzelte Althea. Tina sah, dass sie den Mann und dessen Reaktion beobachtete.

Doch der schlug zurück. »Ihr *beiden* seht eher so aus, als gäbe es etwas zu verstecken.« Er verdrehte die Augen, fasste

Tina am Arm, fragte, ob sie mit ihm noch ein paar Schritte gehen wolle.

Wenn das eine Redewendung war, verstand sie es nicht. Wenn es ein Angebot war, das könnte sie annehmen. Sie musste schließlich noch etwas erfahren. Und schwungvoll setzte er sich mit Tina in Bewegung.

Sie hatte von vorhin noch eine Frage in Reserve und musste ihm den Vortritt lassen, denn sie hing an seinem Arm, und er begann. »Erzählen Sie doch, warum dieses Stipendium, wie funktioniert das überhaupt?«

Und wieder wusste sie nicht, ob es ihn wirklich interessierte. Sie hatte bei ihm kein Gefühl dafür. Tina erklärte es.

»Eine Hamburgerin kommt nach Oberbayern, um uns die Kunst beizubringen. Wie die beiden anderen Damen. Auch aus dem Norden. Rita und Franka. Wir hatten es gerade schon von Rita. Ob Sie davon wissen, Fragezeichen … Davon gehört haben Sie sicher – dass es ziemlich schiefging und die eine ihre Freundin aus Wut und Frust tötete.«

Tina konnte nur reagieren, und das war sicher ein Fehler. »Nein. Nein. Bitte.« Er hatte sie überrascht mit dieser dahingeworfenen Bemerkung.

»Nein. Nein. Bitte«, wiederholte er. Was war das in seinem Gesicht, Mitleid?

Sie löste sich aus seinem Arm, versuchte, sich zusammenzureißen, aber es war schon geschehen – er hatte ausgesprochen, was man wahrscheinlich allgemein dachte.

»Sie sind nicht nur ein Gast, Sie sind …« Tina wusste gerade nicht, wie sie weitermachen sollte.

Er half ihr – mit einem Lachen. »Schwester Althea hält mich für einen Crime-Watching-Typen.«

Tina schüttelte ein wenig den Kopf, unwillkürlich. Nicht, weil sie sich das nicht vorstellen konnte, doch, sie konnte. Aber es gab vielleicht niemanden, der mit dem Fall in Zusammenhang stand und den man observieren konnte. Sie sagte ihm die Wahrheit: »Was auch immer, Sie sind zuallererst nicht sehr angenehm. Dies-für-das-Prinzip. Lassen Sie mich Ihnen eine Frage stellen.«

Dies für das. Sie wollte wissen, warum er auf der Insel war. Ausgerechnet zu diesem Zeitpunkt. Und er wollte sicher auch etwas erfahren, sonst hätte er sie nicht ausspioniert. Hatte er das überhaupt?

Wenn es dir nicht gefällt, was dann? Aber sie hatte damit angefangen.

»Das Grauen schleicht von Haus zu Haus und klingelt alle Leute raus, so in der Art?«, fragte er zurück.

Irgendwie hatte das was. Tina wollte lachen. Doch es stimmte ein wenig.

»Dafür ist nicht die Jahreszeit«, sagte er ihr.

»Dafür ist aber das Wetter«, hielt Tina dagegen. Sie schloss ihre noch nicht gestellte Frage an. »Fasziniert Sie dieser Mord tatsächlich? Warum drücken Sie Ihre Nase ans Fenster des Ateliers?« Zwei Fragen.

»Vielleicht versuche ich, den Mord aufzuklären«, verriet er.

»Kein Crime-Watching-Typ, ein Crime-Investigator.« Sie sagte es. Weil er es ja so gesagt hatte.

»Ja, genau.« Mit einer Geste für ein Nein. Wie unsinnig, würde die Übersetzung lauten. Tina hatte keine Ahnung, was sie glauben sollte. Bei ihm hatte sie, bis auf wenige Augenblicke, nicht den Eindruck von Ernsthaftigkeit.

»Sie fürchten sich«, sagte er. Und jetzt hakte sein Blick sie an. »Vor dem Ergebnis der Kriminalpolizei.« Er machte eine Pause. Dann: »Vielleicht fürchte ich mich auch, und am Ende war der Mord ein gekonnt inszenierter Selbstmord?«

Er ließ sie stehen, ließ sie zurück mit diesem wahnsinnigen Einwurf. Der Rita herauslösen würde aus der Sache, in der es plötzlich keinen Mörder mehr gab. Tina hätte das so gerne geglaubt, doch ein solches Szenario wäre irre.

Der Fremde hatte sie durcheinandergebracht. So richtig. Aber überzeugt hatte er nicht ausgesehen. War es vielleicht nur eine Theorie?

Crime-Investigator. Sie hatte längst alles durchforstet, was das Netz zu bieten hatte. Eine Investigation rückte nicht die Abscheulichkeit des Verbrechens in den Vordergrund. Stattdessen wurden die Hintergründe und die psychologischen Komponenten beleuchtet.

Tina ging zurück zum Atelier, wo Schwester Althea wartete. Die Überraschungen nahmen kein Ende.

»Nicht um zu spionieren, sondern um mich zu vergewissern, dass alles in Ordnung ist. Mit Ihnen.«

»Sie haben sich Gedanken gemacht?«, fragte Tina. Und fühlte sich gleich besser, weil Licht, Wärme und das Gefühl, beschützt zu sein, sie empfingen.

Sie öffnete die Schiebetür, hatte das Gefühl, dass jemand hier gewesen war. Ein Hauch von Geruch, vielleicht ein Deo. Nicht ihres. Sie hatte ihre Farben sortiert, eine davon war falsch eingeordnet. Der Block lag noch dort, aber schräg, die Rückseite schaute ihr entgegen. Es sollte umgekehrt sein. Sie war ordentlich. Jemand könnte geblättert haben. Und hatte nichts entdeckt. Oder hatte doch etwas entdeckt? Der Fremde konnte es nicht gewesen sein. Jemand schnüffelte. Sie war froh, dass sie das Tagebuch eingesteckt hatte.

Schwester Althea erkannte, dass etwas nicht stimmte. Und was. »Es riecht nicht nach Ihnen, es ist jemand hier gewesen. Was gibt es zu finden?«, fragte sie.

Tina würde ihr nichts sagen. Sie musste gar nichts sagen, sie hatte ein anderes Thema. »Vielleicht dieser Daniel. Wer auch immer, die Person hat einen Blick in den Block geworfen. Sonst …« Tina wiegte den Kopf. »Meine Begleitung, der Mann im Kapuzenpulli, hat sich ein wenig aufgedrängt. Er hatte ein paar Fragen. Er ist …« Sie schickte nur einen Gesichtsausdruck hinterher, ein Verziehen der Mundwinkel.

»Er ist ein Gast des Klosters. Aber ich darf ihn undurchsichtig finden«, bekam sie Altheas Antwort, eine Bestätigung.

»Das ist er. Und er brachte gerade, warum auch immer, eine grauenhafte Idee zur Sprache. Dass der Mord an der

Malerin …«, jetzt war es Tina, die einen Moment Luft holte, »im Atelier ein gekonnt inszenierter Selbstmord gewesen sein könnte.«

Schwester Althea riss die Augen auf. Tina sah, wie sie gleichzeitig die Lippen zusammenpresste.

»Das wird jetzt unheimlich«, sagte Althea schließlich und klang, als würde sie durch Stoff sprechen. »Er ist zu einem bestimmten Zweck hier. Er hat etwas vor. Und der Herrgott war der Meinung, ich würde mir nur kalte Füße holen, wenn ich hinausginge. Er hatte recht, ich habe mir *außerdem* kalte Füße geholt.« Sie schaute an sich herab. »Wo wir gerade über undurchsichtige und unheimliche Leute reden: Ich erscheine selbst ein wenig seltsam. Die ganze Situation, ich sollte in meiner Klosterzelle sein. Aber ich wollte etwas überprüfen. Maximilian ist der Enkel der ehemaligen Richterin. Die Fähre konnte nicht ablegen, so musste er bleiben. Er wollte auch etwas überprüfen.« Kurz zusammengefasst.

Schwester Althea sagte Tina Gute Nacht und wünschte ihr einen sicheren Blick »zum Erfassen der Dinge um Sie her und ein feines Gefühl«.

Das konnte Tina gut gebrauchen.

Heute war ein Tag, an dem man in jeder Richtung zur selben Zeit zwei Perspektiven geboten bekam. Interessant.

Glaubte ihre Bekanntschaft, der Gast des Klosters, wirklich daran, eine Frau könnte so verzweifelt sein, dass sie sich einen Malerspatel in den Hals rammte, den Schmerz und das Alleinsein nicht fürchtete, wo sie doch nicht wissen konnte, wie lange es dauerte, bis der Tod zu ihr kam?

Dass Rita die Mörderin war, wollte er nicht glauben? Er kannte ihre Mutter. Sei nicht so leichtgläubig. Er kennt vielleicht nur einen Zeitungsartikel.

Er hat womöglich wirklich vor, den Fall aufzuklären.

Machst du dir was vor, wiegst du dich in Sicherheit? Und am Ende findest du ihr Geständnis im Tagebuch.

17

Wenn ich es in Worten sagen könnte,
gäbe es keinen Grund, zu malen.

Edward Hopper

Althea war von Maximilian zurückbegleitet worden, hatte ihm gestanden, ihr sei gar nicht wohl dabei gewesen, Tina mit dem Gast aus Zimmer 7 zu sehen. Welches Zimmer, das hatte sie zufällig mitbekommen. Es wurde über ihn gesprochen im Kloster.

»Ich bringe dich nach Hause und warte beim Atelier auf die Künstlerin«, beschloss sie.

»Kapier ich voll«, gab er zurück.

»Ich werde wohl versuchen, so einen kleinen Blick in das Zimmer von Herrn ›sehr seltsam‹ zu werfen. So ein kleiner Hinweis, wer er war, der müsste zu finden sein.«

»Sie wollen einbrechen«, sagte Maximilian, und Althea sah den interessierten Blick.

»So direkt darf ich das nicht.« Ein kleiner Hinweis von Althea, wer sie war.

»Schon gut, mancher Mann weiß nicht, was seine Frau tut. Ich habe so ein kleines Werkzeug, damit kann ich es probieren.«

»Ich bin die Frau, deren Mann alles sieht. Aber ich kann es erklären, du nicht. Gib mir dieses kleine Werkzeug, und ich probiere es. Du sorgst für etwas Ablenkung. Morgen nach dem Zeichenunterricht. Wenn etwas anders läuft, dann bin ich die Nonne, die Dienst hat und die Zimmer in Ordnung bringt.« Die hätte einen Schlüssel. Das wäre einfacher. Wie hatte sich der Mann überhaupt eingetragen? Ihr gegenüber hatte er keinen Namen erwähnt.

»Das durchschaut er wahrscheinlich«, meinte Maximilian.

Aber Althea sagte ihm, selbst wenn, dann hätte er eine neugierige Nonne vor sich, der es sehr, sehr leidtat.

»Schwester Althea, das gefällt mir so noch nicht. Ich überlege mir etwas. Wir sehen uns morgen. Ich muss schon früh wieder über den See und komme zurück. Hoffentlich ist nichts aufgetaucht derweil. Die Stürme bringen Leben in den See und Tod an die Oberfläche. Schlafen Sie gut, Schwester Althea.«

Kein Wunder, dass Althea sich freute, ihn zu sehen. Direktheit, das mochte sie. Unverblümt sein. Eine kleine Frage am Rande, weil sie sonst keine Ruhe bekam. Weil Maximilian an der Quelle saß. »Wie sauer ist deine Oma Friederike auf die Nonne?«

Und er gab eine annähernd biblische Antwort: »Oma Friederike mag die Nonne eigentlich nicht mögen. Aber sie redet besser von Ihnen als früher, Schwester Althea«, sagte er. »Es gibt da so ein seltsames Überlebensband. Nennt sie so. Ich find's gruslig. Aber hey.«

Überlebensband. Ah. Sehr gruslig, der Meinung war auch Althea.

»Gute Nacht, Maximilian – und beeil dich etwas damit.«

Er grinste und nickte. Und beide bogen in unterschiedliche Richtungen ab.

Das war die Unterhaltung gewesen, und Althea hatte etwas zum Nachdenken. Maximilian redete wirklich nicht drum herum. Ja, sie hoffte das Gleiche. Dass der Sturm nichts heraufbrachte. Und wusste genau, sie würde den Wasserspiegel aufmerksam anschauen.

Und nun hatte sie noch einiges mehr, was sie beschäftigte.

Tina war ein wenig durcheinander wegen der Selbstmordhypothese. Sie musste Stefan davon berichten, eigentlich noch heute.

Er wohnte im Kloster, ein wenig separiert, am Ende des Ganges. Ihres Ganges.

Zuerst noch Jadwigas Bitte wegen des Öls erfüllen, das sie

vielleicht trinken wollte, weil es übermütig machte. Die Priorin war erfüllt von Sorge und von etwas anderem.

Althea lief in den Garten. Wenn man sie dort sähe, könnte man sich einiges denken und dachte sich doch gewöhnlich nichts. Immerhin, es war ihr Refugium.

Wenig Licht, sie musste die Tür offen stehen lassen. Ihr Versteck war sicher, und nur der Mond sah zu. Hinter der breiten Sockelleiste war ein Hohlraum, und wenn sie die Leiste an einer Seite wegzog … ja, da waren noch drei Flaschen mit dem Geheimrezept. Althea griff sich eine davon.

Sie würde sie vor Jadwigas Bürotür stellen. Althea steckte das Fläschchen in die Tasche des Mantels, den musste sie allerdings gleich ablegen. Ihre Beschichtung tropfte, und das würde auffallen. Nass fiel stets auf. Das Halstuch war durchweicht, die Mütze hatte ihren Zweck erfüllt, die Gummistiefel gingen nicht von den Füßen. »Mist«, schimpfte sie leise, hängte das Tuch und die Mütze in der Wäschekammer auf. Es durfte gefragt werden. Sie war draußen gewesen. Zum Zeichenunterricht und um das Öl zu holen.

Aber sie musste raus aus den Stiefeln. Sie putzte sie ab, so gut sie konnte, nahm Zeitungspapier zu Hilfe, das sie in den Ofen warf.

Die Folie landete dort, wo Folien landeten, und der Mantel war immer noch warm.

Sie schlich die Treppen hinauf, bog um die Ecke und ging leise den Gang entlang – an seinem Ende klopfte sie dezent an die Tür, glaubte nicht, dass Stefan »dezent« hören würde. Drinnen rührte sich nichts, sie begann, lauter zu pochen. Als auch das nicht half, versuchte sie, die Tür zu öffnen. Ihr Neffe hatte nicht ab- und sich nicht eingeschlossen.

Sicher versehentlich. Sie ging ins Zimmer. Zum Fenster herein drang ein schmaler Lichtstreifen.

Sie musste etwas sagen. Leise. »Stefan, du könntest aufwachen, denn ich muss unangenehm werden, ich stecke fest.« Sie lief auf das Bett zu. Es war leer, es lag niemand drin.

Wie das? Es war spät, ein Uhr vorbei.

Sie musste warten. Er konnte doch nicht … nicht mit einer der Schwestern bei seinem Respekt vor den Frauen in den schwarzen Gewändern. Aber durchaus – anders. Was dich nichts angeht.

Althea machte Licht, zumindest ein wenig. Sie schaltete die Lampe am Nachttisch ein. Es half gegen die Düsternis in ihrem Kopf.

Das Smartphone lag auf dem Tischchen. Er hatte es nicht dabei.

Sie klappte den Schutz auf, ihr Finger wanderte gar nirgends hin, zuerst sah sie nur eine Nachricht von Arno Wendlsteiner. Und den ersten Satz dieser Nachricht.

Höchst spannend.

Vom Kollegen gibt es ein Bild, so ein Bild. Das ist besser zu finden. Peinlich, will ich sagen. Denke aber, schöner Scheiß.

Jetzt wagte sie es, die Nachricht anzuklicken.

Ich weiß jetzt nicht, wie gut das Gemälde ist, weil er ja kein Bild von einem Mann ist, der Thorsten Schwarz. Vielleicht war er's früher. Finden Sie's raus, Sanders. Beeilung!

Wenn das keine Einladung gewesen war. Dachte sie nicht. Konnte sie nicht denken. Unsinn! Sie hatte geschaut. Sie hatte spioniert. Bei ihrem Neffen.

Gerade klappte sie den Lederschutz des Geräts wieder zu, der Schnappverschluss klickte, da wurde die Tür geöffnet. Zuerst nur einen Spalt – und einen Schritt zurück. Stefan hatte das Licht gesehen.

»Komm rein, ich bin es doch bloß. Ich hab auf dich gewartet.«

Er drückte auf den Lichtschalter, trat ein, zog zuerst seine Jacke aus, die er über einen Bügel und ins Bad hängte, bevor er sich die Zeit nahm, die Vorhänge vorzuziehen und sie wirklich zu bemerken.

»Tante Marian, wie siehst du aus, wo bist du gewesen?«

Sicher war sie etwas derangiert; die Haare von der Mütze

platt, die ganze Frau nicht mehr frisch. Das »Wo« hatte sie gleich erklärt. Sie deutete auf die Stiefel. »Hilf mir hier raus. Meine Füße sind eisig kalt.« Auch wenn ihre größte Sorge war, mit den Gummistiefeln ins Bett zu klettern und sich den Unmut ihres Mitbewohners zuzuziehen – er habe es ja gleich gesagt –, hatte sie eine Neuigkeit und auch eine Frage oder zwei.

Stefan gab ihr zu verstehen, er sei der Stiefelzieher, und brachte sich in Position. Ihr Neffe schwang sich über ein Bein, das Althea ausstreckte, und Stefan hielt eine Hand unter die Ferse und eine an den Schaft. Er zog, und sie rutschte fast vom Bett.

Aber Althea war befreit und wackelte mit den Zehen hin und her. »Das wird eine warme Sockennacht«, sagte sie.

»Prima, aber jetzt musst du noch etwas loswerden, oder?«

»Der Gast von Zimmer Nummer 7 überraschte die Stipendiatin mit … nennen wir es, seinem Herumgespinne über Franka Mellis. Er ist unangenehm und etwas unheimlich. Und meinte, dass es womöglich kein Mord gewesen sei, sondern ein gut inszenierter Selbstmord.«

Stefan öffnete den Mund und verdrehte die Augen – all das innerhalb eines Moments. »So gut inszeniert, dass auf diese Idee noch nie jemand gekommen ist? – Blödmann«, flüsterte er. »Du glaubst das sicher nicht, und es ist nicht zu glauben. Damit gäbe es keinen Täter. Und das wiederum glaube ich nicht.«

»Wo kommst du her? Es ist richtig spät«, fragte ihn Althea.

»Ermittlungen«, war alles, was er zuerst herausließ. Und dann, als er sah, dass Althea sich damit nicht abspeisen lassen würde: »Was aus den Leuten von damals wurde, wollte ich herausfinden. Einige sind auf der Insel geblieben oder in der Gegend. Und die Fragen nach ›damals‹ können entspannt im eigenen Heim beantwortet werden, besser nicht auf einem Polizeirevier. Da fühlt man sich sicher, ein wenig unangreifbar.« Er biss sich auf die Innenseite der Wange, dann schnappte er bissig: »Diesen Gast von Nummer 7, den nehme ich mir noch vor. Der verwurschtelt da Erinnerungen mit Nachforschungen.«

Er wusste noch im selben Moment, dass er gerade etwas verraten hatte, wovon Althea nichts wissen konnte. Der Gast von Nummer 7, den hatte ihr Neffe schon zuvor auf dem Radar gehabt. Der Kommissar wusste sicher, wer er vorgab zu sein.

Er gehörte nicht zu den Guten? Nun würde sie versuchen, herauszufinden, was es über diesen Gast zu erfahren gab.

Sie deutete auf das Handy, denn er würde es sowieso bemerken, dass sie geschaut hatte, die Nachricht war geöffnet worden.

»Du hast eine Mitteilung. Neu ist es nicht. Also, *dieses Stück* ist nicht neu.«

»Schwester Althea, es ist nach eins in der Nacht, und du schaust auf meinem Telefon nach eingegangenen Nachrichten. Das ist ...« Kein Wort, nur enttäuschtes Kopfschütteln.

»Das ist dreist, aber es war Zufall, denn ich konnte nicht mit den Stiefeln ins Bett.« So wenig das eine mit dem anderen zu tun hatte. Das Ding hatte da gelegen, eine Versuchung.

»Aber jetzt kannst du ohne Stiefel ins Bett. Es wäre sicher nicht gut, wenn jemand dich da draußen in dem Aufzug sehen würde«, bemerkte Stefan.

»Nicht gut ist ... wirklich gut«, sagte sie ihm. »Gute Nacht, Neffe. Ist der Selbstmord einen Gedanken wert?«

»Damit willst du nicht einschlafen«, sagte er.

»Eben doch, denn dann kann ich beruhigt einschlafen«, bat Althea.

»Es ist doch längst passiert. Und ja, Leute haben sich schon auf kuriosere Weise das Leben genommen. Obendrein müsste sie jemanden gefragt haben, wie so etwas gut funktioniert. Das Internet hat Beschreibungen, auch dafür, aber dieses Szenario ist kaum vorstellbar.«

»Warum nicht?« Das wollte sie jetzt wenigstens gefragt haben.

Er scheuchte sie vom Bett und schlug die Decke zurück. Wollte ihr sagen, er werde sich gleich dort hineinkuscheln. Bei diesem Gespräch wurde einem frisch, wenn ihr nicht schon vorher kalt gewesen wäre.

»Ich würde es auf die unerledigten Dinge schieben. Franka Mellis war eine Selbstdarstellerin. Sie hätte es genießen wollen. Eher hätte sie ihren Tod vorgetäuscht. So tot, die Frau. Wahrhaftig. Es war ein Körper da zum Kremieren. Kann mir auch nicht denken, wie der Gast aus Zimmer 7 das denken kann!« Er kniff die Augen zusammen. Sauer. Nicht auf sie. Aber er hatte keine Energie mehr.

Franka könnte durchaus jemanden gefragt haben, fiel Althea ein. Die Allgemeinmedizinerin Elisabeth Hofreiter, die auch eine Flaschenpost bekommen hatte.

Kein bestätigter Selbstmord. Ein unwahrscheinlicher Selbstmord.

Sie nahm ihre Stiefel, es war genug für heute. Ihr platzte gleich der Kopf vor lauter Informationen. Ihre größeren Vorhaben bedurften der Planung. Schreib nichts auf, sonst steht da: morgen Einbruch, und dann: Selbstmordtheorie hat sich erledigt, dafür sicher Mord. Frage – warum wird so ein Gerücht gestreut? Noch ein drittes: Das Bild gibt es, wie die Mordkommission bestätigte. Und wohl außerdem ein weiteres Rätselbild. Wenn, dann weiß man, wen man fragen muss. Heide Brüning. Drei Porträts, drei Leute und ihre Tiercharaktere.

»Morgen«, flüsterte sie, und Stefan fragte nicht, was morgen sei.

Althea gähnte und hielt sich die Hand vor.

»Lass mich den Mantel nehmen, ich bringe dich zu deiner Zelle. Wenn jemand des Weges kommt, nehme ich ihn wieder mit. Muss ja niemand von deiner Unternehmung erfahren.«

Umständlich, hätte Althea es genannt. Aber sie hielt Stefan nicht auf. Ihr Neffe wollte sie den langen Gang zu ihrer Zelle begleiten. Also sollte er. »Ein Lächeln dafür, wo ich doch dachte, du kannst mich nicht mehr gut leiden«, raunte sie. Da war noch … »Oh, Valentin Zeiser hat heute Nacht übrigens eine Flaschenpost bekommen.« Eine kurze Bemerkung, nachdem sie ihre Tür geöffnet und nach ihrem Mantel gegriffen hatte.

Althea wartete Stefans Reaktion nicht ab, sondern schloss die Tür vor seiner Nase, registrierte noch einen verdutzten Blick.

Sie warf den Mantel aufs Bett, ging zum Fenster hinüber und linste durch die Vorhänge. Nicht, dass es dort etwas zu sehen gab. Aber es fühlte sich an, als käme sie gerade nach Hause. Ihrem Mitbewohner erzählte Althea, was sich zugetragen hatte, dann entledigte sie sich ihrer Kleidung und zog sich Socken über die sehr kalten Füße, kniete sich hin, faltete die Hände zum Gebet. »Es sind meist Bitten, es ist viel zu selten Dank. Herr im Himmel und alle Engel – möge sich das Böse von unserer Insel fernhalten. Ich übernehme gerne eine Aufgabe und bitte um Unterstützung. Denn ich weiß genau, ich kann etwas nicht erkennen. Lasst es mich sehen. Ich möchte klug sein und das Richtige tun. Von Herzen, die Eure.« Althea fasste mit einer Hand nach ihrem Kreuz und danach auf ihre Herzseite. Eine friedliche gute Nacht wünschte sie hinaus in die Welt und sich selbst.

18

Die Kunst muss nichts. Die Kunst darf alles.

Ernst Fischer

Tina hatte noch einige Zeit im Atelier zugebracht. Es tat gut, die Gedanken fließen zu lassen und ihren Pinsel in die Farben zu tauchen. Neu mischen wollte sie aber keine mehr. Sie bereitete den morgigen Kurs vor, zeichnerisch würde es um eine Welle gehen und wie man sie mit dem Bleistift gut in Form brachte – der Trick der Welle. Keine Striche sollten zu sehen sein, Schraffuren, hell und dunkler werdend. Ohne Struktur, glatt und grau.

Mit einem Graugedanken sollte sie nachher nicht einschlafen. Sie warf sich die Tasche über den Arm, diesmal hatte sie auch den Zeichenblock wieder eingesteckt.

Sie hoffte, niemandem mehr zu begegnen. Die Selbstmordtheorie war vielleicht Ablenkung. Dass sie verriet, wer sie war? Vielleicht musste sie das gar nicht. Dann war der Gast tatsächlich ein Ermittler.

Beschäftige du dich erst einmal mit dem Inseltagebuch. Sie wollte weiterlesen und nicht vorblättern, um einen möglichen Letzten Willen zu entdecken. Ihre Sorge war ganz einfach – wenn sie nicht wusste, was zu diesem Eintrag geführt hatte, ergab es keinen Sinn, ihn zu lesen. Also eins nach dem anderen.

Als Tina über den Hügel lief und zum Gästehaus abbog, sah sie den Kriminalkommissar gerade herauskommen. Mit einem Gesicht, als hätte er ein Problemgespräch hinter sich. Sie stand gerade noch im Schatten, der Zufall ließ sie mit dem Schuh an einem Pflasterstein hängen bleiben und stolpern. Da ging die Tür wieder auf.

Der Gast, über den sie eben nachgedacht hatte, der mit der

Selbstmord-statt-Mord-Idee, sagte gerade: »Ich habe keine Ahnung, was damit ist. Rita Donner könnte das Rätselbild haben. Rache?«

Ein Fragezeichen. Tina hörte es deutlich.

Der Mann war aufgebracht. Beide mussten sich zuvor schon unterhalten haben. Jetzt war sie ängstlich-gespannt, was der Kommissar erwiderte.

»Eine alte Bekannte, deren Auftauchen man erwartet und fürchtet?«

Noch ein Fragezeichen. Darauf keine Antwort, als wäre keine nötig.

Es war die Nacht, in der Andeutungen und Namen herum-flogen.

»Rache eiskalt genossen. Dann weiß sie, du bist hier. Und du bekommst eine Flaschenpost.«

Tina schnappte nach Luft.

»Ich dachte, ich hätte sie gesehen. Ich sagte schon, ich bin dabei, es herauszufinden, *Herr Kommissar*.« Betont.

Kannten sich die beiden?

Tina wartete ab, bis es ruhig war, bis beide Männer sich zu-rückgezogen hatten, wohin auch immer, ehe sie in ihr Zimmer huschte und sich, mit geschlossen Augen, an der Tür hinab-gleiten ließ. Mit gesenktem Kopf, die Tasche umklammert. Sie wollte sich nicht fragen, was sie da angestoßen hatte, mit ihrer Bewerbung um das Stipendium.

So schön war die Insel. Bei Tag würde hier niemand an »gefährlich« und »mörderisch« denken.

Es dauerte eine kleine Weile, bis Tina die Ruhe in ihrem Innern gefunden hatte. Sie machte Licht, zog die Vorhänge zu, schickte keinen Blick mehr hinaus. Für heute hatte sie genug gesehen und gehört. Sie wollte noch ein wenig im Inseltage-buch lesen, wusste, das würde ihr die Ruhe vielleicht wieder entreißen. Du wirst es riskieren müssen, sonst überfällt dich der Typ beim nächsten Mal vielleicht mit einem neuen Schauerszenario, und du weißt nicht, ob du es glauben sollst. Du musst es besser wissen. Besser wüsste sie es wohl nie, aber sie würde sich sicherer fühlen, wenn sie Ritas Haltung kannte.

Sie goss sich in ein Glas Alpenquellwasser aus der Flasche mit dem freundlichen Etikett, die seitlich am Schreibtisch stand, trank einen großen Schluck und noch einen und nahm das Tagebuch aus der Tasche. Aufgeschlagen auf der Seite mit der Markierung, berichtete Rita von einem Treffen der exklusiven, weil »sehr sortierten Gruppe«.

»Mitternachtsspitzen« nannte sie sich. Ein wenig überheblich.

Und mit einem Detail, an das Rita zuvor nicht gedacht haben konnte, wie sie schrieb. Weil sie gar nicht darauf geachtet hatte.

Der Sohn des Apothekers, der freundliche Bernhard Hauser – er bringt immer etwas mit. Seine Mischungen für den Abend. Wir wissen, er experimentiert. Aber keiner hat es je groß in Frage gestellt und die Frage gestellt, was und wie genau.

Diese nennt er »den kleinen Freund der Nacht«. Smaragdgrün.

Wir hatten schon das Vergnügen. Anis, Fenchel und Wermut, unter Hinzufügung von Thujon. Die Destillation sorgt für die Abtrennung der Bitterstoffe des Wermuts. Ein klein wenig verboten, darum – Mund halten. Seine Art, uns darauf aufmerksam zu machen, ist reizend. Es war uns bislang egal.

Und ich habe doch ein wenig recherchiert.

One glass and you are dead. *Aus einem Essay. Drohung. Warnung. Jedenfalls handelt es sich um alte Aufzeichnungen. Dass ein Mord geschehen war, dass die grüne Fee nicht harmlos war. Oscar Wilde trank Absinth, Hemingway auch. Die Erschaffer großer Werke.*

Selbst das gemeine Volk trank ihn. Weil es wenig Unterhaltungsmöglichkeiten gab – aber doch so ein Gläschen Absinth. Mit dem letzten Lohn bezahlt?

Bernhard, von dessen Vater ich einen Auftrag bekommen habe. Bernhard, der selbst bei keinem Treffen etwas zu sich genommen hat. Weil er es schließlich vorher schon probieren musste.

Woher weiß ich, wie ein Lügner aussieht? Mein Gespür ist feiner geworden. Franka hat mich, ohne es zu wollen, gelehrt, dass ein Freund gleichzeitig so viel Feind sein kann, wie es ihm guttut. Bernhard lässt seinen Hut herumgehen. Wir werfen etwas hinein. Nicht zu knapp. Denn wir trinken, wir rauchen. Wir berauschen uns. Nicht ganz legal, ein klein wenig verboten, nicht wahr?

Er verdient an uns. Dafür erzählt er eine Geschichte. Eben eine zu dem Getränk, das wir genießen, obwohl es Eigenartiges mit uns anstellt. Wir sitzen auf der Terrasse seitlich vom Atelier Inselsonne. Die Hecke verbirgt uns ein wenig und verschluckt den Ton.

Ich gebe vor, das Gebräu zu trinken. Es ist tiefschwarze Nacht, Mitternacht, niemand bemerkt, dass ich damit Heide Brünings Blumen gieße. Heide, die Vermieterin, ist selten hier. Gerade lässt sie sich mal wieder sehen. Sie hat ein Glas vor sich stehen.

Bernhards Geschichte, auf die ich nicht mehr geachtet habe, ist zu Ende. Sein Marketing, denke ich mir. Wir wollen etwas von ihm, er von uns. Jemand fragt, ob er vielleicht noch welche von den tollen Pillen oder den Bonbons hat. Es ist der Bürgermeister, Patrick Gräfe. Das hätte er besser heimlich gefragt, denke ich, wo ich in anderen Nächten nicht den Kopf hatte zum Nachdenken.

Bernhard ist ein richtig guter Verkäufer. Der Sohn des Apothekers stellt im Labor etwas her, bringt es in die Gruppe. Ich stelle ihn auf die Probe. Oder mich, meine Stärke?

»Kann man das hier«, ich hebe mein Glas, nuschle absichtlich ein wenig, »irgendwo bestellen? Mehr davon, viel mehr?« Ich erkenne mich selbst kaum wieder. Ich will es nicht bloß wissen, ich muss es wissen. Niemand verdirbt Bernhard. Er ist derjenige, er macht uns abhängig. Wir sind lockerer, wenn so eine Winzigkeit die Runde macht, unsere Worte sind fülliger, klingen mächtiger. Unsere Gedanken sind so frei, wir brennen auf das Morgen. Wir haben großartige Ideen, wir sind anders. Wir sind besonders. Und wir wissen, unsere Quelle versiegt nicht, Bernhard kann alles organisieren. Der Verstand verlangt nach diesem Rauschmittel, der Körper will darauf nicht verzichten. Die gar nicht so leise Stimme sagt: Einmal noch. Dann denkt man nicht mehr nach. Oder erst recht?

Wie ich. Ich bin aufgewacht in dieser Nacht.

Auch wenn mir das gerade erst bewusst wird.

»Sag's nur, Spatzl – du kriegst alles, was und wie du's brauchst.« Klar und deutlich. Er hält seinen Verstand sauber, sein Blut auch.

Zeit, ein zufriedenes Geräusch zu machen. Bernhard tut es mir nach. Er grinst. Es sieht nicht nett aus.

Franka zupft an ihm. Sie ist bedient, sie will noch mehr.

Heute fehlt der Kommissar, vielleicht hat er noch was anderes zu tun. Kommissare verfolgen Spuren. Er ist eines Nachts aufgetaucht, hat Fragen gestellt. Bernhard war schnell und Heide auch. Wir hatten plötzlich Weingläser vor uns stehen.

Es gehe um ein Unglück, er untersuche eine tödliche Verbindung.

Diese geselligen Begegnungen seien nicht unbemerkt geblieben. Wahrscheinlich Neider. Aber einem Hinweis müsse er natürlich nachgehen.

Thorsten Schwarz war gerissen. Mit seinen Fragen zielte er auf etwas Bestimmtes ab.

Bernhard und ich, wir waren im Diesseits, die anderen überhaupt nicht. Es hätte auch der Wein sein können. Er war aber nicht wegen des Weins gekommen.

Ich höre ihn noch fragen: »Sagen Sie, gibt es Substanzen, die sich wie Farbe auf eine Leinwand auftragen lassen und wieder abgenommen werden, um sie zu sich zu nehmen?« Er machte eine Handbewegung – »schwebend«, »euphorisierend«.

Ich hätte es eine Fangfrage oder noch dümmer genannt. Aber er hatte Verstärkung mitgebracht. Tatsächlich eine Allgemeinmedizinerin. Oho, dachte ich. Elisabeth Hofreiter. Man begegnet ihr auf der Insel, sie hat ein kleines Haus, glaube ich zu wissen.

Bernhard hatte eine Erwiderung parat: »Das ist doch kindisch.« Natürlich dachte er das, aber es jetzt zu sagen? Er war der Einzige, der aufmerksam genug war, aber scharfsinnig konnte man ihn kaum nennen.

Franka, die sich nichts dachte, gab sich höflich, fand die Aufmerksamkeit spannend, sagte, was ihr gerade in den Sinn kam. Die Wahrheit. Dass es diese Substanzen natürlich gibt und jeder Maler schon daran gedacht hat, irgendwann. Aber nun ja, mit dem Verkauf der Bilder und Ausstellungen könne man etwas verdienen; ihr Name bringe Geld. Sie male Porträts, was er bestimmt wisse, weil er doch sonst nicht hier aufgetaucht wäre.

Mir wurde übel von dem Gerede.

Elisabeth Hofreiter war diejenige, die sagte, sie könnte jetzt auch ein Glas Wein vertragen.

Ich fühlte mich, als hätten diese beiden uns in die Zange genommen, und damit war ich sicher nicht allein.

Franka, die Überlegene, hakte sich bei Elisabeth Hofreiter ein, gab sich kameradschaftlich und sagte: »Ich habe gelesen, geriebene Muskatnuss verursacht starke Halluzinationen. Ähnlich wie Ecstasy.«

Kommt sie sich klug vor? Und auch Teddy Pischetsrieder hatte was in petto. Psychoaktive Pflanzen gebe es auch im Garten. Bei ihm waren einmal die Blüten der Hortensie abgezupft worden.

Und die Allgemeinärztin bestätigte, dass Hortensientriebe, Rhododendron und Hibiskus auch geraucht wurden.

Der Kommissar lauschte, oder er tat nur so und beobachtete jeden von uns.

Wenn ich das, inmitten der Gartenlampions, überhaupt so

genau sehen konnte. Offen gesagt, konnte ich es wahrscheinlich nicht.

Jener Abend ging zu Ende mit Frankas gewagtem Vorschlag: »Ich könnte über ein Rätselbild nachdenken, Thorsten Schwarz.«

Elisabeth Hofreiter hatte zu viel Wein genossen oder etwas anderes, was Bernhard ihr vielleicht angeboten hatte. Seine Fruchtgummis, die es in sich haben. THC, Tetrahydrocannabinol (habe ich mir notiert), ein Stoff, stärker als Haschisch. So dummköpfig kann er nicht gewesen sein; sie zieht ihm das Fell über die Ohren. Uns allen. Aber er ruckt kurz mit dem Kopf, ein kurzes »Keine Bange, Bande!«.

Thorsten Schwarz bemerkt nichts, dachten wir. Er blieb länger, und er kam wieder. Franka bezirzte ihn und gewann ihn für sich, ab dem Moment war es um ihn geschehen.

Seine Spur verliert sich irgendwo. Nach wem auch immer er gesucht hat, hier fand er die Person nicht.

Ich weiß nicht, was das für ein Spiel ist. Bernhard hat damit zu tun, das begreife ich schließlich, weil er Franka ein Zeichen gibt, ihr einen Zettel zusteckt. Es muss schon länger laufen. Der Kommissar liegt hoffentlich nicht richtig.

Hat Bernhard mit Frankas Bildern etwas Seltsames getan, und sie, hat sie es ihn tun lassen?

Ich finde es heraus. Ich will keinem Unglück nachjagen, aber mein Gedanke war, es müssten eigentlich meine Bilder sein, und ich möchte erfahren, womit diese beiden Geld verdienen.

Er hat mit einem Unglück zu tun. Ich sollte die Zeitung studieren. Sicher hieß es da nicht Unglücksfall.

Es kann nichts Unbedeutendes sein, wenn er seine Nase hineinsteckt. Er wird versuchen, den Fall aufzuklären. Dachte ich.

Und dachte es nicht mehr, nachdem er und diese Allgemeinärztin uns regelmäßig ihre Gesellschaft aufdrängten.

Er wird nichts unternehmen, er kann nichts unternehmen,

er gehört dazu. Eines Tages wird er Ärger bekommen. Er liebt die Falsche. Obschon, jede von uns wäre falsch. Mein Kichern ist dämlich, aber ernst gemeint.

Es war wieder so eine Absinthnacht. Elisabeth ließ sich schon öfter verführen, ich kann mir denken, was sie denkt. Sie ließe sich gern vom Kommissar verführen, sie ist seinetwegen da. Kommt er heute noch, oder …?

Mich persönlich kümmert es nicht. Egal, ob er sich für die oder die interessiert. Aber Elisabeth kommt an Franka nicht vorbei. Und wenn sie irgendwann vorbeikommt, ist Franka Mellis tot. Das hatte ich gedacht. Nur gedacht.

»Ich möchte mein Testament machen«, sagt Franka unversehens, als hätte sie den Gedanken gelesen. Lachen und Bemerkungen, wer alles sich als Erbe zur Verfügung stellen will.

»Schreib es in das Inseltagebuch, Rita.«

Und jetzt spielte sie den Ball wirklich zu mir. Was ist das denn? Mein Speichel schmeckt komisch. Als hätte ich von der Mischung etwas getrunken.

»Das geht nicht. Du musst es schreiben.« Jemand aus der Runde.

»Ich hab meines auch aufgesetzt. Das sollte jeder machen. Der Name muss rein, das Geburtsdatum, die Anschrift. Und dann geht's los, wer bekommt was.«

»Weiß man denn, wann die Uhr schlägt?«, fragt Teddy Pischetsrieder. Theatralisch.

»So stimmt es doch nicht. Es heißt, wem die Stunde schlägt«, erklärt Philip Kunz.

»Ich trinke noch einen. Die Stunde hat mir geschlagen.« Der Bürgermeister. Und seinem Wunsch wird entsprochen.

Ich schaue in die Runde. Birgit ist zum Glück nicht dabei. Eine Novizin als Zeugin, das gefiele Franka. Valentin übersieht sie. Und Elisabeth auch. Die hatte gehofft, Thorsten Schwarz wäre dabei, hat sich sehr hübsch gemacht. Philip Kunz und Teddy Pischetsrieder, die sind nicht gefragt, sie diskutieren noch über das Phänomen Zeit. Einer wird einen Liedtext schreiben, der andere ein Gedicht. Sie können eines perfekt und wären darum genau richtig – jemanden zu Tode langweilen.

Aber Franka steht tatsächlich auf, klopft mit dem Absinth-löffel an den Rand des Glases. »Macht mir die Freude, trinkt und leidet mit mir heute Nacht. Ich verfasse meinen Letzten Willen.«

»Wir haben alle zu viel getrunken«, sage ich. Ich will niemandem mein Tagebuch unter die Nase halten. Ich will nicht, dass sie ihr Leben dort hinterlässt, auch nicht ihren Tod.

»Mag sein, aber es sind nur ein paar Sätze«, sagt sie bittend.

Sie besteht auf diesem Testament. Verdammt. Wem will sie etwas hinterlassen? Ist es jetzt wichtig? Ist es hier wichtig?

Das Inseltagebuch liegt vor mir, ich notiere: »Letzter Wille Franka Mellis«, und gebe ihr den Stift.

Sie schreibt, als sitze ihr der Teufel auf der Schulter.

»Ich bin bei klarem Verstand. Verfasse diesen meinen Letzten Willen. Ich erkläre meine liebe Freundin, Rita Donner, zur Alleinerbin meines Vermögens, meiner Bilder, meiner Zeich-nungen. Selbst wenn sie sich dazu entschließt, mir das Leben zu nehmen. Ich habe es verdient. Möge das Gesetz sie nicht bestrafen und möge sie froh werden.«

Ich bekomme keine Luft mehr, aller Augen sind auf mich gerichtet. Aufgerissen dort. Sprachlos da. Auch die der Lang-weiler. Meine Zunge hat keinen Platz mehr in meinem Mund.

Franka unterschrieb. Sagte: »Deine Unterschrift ist mir will-kommen, Herr Bürgermeister. Bernhard, du bitte auch, und, Heide, es wäre freundlich, wenn du dein Signet mit darunter-setzt.«

Siegel bekommt sie keines, aber ihren Willen. Das ist gruse-lig. Und alle machen mit. Ich fühle mich nicht geschmeichelt, ich bin ihre Beute. Was soll das, Franka Mellis?

Plötzlich scheinen fast alle ernüchtert – es war eine Situation wie das Ende der Welt.

»Das ist verrückt«, sagte nun einer, und von ihm hat nie-mand Notiz genommen, weil er gerade erst auftauchte. Schwarze

Jeans, weißes Hemd, Sakko, gesträhntes Haar. Schick, Herr Kommissar. Und sehr sauer. Heide Brüning beugt sich über das Buch, schnell schreibt sie ihren Namen unter Frankas Gekritzel.

»Franka Mellis – willst du den Tag erleben, an dem ich dein Leben nehme? Du verführst, und du lügst und betrügst.«

Das Lachen ist in den Kehlen gefangen. Franka aber lacht, wie sie immer lacht. Sie bestimmt den Ton.

»Und ich liebe dich«, sagt er ihr.

Das wissen wir alle. Vielleicht entliebt er sich eines Tages. Wenn nicht ... muss Franka Mellis sich etwas Gutes einfallen lassen. Sonst wird er zu ihrem Mörder.

19

Modelle sollten sich bemühen, dem Porträt ähnlich zu sehen.

Salvador Dalí

Ein Wispern, die letzte Nacht hatte sie mitgenommen, und Althea hatte den Eindruck, als wäre sie noch nicht wieder da. Mach die Augen auf, Schwester.

Das war alles. Sie atmete durch, setzte sich auf, grüßte ihren Mitbewohner, der auch noch ein wenig müde aussah, drehte sich zum Fenster. Sie hatte es einen Spalt geöffnet gelassen, um die Auferstehung des neuen Tages sehen zu können. Im Frühling war herrlich, was sie im Winter weniger mochte. Althea steckte den Stecker ein. Radio hören.

Der Morgenmensch klang schon sehr aufgeweckt. Er plapperte, Althea ließ seine Stimme durch das eine Ohr rein, durch das andere raus – bis er auf das Kleinflugzeug am Grund des Chiemsees zu sprechen kam. Einzelteile seien aufgetaucht. Der Sturm habe etwas angerichtet. Die Bergung werde verschoben, und die Piper werde vielleicht noch ein ganzes Leben dort unten bleiben. Maximilian hatte gestern eine Bemerkung gemacht, dass auch unter Wasser ein Sturm tobte.

Es wäre spannend gewesen, zu sehen, wie ein tropfnasser kleiner Riese auftauchte. Hoffentlich kam nichts anderes zum Vorschein. Eine Verschwundene?

Sie sollte sich nicht anstecken lassen. Althea wollte mehr über Rita erfahren. Die Priorin könnte ihr etwas erzählen. Würde sie?

Althea stand im Nachthemd mitten in dem kleinen Zimmer und drehte sich zu der Stimme im Radio, als an ihre Tür geklopft wurde. Eine andere Stimme bat: »Ich weiß, du bist wach, mach ganz schnell auf, sonst werde ich hier draußen entdeckt. Ich bin am falschen Ende des Ganges.«

Allerdings, Neffe. Althea schlüpfte in ihren Morgenmantel und machte die Tür auf. Er drückte sich herein.

Heimlichkeiten waren im Kloster verboten. Ein Mann in der Zelle, frühmorgens – eine Allusion, würde Jadwiga sagen. Aber es war ja Stefan Sanders. Es musste dringend sein.

»Es ist dringend«, bestätigte er. »Bevor du in der Morgenmesse sitzt.«

Dringend, weil er gestern noch etwas zu sagen gehabt hätte?

»Was sind die Neuigkeiten?« Stefan deutete auf ihr Radio.

Gleich soo ein dringendes Anliegen! Althea schmunzelte.

»Keine Auferstehung der Piper Cherokee, hörte ich gerade«, sagte sie.

Wenn das ein Stichwort war, dann …

Stefan begann: »Aha. Und das hättest du gern verfolgt. Du hast den Fall gelöst, der dich fast das Leben gekostet hat.« Ein leichtes Kopfschütteln, weil es vorbei und Althea nicht tot war und sie keine Zeit hatte, sich noch um die Vergangenheit zu kümmern. »Wegen gestern Nacht. Du hast die Nachricht gelesen …«

Und Althea beendete den Satz: »Ein Rätselbild des toten Kollegen.«

»Ein Kollege, ja, aber wie kommst du darauf, dass er tot ist?«

»Ganz sicher deshalb, weil du es komisch formuliert hast«, gab sie zurück. Leise, weil es draußen im Gang lauter wurde. Sie verschränkte die Arme vor der Brust.

»Ohne Absicht, weil sich im Moment alles darum dreht. Die Toten vom Chiemsee, die Tote auf dem Friedhof, tot hier und tot dort – der Kollege gehört nicht dazu.«

Die alte Kath, sie hatte über diesen Kollegen gesagt: Du wirst keinen Geist sehen.

Stefan sagte: »Ich brauche einen guten Gedanken und deine Unterstützung.«

»Wirklich.« Davon durfte Althea überzeugt sein. Aber hatte der Kommissar »Unterstützung« gesagt?

»Ich weiß nicht, ob dieses Gemälde noch auf der Insel ist, auf einem Dachboden in der Umgebung, wo auch immer. Aber wenn, dann könnte jemand davon wissen. Und dieser Jemand …«

War der Mörder von Franka Mellis? Althea zog eine Gedankenschleife. Franka arbeitete daran, es war im Atelier. Jemand hatte es in der Sturmnacht mitgenommen? Warum nahm man ein Bild mit? Weil der Kommissar der Mörder war, Franka abgöttisch liebte (was für ein unheimliches Wort, Althea!) und weil er es behalten wollte, ein Andenken, eine Erinnerung. Etwas daran gefiel ihr nicht. Das mit der Liebe stimmte.

»Dieser Jemand hat Franka getötet, und ich stelle mir den Kommissar von damals als Täter vor«, sagte sie jetzt.

Stefan blieb gefasst. »Das hoffentlich nicht.«

»Die morden aber auch und denken, sie können es besser. Da war erst neulich so ein Fall –«

Er unterbrach sie. »Das nehme ich jetzt mal ein wenig aus der Gleichung. Tante Marian, was können Schwester Althea und die Schwesternschar tun, um herauszufinden, ob das Rätselbild noch irgendwo rumschwirrt?«

So nett, so gut, die Schar. Rumschwirren. Dabei fiel ihr ausgerechnet Valentin ein. Erst einmal war das kein guter Gedanke.

»Ich hab den Rest der Nacht überlegt, wie ich an Bilder und Zeichnungen der Bewohner der Fraueninsel komme. Ich muss die Aktion komplett aus den Ermittlungen heraushalten, sonst bin ich bald ohne Kopf, weil Arno Wendlsteiner den seines Chiemsee-Ermittlers fordert.« Er spaßte ein wenig.

»Fürchtet ebenjener im Hause des Herrn«, sagte Althea.

»Ernsthaft, ich kann nicht öffentlich machen, worum es geht. Tante Marian, *hier* muss Franka Mellis wiederauferstehen.«

Dabei konnte das Kunstwerk sicher so gut wie überall sein.

Nur war der Klosterwirt ein Sich-aus-Schwierigkeiten-Herauswinder. Der vielleicht auch zum Schummeln neigte, der Kontakt zu Franka Mellis gehabt hatte und auch zu diesem Kommissar. Natürlich hatte sie eine Idee, die sie schon länger mit sich herumtrug. »Eine Ausstellung mit Franka Mellis' Werken, bestenfalls im Klosterhof. Vielleicht ›Inselmaler, Kunst bei uns dahoam‹.«

»Das ist einwandfrei, und es klingt auch so. Schwester Althea ist vielleicht die bessere Vermittlerin, sie kennt die Leute, und die Leute kennen sie. Und sie kann der Priorin so etwas bestimmt schmackhaft machen.«

Etwas. Wurde das gerade schwierig? Althea musste auf die Zeit achten, sonst ginge es um ihren Kopf, weil sie gerade noch knapp rechtzeitig zur Morgenmesse erscheinen konnte. »Knapp rechtzeitig« hatte Jadwiga es genannt, als Althea noch in die Bank geschlüpft war, wo der Gottesdienst gerade begann.

»Wer ist jetzt gefragt, Herr Kriminalkommissar – Tante Marian oder Schwester Althea?« Sie musste Jadwiga schon wieder mit einer Idee kommen. Diesmal eine Idee, die der Polizei, genauer der Mordkommission, bei den Ermittlungen in einem Fall helfen würde.

»Wobei hilft dann das Kloster genau?«, wollte Althea wissen. »Einen Mord aufzuklären, das will die Priorin sicher nicht hören.« Sie bat ihn, sich mit der Antwort zu beeilen, denn sie müsse sich dringend frisch machen »und mich ausstatten«.

»So nennst du das? Ordenskleid an, Haube auf.« Er nickte und ließ sich auf ihr Bett sinken. Oje. Seine Augenlider gingen zu und wieder auf.

»Du bist doch in diesem Zeichenkurs«, bemerkte er freundlich. Gestern hatte er noch gesagt, es sehe komisch aus, die Insel, die sich im Himmel spiegelt.

Also, sie war in diesem Zeichenkurs, malen konnte sie aber trotzdem nicht. Schwester Benedikta konnte es. Wenn sie genauso ein Bild hätten, dann könnte der Ermittler, also Stefan, schauen, wer darauf reagierte. Das erklärte sie ihm knapp.

»Ein falsches Mellis-Gemälde auf echt. Das sollte die Person, die das Bild hat, bestimmt verunsichern. Ich bin völlig erschlagen, nachher kann ich besser denken. Sicher«, sagte er.

Derweil würde Althea ein wenig weiterdenken.

Aber jetzt Eile. Sie hatte wirklich keine Zeit mehr für Gespräche. Genau genommen nicht einmal mehr die Zeit für einen Kommentar. Aber der musste sein. »Nicht einschlafen. Mein stiller Mitbewohner ist dann vielleicht nicht mehr so still.«

»Mhm«, sagte Stefan. Ihm fielen die Augen zu.

Althea war es egal, sie schaltete das Radio aus, griff nach ihrem Kulturbeutel und wischte aus der Zelle. Als sie zurückkam, saß ihr Neffe an der Wand, den Kopf angelehnt, die Augen geschlossen, den Mund leicht geöffnet, als wollte er noch etwas sagen.

Althea biss sich auf die Unterlippe und nahm ihr Gewand und die Haube mit, sie musste sich zurechtmachen. Dann drehte sie sich um, zog die Tür von außen wieder zu. Sie hatte einen Mann im Bett, aber wirklich keine Schuld.

Das Geläut war gerade dabei, zu verhallen, da hatte Althea in der Klosterkirche ihren Platz in der zweiten Bankreihe eingenommen. Schwester Martha hatte freundlicherweise ihre Beine ein wenig schräg gestellt, damit Althea sich vorbeidrücken konnte und es nicht aussah, als wäre sie als Letzte gekommen.

Du brauchst doch niemandem etwas vorzumachen. »Gerade aber besser schon«, flüsterte sie sich zu.

Martha fand ihren Blick, legte einen Finger auf lächelnde Lippen und reichte ihr ein Gotteslob. Diese Schwester brachte nichts aus der Fassung, schon gar keine späte Althea. Martha war es, die erwähnt hatte, dass der Crime-Watcher, wie Althea den Mann nannte, Blumen in die Vase auf Franka Mellis Grab stellte. Dazu gäbe es vielleicht etwas herauszufinden – sie wollte heute am späten Nachmittag dem Zimmer des Gastes von Nummer 7 einen Besuch abstatten.

Du solltest überlegen, warum das Kloster eine Kunstausstellung braucht. Jetzt. Althea machte sich eine Gedankennotiz, sie wollte Stefan nach Rita fragen und musste auch etwas über den Kommissar von damals wissen. Fotos wären gut. Man sollte sich jemanden vorstellen können. Rita. Wenn Rita das Bild hatte, wenn sie die Mörderin war, ja, dann brauchten sie eine List. Jemand hatte sie angeblich gesehen. So eine Nachricht. Der heimische Radiosender. Althea war fast mit sich zufrieden. Stefan musste die Frau finden. Wenn sie neugierig war, würde sie auf die Insel kommen. Wenn nicht, bekämen sie vielleicht ein paar fremde Erinnerungen. Und die Lösung. Stefan verschwieg etwas. Irgendetwas durfte er nicht verlauten lassen. Noch eine List?

Oh, Althea. Um ein Rätselbild hinzubekommen, musste jemand wissen, wie dieser Thorsten Schwarz ausgesehen hatte. Der zahnlose Alligator, der wäre sicher leichter zu porträtieren. »Wir brauchen Patrick Gräfes Bild, dann wissen wir, wie sie es gemacht hat. Und wenn wir noch Heide Brünings dazubekämen, wäre es richtig gut.«

Die Köpfe drehten sich zu Althea. Sie bat um Verzeihung, »laute Gedanken«.

Martha raunte ihr zu: »Und was für welche.«

Dafür schmetterte Althea inbrünstig: »Großer Gott, wir loben Dich«, und wieder wurde geschaut.

Althea kletterte sofort nach der Messe wieder über die Beine von Martha, entschuldigte sich und lief in beschleunigtem Tempo über den Hof. Sie nahm den Eingang durch die Halle, hob das Ordensgewand an und eilte die Treppe hinauf, um sich zu vergewissern, dass der Kriminalkommissar nicht mehr schnarchend auf ihrem Bett unter dem Kreuz lehnte.

Die Hoffnung kippte, wie zuvor die kleine Herrgottsfigur mitsamt dem Kreuz an der Wand. Sie brachte sich in Position. »Neffe, es wird gleich der Krieg des großen Tages ausbrechen«, sagte sie prophetisch düster.

»Ah, wie gemein. Tante Marian, hast du mich erschreckt! Wer bricht aus?«

Sicher ganz ohne Absicht hatte Stefan das Kreuz abgenommen und hielt sich daran fest, bis er ausatmete, sich vergegenwärtigte, wo er war – und begriff, was er da tat. »Herrgott, was für ein Tag!« Er suchte den Nagel, befestigte die Figur am Kreuz wieder, tätschelte sie, rappelte sich auf und klopfte sich ab.

»Ich bin eingeschlafen«, entschuldigte er sich. »In einer Klosterzelle, wie gruslig. Der Krieg des großen Tages, Priorin Jadwiga hat uns entdeckt«, sagte er. Althea musste lachen. Die endzeitliche Entscheidungsschlacht wäre dann wohl ein wenig dramatischer. »Nein, die Priorin war gerade noch nicht in Sicht«, beschwichtigte sie ihn.

Ihren Neffen aus der Zelle zu schubsen schaffte sie, und Stefan schaffte es, die erste Stufe der Treppe zu erreichen, bevor die Priorin auftauchte, durch den Kommissar hindurchschaute und Althea ansprach.

»Es ist etwas passiert, Schwester Althea.«

Stefan schluckte. »Der Krieg des großen Tages.«

»Sicher nicht. Ist mit Ihnen alles in Ordnung? Sie klingen etwas verstört«, sagte Jadwiga. Stefan warf einen Blick zur Seite und auf Althea.

Sie konnte nicht sagen, es war Spaß. Sie sagte: »Ich habe vom Harmagedon erzählt.«

»Ach«, war alles, was Jadwiga erwiderte. »Nun, nein, ein Gast hat im Garten Schwertlilien geschnitten.«

»Das ist passiert?«, erkundigte sich Stefan erleichtert.

»Wenn ich jetzt errate, welcher Gast ... die Nummer 7 bekommt meine Rechnung«, sagte Althea, die sich sicher war.

Er. Wofür wollte er die Lilien?

Am Ende für die Stipendiatin.

»Das können wir tun«, bestätigte Jadwiga.

»Was wir noch tun können ...«, begann Althea und nickte ihrem Neffen zu. Es war ein wenig ungünstig, ein Gespräch über eine Treppe hinweg zu führen.

»Mir bei den Ermittlungen ein wenig unter die Arme greifen«, erklärte Stefan und setzte einen Schritt vor den anderen, die Stufen hinunter, die Finger am Handlauf.

Das klang besser als Mord.

Jadwiga merkte auf. Es komme etwas auf sie zu. Schon wieder, sagte ihr Blick, der Althea fand. »Unter die Arme greifen. Das ist harmlos, und Schwester Althea macht nicht den Lockvogel für einen Mörder.«

Althea war baff, Stefan erst recht. Woran dachte Jadwiga? Was fürchtete sie? Womit könnte Althea jemanden locken?

»Wir reden im Büro«, sagte die Priorin.

Althea fielen die Worte der alten Kath ein. Wann passten diese Worte?, durfte sie sich fragen.

Stefan zupfte Althea am Ärmel. »Du hast doch nichts Komisches vor?«, sagte er.

Doch, aber du erfährst es nicht, dachte Althea. Jetzt musste sie die Situation drehen. Sie mochte nicht Valentin-mäßig schummeln. »Komisch finde ich es nicht, wenn ich versuche, jemanden zu organisieren, der ein Rätselbild malt. Du?«

Er schüttelte den Kopf. »Ich dachte, da wird noch ein anderes Süppchen gekocht.«

Jadwiga schloss die Tür, ging hinüber zum Schreibtisch, blieb dahinter stehen.

Sie wechselte einen Blick mit Stefan. »Sie haben gestern Nacht jemanden gesehen?«

Worauf wollte die Priorin hinaus? Gestern Nacht. Sehen. Du bist blind, Althea. Endlich ergaben Kaths Worte einen Sinn.

Sie wollte hören, was Stefan wusste. Obwohl sie ihrem Neffen in die Seite boxen wollte, weil er den Mund gehalten hatte.

Stefan nickte. »Sie möchten etwas gestehen?«, fragte er, und sein Ton klang, als redete er mit einer Straftäterin. Althea zuckte stellvertretend für Jadwiga zusammen.

»Nein, denn Sie haben keine Post bekommen und ich bin nicht Franka Mellis«, sagte sie.

Das war nicht klug gewesen. Althea boxte ihren Neffen in die Seite, als die Priorin nicht hinsah. Würde Althea heute Nacht Jadwiga erwischen?

Stefan wechselte die Spur, betonte, es herrsche Aufregung, von der lasse man sich anstecken. Er bat nicht um Entschuldigung, Jadwiga bestand nicht darauf. Sie wollte kein Gesicht ziehen, aber der Gedanke an Zukünftiges war gerade ungut.

Jetzt machte Althea es dramatisch: »Damit ein Mörder sich verrät, muss ein Rätselbild her. Franka Mellis malte damals ihren Geliebten, Kommissar Thorsten Schwarz, mitsamt einem zahnlosen Alligator; in dieser Anspielung sah sie vielleicht ein Rätsel. Mit Schwester Benedikta, die gerne in Acryl malt, könnten wir für ein Rätselbild sorgen. Mein Neffe organisiert sicher ein Foto von Thorsten Schwarz in jüngeren Jahren, und gewiss bittest du Patrick Gräfe, den ehemaligen Bürgermeister, darum, uns sein Rätselbild für unsere Ausstellung zu überlassen.« Althea tat, als wäre das eine wie das andere ganz selbstverständlich.

Nur Stefan und Jadwiga fragten wie aus einem Mund: »Was? Wie?«

Ja, genau. Mitgefangen, mitgehangen, wollte sie erwidern. Ließ es aber bleiben. Denn Schwester Althea stellte sich ja nicht als Lockvogel zur Verfügung.

Jadwiga strich sich mit zwei Fingern beruhigend über die Wange. Drei, die etwas verheimlichten. Valentin und Jadwiga und Stefan. Und Althea wollte dem einen wie der anderen auf die Schliche kommen und den Kommissar aushorchen, so gut es ging.

Bei Kath hatte es so geklungen, als gäbe es dabei viel zu verlieren.

»Eine Ausstellung. Mit nur zwei Bildern geht das nicht, und so hast du es dir auch nicht gedacht, nehme ich an«, sagte Jadwiga.

»Im Klosterhof könnten wir alles schön arrangieren. Und dieses ›alles‹ müssen in diesem besonderen Fall Werke der ermordeten Franka Mellis sein.«

»Was denkst du dir als Köder?«, fragte Jadwiga.

Daran hatte Althea noch gar nicht gedacht. Warum dachte Jadwiga so, was war mit der Priorin passiert?, fragte sich Althea verwundert. Sie war einen Moment zu lange sprachlos.

Stefan hatte es verstanden und wunderte sich auch. Doch tat er es nicht im Verborgenen. »Scheint mir seltsam, dass ausgerechnet Sie von einem Köder sprechen … Wobei Sie recht haben. Warum sollten Insulaner und Umgebung bei sich nach einem Werk der ermordeten Künstlerin kramen, wenn es dafür außer einem netten Dankeschön nichts gibt?«

»Schwester Althea hat normalerweise gute Einfälle«, sagte Jadwiga.

Schwester Althea dachte nach. Aber es dauerte, bis sie dann genau das sagte, womit Jadwiga nicht gerechnet haben konnte: »Ein Gutschein, um für einen lieben Menschen eine Messe lesen zu lassen, oder eine Flasche Klosterlikör oder etwas von dem Marzipan.«

»Und als Nächstes einen Reisigbesen? Schwester Althea?«, fragte die Priorin besorgt.

»Es gibt eine Preisverleihung. Einen Preis für das schönste Bild, die schönste Zeichnung, für das außergewöhnlichste Bild, für die geheimnisvollste Zeichnung und so weiter. Und natürlich muss die Geschichte zum ausgestellten Werk erzählt werden. Die Leute sollen stolz sein, etwas von der toten Malerin zu besitzen«, erklärte Althea, wie sie es sich dachte. »In der Jury sitzt ein Ältester, jemand mit einem Von-und-zu-Titel, ein bekannter Künstler aus München und einer aus Salzburg, und die Stipendiatin soll uns ihre Meinung sagen. Es ist so unsinnig, dass es ernsthaft klingt.« Sie fügte hinzu: »Oh, und dann haben wir da noch etwas für die ehemalige Richterin. Sie kassiert den Eintritt.«

»Das ist jetzt ein Ding«, sagte der Kommissar.

»Das klingt ganz nach Schwester Althea«, sagte Jadwiga. »Benedikta malt, und Dalmetia könnte fotografieren.«

Dalmetia konnte alles, aber nicht fotografieren. Althea schnaufte. Maximilian. »Der Enkel der Richterin a. D. könnte Handyfotos machen; damit wir uns die Gesichter und die Reaktionen anschauen können. Sicher ginge auch ein Video.« Jetzt war Althea wirklich Althea. »Schwester Dalmetia ist die Kloster-Pressefrau. Einen Artikel brauchen wir außerdem. Aber da wird sich noch jemand finden, der einen Bericht schreibt. Martha ist eine gute Beobachterin.« Jetzt war Althea wohler. Sie hatten wenigstens ein paar Lösungen.

Jadwiga atmete sichtlich ein wenig schwerer. »Das alles innerhalb weniger Tage – Dalmetia …«

Althea durfte die Priorin nicht zum Ende kommen lassen. Sie sagte einfach: »Dalmetia wird sehr stolz sein, helfen zu dürfen.« Althea konnte sich Dinge vorstellen, die andere verwirklichen sollten.

»Priorin Jadwiga, ich glaube wirklich, ich habe Sie gestern Nacht am See gesehen«, sagte Stefan und wünschte ihnen einen schönen Tag.

Er werde die Dienststelle um ein Foto des Kommissars bitten.

Und Althea rutschte das Herz in die Tasche ihres Ordensgewandes.

20

Sie war beunruhigt schlafen gegangen. Ein Testament im Inseltagebuch, das ihre Mutter zur Alleinerbin machte. Und wieder
war nur die Furcht zurückgeblieben, dass Rita Franka etwas
angetan hatte. Nicht, weil sie die Bilder und das Vermögen
wollte – nein, auf den Gedanken kam Tina nicht, den schloss
sie aus. Aber sie kam leider auf den Gedanken, dass Rita stink-
wütend gewesen sein könnte, wegen dieses Erbes, und die
Nicht-mehr-Freundin im Affekt tötete.

Ein Testament war ein Testament, und der Letzte Wille
der Erblasserin maßgeblich, auch wenn darin stand … was
dort eben stand. Ihre Mutter war vielleicht gesucht worden.
Aber hatte jemals einer der Freunde etwas von dem Testament
erwähnt? Wenn Rita es nicht getan hatte, gehörte das Geld
längst dem Staat. Sie wollte nichts von ihrer ehemals besten
Freundin. Glaubte Tina. Und sie? Hätte Anspruch auf Frankas
Vermögen, Immobilien, Bilder.

Was für eine Vorstellung. Und sie hörte Rita wieder, wie sie
schimpfte, dass Franka Mellis aus dem Grab herausgreife. Das
Schlimme, sie stellte es sich vor. Franka Mellis' Asche lag hier
in einer Urne auf dem Friedhof. Ohne Licht betrachtet, würde
diese Vorstellung vielleicht greifen. Blöder Vergleich, Tina.

Franka ermorden zu wollen, davon hatte auch ein anderer
gesprochen, und auch das war schriftlich festgehalten.

Die zweite heiße Spur? Der Satz des Kommissars, der
liebte und ihr mit dem Tod drohte. Kommissare. Menschen
mit Schwächen, Charaktere mit Fehlern.

Dem neuen Kriminalkommissar, diesem Sanders, konnte man vielleicht auch nicht vertrauen.

Und die Nonne, Schwester Althea, war bekannt für ihre Eigenheiten, was Tina zuerst sympathisch gefunden hatte. Nach der gestrigen Nacht war sie sich da allerdings nicht mehr so sicher. Die Nonne hatte etwas entdeckt, was ihr nicht gefiel, ihr vielleicht zu schaffen machte. Überall Geheimnisse.

Nur der Crime-Investigator war ertappt worden … darum der Gesichtsausdruck, das Kopfschütteln?

Tina hatte diesen heimischen Radiosender gehört, der einen zu Tode erschrecken konnte. Nicht die Meldungen, aber das Wie.

Das Leichtflugzeug bleibt im Verborgenen, doch eine andere Sache muss natürlich endlich ans Licht kommen. Nach achtzehn Jahren ist es doch allerhöchste Zeit, oder? Das finden wir jedenfalls.

Es ist so ruhig auf der Fraueninsel. Darum haben wir unseren Mr. Undercover da drangesetzt, wir werden bald von ihm hören und ihr von mir. Seid gespannt.

Mr. Undercover. Herr Neugierig. Wenn es auf dieser Insel doch wenigstens eine Person gäbe, von der sie sicher wüsste, man konnte mit ihr reden und es blieb bei ihr, wurde nicht aufgepeppt, aufgeblasen.

Aber ihr fiel niemand ein. So hatte sie sich das alles nicht vorgestellt. Andererseits, was hatte sie sich vorgestellt? Sie tauchte auf, sah jemandem ein wenig ähnlich, stellte Fragen zur Toten im Atelier.

Im Hintergrund lief noch der Sender, die Glocken des Campanile läuteten, ein Hund bellte, Stimmen. Die Insel wachte auf. Sie würde ihre Sachen in die Tasche packen und frühstücken gehen. Es gab vielleicht auf ganz Frauenchiemsee keinen sicheren Ort. Verfolgungswahn war die nächste Stufe nach der Einbildung. Schaff ihn ab! Er drängt jede Idee in die hinterste

Ecke. Tina wollte eine gute und schöne Zeit auf der Insel verbringen. Und suchst dir ein Sturmmotiv aus, um es zu malen.

Nomen est omen.

Als sie hinausging, die Tasche über dem Arm, war es noch kühl. Das Wasser des Sees war noch nicht zur Ruhe gekommen, die Farbe eine andere. Einige Bäume verneigten sich leicht. Die Natur würde sich wieder aufrichten. Sie konnte das doch auch tun und vielleicht etwas in Erfahrung bringen, denn sie war sicher nicht die Einzige, die den Heimatsender hörte.

Und nicht die Einzige, die sich beim Klosterwirt aufs Büfett stürzte.

Vielleicht aber die Einzige, die nach Rita Donner gefragt worden war.

Für die Stipendiatin war ein Platz reserviert, eine nette Karte, die an einem kleinen Kaktus lehnte. Das bedeutete zum Glück nichts, denn an jedem Tisch stand ein Kaktus. Tina hatte es nur beim ersten Mal eigenartig gefunden. Valentin Zeiser hatte erklärt: »Besser so, die kann man auch mal vergessen, und wenn sie lustig sind, blühen sie sogar.«

Ein lustiger Kaktus. Wie schön. Tina trank zwei Tassen Tee, aß eine Semmel mit Honig, ein Ei und einige Kleinigkeiten, bevor sie sich an den Kaffeeautomaten begab. Sie konnte Beobachterin sein, wenn sie wollte. Doch heute diente ihr Herumschauen der Ablenkung. Sie hörte einige Gesprächsfetzen. Das Thema waren der Sturm und die Meldung, dass jemand herumspioniere. Das war ein Wort, das keine Farbe hatte, es wirkte schwarz; Tina dachte des Öfteren in Farben, sie gaben einer Szene ihre Tönung. Und hier im Raum wäre die Wolkenstimmung von gestern zu sehen gewesen.

Die Leute reagierten allergisch und angespannt, was da noch zum Vorschein kommen und was außerdem passieren würde. Valentin kam an ihren Tisch, und auch er brachte keine helle Farbe mit.

»Sie hatten hoffentlich nicht so viel Angst bei dem Sturm.«
Der Sturm war bei ihm ein Drehen, das er mit beiden Händen, die herunterfuhren, zeigte.

»In Hamburg sind wir sturmerprobt und im Gästehaus des Klosters bestimmt besonders gut geschützt«, sagte sie. Ein wenig glaubte sie daran.

Einen Moment lang stutzte Valentin, flüsterte: »Hamburg?«, als wäre ihm etwas eingefallen. Sollte sie sich das wünschen? Rita hatte ihn im Tagebuch nicht so oft erwähnt. Er war einfach mit dabei gewesen, weil er für Franka etwas erledigte. Es gab noch einige Seiten zu lesen, sie kannte also noch nicht die ganze Geschichte.

Dieser Tag hatte seltsam begonnen. Tina trank gerade ihren Kaffee, als der Kommissar auftauchte. Valentin erschrak sichtlich, und die beiden gingen zusammen hinaus. Es war kein Wort gewechselt worden. Nur Blicke und Gesten. Sie hatte die müden Augen von Stefan Sanders gesehen und Valentins eingezogene Schultern. In der Nacht musste etwas vorgefallen sein.

Tina wollte noch ein wenig zuhören, doch gelingen würde ihr das nur, wenn sie nicht auffiel. Sie war die Künstlerin. Sie ging mit ihrer Tasche über dem Arm, dem Block in der Hand und mit einem Stift hinaus und skizzierte das Bootshaus, aus den Augenwinkeln sah sie die beiden auf der noch verwaisten Terrasse des Gasthauses. Sie würde geschäftig vorbeilaufen, sich dann ein wenig in die Büsche schlagen, den Kopf über dem Block, die Ohren beim Kommissar und beim Klosterwirt. Sie wollte wissen, was für diese Unruhe sorgte. Es konnte doch nicht bloß um das kleine Flugzeug gehen und auch nicht um den Mr. Undercover, der angeblich losgeschickt worden war. Da war etwas im Busch, dachte Tina. Toller Vergleich. Dort stand sie und fiel zwischen den Büschen, Bäumen und dem Grün nicht auf.

Ein erboster Kommissar fragte einen aufgeregten Valentin nach einer Flaschenpost. »Was ist das für eine Sache, Valentin?«

»Ich hab die Person nicht gesehen, Schwester Althea auch nicht und dieser Junge, der Enkel der ehemaligen Richterin, der auch nicht. Mich hat man erwischt. Und Entschuldigung, ich habe kein Interesse daran, all diese Nachrichten auszuliefern.«

»Du kannst dir auch niemanden denken, der solche Nachrichten schreibt?«

»Doch. Wer so etwas aufrühren würde, kann ich mir schon vorstellen – Schwester Althea. Da hat nicht mal der Kamillentee gewirkt.« Er lenkte schnell ein: »Nein, ich weiß niemanden.«

»So. Wir bleiben bei der Vergangenheit, Valentin. Zu Franka Mellis. Es sind nur ein paar Fragen, aber ich muss offene, ehrliche Antworten bekommen. Egal, ob es peinlich ist. Denn peinlich ist völlig wurscht. Wichtig ist die Wahrheit. Ich bin nicht der nette Neffe von Schwester Althea, ich bin Kriminalkommissar und ermittle im Mordfall Franka Mellis. Wir verstehen uns?«

Valentin sagte keinen Ton.

Stefan Sanders sagte: »Mir macht das auch keinen Spaß.«

Und jetzt war Tina gespannt, was ihm keinen Spaß machte. Valentin machte ein komisches Geräusch, als der Kommissar fragte, ob er mit Franka Mellis intim gewesen sei und was er für die Frau getan hatte. Ob er ihr vielleicht noch immer Blumen ans Grab stellte?

»Das ist doch ein Schmarrn. Blumen! Die hat mich nicht mal mit dem Hintern angeschaut. Ich hätte schon gern, aber ich hab nicht. Da lief etwas mit dem Kommissar und mit Bernhard Hauser und … nein, das war mir zu schräg. Nix intim. Und doch, ich war schon entsetzt über ihren Tod. Blumen bekommt sie von mir nicht. Vielleicht mal einen Gedanken.«

Das konnte Tina bestätigen. »Lief etwas« natürlich nicht direkt, doch im Tagebuch schrieb ihre Mutter darüber. Intim war Franka sehr wahrscheinlich, wenn auch vielleicht nicht ausschließlich, mit dem Kommissar gewesen. So weit war Tina noch nicht. Mit Bernhard, dem Sohn des Apothekers, da hatte sich etwas anderes abgespielt.

Aber sie sollte weiter zuhören. Es kam eine komische Frage. Wer damals öfter auf die Insel kam, den man sonst nicht sah, wer die Leute waren, mit denen sich Franka Mellis umgab. Das wusste Stefan Sanders sicher. Aber er wollte es von Valentin wissen.

Der nannte Namen, die Tina erkannte, dann sagte er: »Diese Rita sollte gefunden werden, die weiß mehr. Sie führte Buch und fotografierte auch; sie hatte eine kleine Leica. Als wollte sie dokumentieren, was sie erlebte. Für jemand anderen. Oder für sich und später.«

»Sie war dir suspekt?«

»Anfangs ein wenig. Aber sie war diejenige, die auch für einen kleinen Erfolg dankbar war. Sie hatte eine Tochter, die lebte bei ihren Eltern. Das machte sie oft traurig. Wenn es etwas zu wissen gibt, auch blöde Dinge – von mir, von allen –, dann hat Rita es aufgeschrieben. Ist mir aber grade erst wieder eingefallen«, stellte er fest, falls der Kommissar fragen wollte, warum er das nicht schon erwähnt habe.

Wie viel Valentin über die Bilderrahmen wisse. Der Kommissar musste annehmen, sein Gegenüber verstehe genau, was gemeint war. Offenbar verstand er tatsächlich. »Die wurden bei mir bestellt, Franka brachte das Gemälde vorbei, und ich fertigte einen Rahmen dazu.« Jetzt klang er, als würde er ein unbekanntes Detail erzählen. »Die sahen nicht alle gleich aus. Natürlich. Angeblich Kundenwünsche.«

»Wie, nicht gleich?«, fragte Stefan Sanders.

Und Tina fragte sich, ob er die Antwort kannte und sie sich nur bestätigen lassen wollte. Nicht gleich, weil in einige ein Hohlraum eingebaut werden sollte; welchem Zweck dieser aber dienen sollte, das wisse er nicht. Valentin habe ein Schubfach gebaut, aufwendig, eben einen Hohlraum. »Die Mellis hat für jede Besonderheit bezahlt.«

»Und das fandest du nicht seltsam.«

Wieder eine Feststellung statt einer Frage.

Jetzt war es so weit, eine falsche Antwort, und Valentin hätte sich verraten.

»Seltsam«, wiederholte Valentin. »Als ob in das Fach ein Ring gelegt werden sollte, ein Geschenk. Eben so was, was sich Leute mit entsprechender Kohle leisten können. Ein Porträt und eine Tiergestalt und darin dann echt ein Verlobungsring? So was fand ich seltsam.«

»Was waren das für Bilder? Als Gastronom hast du doch ein großartiges Gedächtnis«, sagte der Kommissar.

Ein Lob. Aber Valentin Zeisers Kiefer bewegte sich. Es war eine Situation, bei der er offenbar nicht mit sich einig war. Er wollte wohl nicht an früher denken, und der Kommissar zwang ihn dazu. Was ihm keinen Spaß machte, wie er sagte. Was Tina ihm glaubte. Er sah auch nicht so aus.

Sie hätte gleich noch gehört, was für Motive Franka Mellis gemalt und verkauft hatte, da wurde sie von einem kleinen Hund angebellt, der zwischen die Bäume geschlüpft war. Eine Stimme rief, er solle sofort da rauskommen.

Tina schlug ärgerlich gegen einen Baum, wollte den Hund vertreiben, sah kurz auf und Schwester Althea ins Gesicht.

21

Das Gemälde ist nichts als eine Brücke, welche den Geist
des Malers mit dem des Betrachters verbindet.

Eugène Delacroix

Althea hatte sich ins Zeug gelegt. Sie hatte Jadwiga gebeten, sich eine schöne Tasse Kaffee oder auch zwei zubereiten zu dürfen, weil sie diesen zum Nachdenken bräuchte, und die Flyer und Handzettel müssten doch Eindruck machen. Die Priorin nickte dazu, wieder einmal. Althea war verwundert, wieder einmal.

Verwunderung aus dem Kopf, süßen, heißen Kaffee im Sonnenschein, der durch die Kehle floss, und hundert Worte auf dem Papier. Als sie ein paar Entwürfe fertig hatte und mit sich zufrieden war, fand sie ein älteres, aber schönes Foto vom Klosterhof, zur Untermalung, es musste ja Eindruck machen. Das Datum machte auch Eindruck – ganz sportlich hatte Althea das nächste Wochenende gewählt. Freitag.

»Seit über hundert Jahren eine Insel der Künstler – Ausstellung im Klosterhof – das große Ereignis auf Frauenchiemsee.« Altheas Schlagworte, mit denen sie bastelte.

Die Priorin bemerkte: »Und das vordergründig, um im Hintergrund einen Kriminalfall zu lösen. Der Herr stehe uns bei, Schwester Althea.«

Darauf gab es nichts zu sagen. Doch etwas anderes ging Althea durch den Kopf. Ohne Schnörkel fragte sie: »Wie sah diese Rita aus, die Franka Mellis' Leiche damals entdeckte?« Sie hätte auch fragen können: Wie sah diese Rita, die Freundin von Franka Mellis, aus?

»Eine hübsche Dunkle war sie. Mit braunen Augen. Sie war um die eins siebzig groß und sehr schlank. So viel zu den Äußerlichkeiten«, sagte Jadwiga. Ihr Blick richtete sich auf das Damals, und Althea war sicher, sie sah die Frau wieder vor sich.

»Und sie hatte Talent. Das Aber, das du zu hören meinst, ist eigentlich keins, aber doch, wenn man Erfolg haben will. Sie war zurückhaltend, ihr fiel es nicht leicht, auf sich aufmerksam zu machen, und die Leute bemerkten die Ruhige nicht.«

Vielleicht eine Mörderin. In Altheas Vorstellung stand da aber eine Schlange von Leuten, die alle einen Malerspatel in der Hand hielten. Sie schüttelte den Kopf. Sie habe Rita lieber gemocht als Franka Mellis, sagte die Priorin. Sprach Jadwiga über sie in der Vergangenheitsform, weil es um die Vergangenheit ging?

»Warum könnte sie nach dem Mord so schnell verschwunden sein?« Wer sollte das wissen? Die Frage macht keinen Sinn, Althea, sagte sie sich.

»Das ist sie nicht. Schnell verschwunden, meine ich. Wir alle waren nicht sonderlich hilfreich, aber Rita hat es versucht … Da ging es um einen Eintrag in ihrem Tagebuch. Ich weiß es nicht mehr genau, aber sie wollte, dass die Polizei ihn liest, und irgendwie ist das nicht beachtet worden. Es war seltsam. Aber dieser Kommissar war auch seltsam. Eine Flaschenpost für Thorsten Schwarz wird es sicher auch noch geben, denke ich.«

Das fand jetzt Althea seltsam.

Mit einer Tasche samt Inhalt bewaffnet, machte sich Althea auf den Weg zum Klosterwirt. Valentin war bestimmt nicht herzlos und würde ihr helfen, die Information unter die Leute zu bringen. Diesmal musste er ratschen, und selbst müsste er bitte auch etwas beisteuern zur Ausstellung. Wobei Althea sofort die gemeine Zeichnung einfiel. Nein, so was nicht. Aber vielleicht … Sie würde ihn ein wenig locken müssen.

Gelockt hatte der Kommissar ihn nicht. Althea ging den Weg entlang und bemerkte auf der Terrasse ihren Neffen und

Valentin. Stefan würde ihr wohl nur Wesentliches verraten, das war Althea aber zu wenig, falls sie doch der Priorin auf der Spur war. Täuschte sie sich vielleicht mit ihrer Vermutung, und konnte Valentin etwas dazu sagen?

Es gab Bäume und Sträucher, sie musste sich seitlich der Terrasse nur ein wenig zusammenkauern, um das Gespräch zu verstehen.

Es ist wichtig, lautete ihre Verteidigung.

Und hoppla, es war wirklich informativ. Althea war höchst zufrieden.

Sie bemerkte Tina Jensen, als der Hund schnüffelte und um ein Haar sein Bein gehoben hätte.

»Schwester Althea.« Es hatte irgendwie keinen Klang.

»Tina.« Es hatte auch keinen Klang.

Sie schwiegen einander an, traten zwischen den Bäumen heraus auf den Weg. Zufälle gab es durchaus. Aber solch einen Zufall?

Sie hatte gelauscht. Und Tina womöglich auch? Während Althea ihr eigenes Motiv kannte, welches konnte Tina haben?

»Die Damen«, grüßte sie der Gast aus Nummer 7.

Der Blumenschneider, unterstellte ihm Althea. Und Tina rückte näher an Althea heran. Vielleicht ihr Grund, sich unsichtbar zu machen.

Althea fiel auf, dass sie immer einen Namen für ihn hatte, aber den wahren hatte er nicht genannt. Sie begrüßte ihn mit einem ausgedachten und war besonders freundlich. »Herr von Traut, wie gelingt es Ihnen bloß, mir ständig über den Weg zu laufen?«

»Schwester Althea, wie gelingt es Ihnen nicht, einen Blick in die Anmeldungen zu werfen und zu lesen, dass ich dort als Theo Sachs stehe?«, fragte er zurück.

»Na, so was, mein Blick ist wohl in der Zeile verrutscht. Herr Sachs, Sie bekommen die Rechnung für die Schwertlilien aus dem Garten bei Ihrer Abreise. Normalerweise sehe ich das eng. Ich mag es nicht, wenn jemand nicht fragen kann.« Ein wenig blitzte Althea den Mann an.

Tina hüstelte.

Theo Sachs hob die Augenbrauen. »Ja, das verstehe ich. Es überkam mich, sozusagen. Ich verehre Franka Mellis als Künstlerin und ... Sie verzeihen mir doch hoffentlich.«

Was ihm egal war, ahnte Althea. Seine Stimme war kalt.

Er wünschte ihr und Tina noch einen schönen Tag, und sie wünschte sich, sie könnte herausfinden, ob Theo Sachs Theo Sachs war.

»Huhh«, machte Tina. »Ich habe mich das schon zuvor gefragt. Wie viele unterschiedliche Gesichter kann dieser Mann aufsetzen?«

»Nicht so viele, wie sich Werbematerial in meiner Tasche befindet, das ist sicher«, sagte Althea.

»Wofür wirbt das Kloster?«, erkundigte sich Tina.

Althea nutzte die Gelegenheit, um über etwas anderes nicht reden zu müssen, und berichtete, was ihnen vorschwebte.

»Eine Ausstellung. War das schnell entschlossen, Schwester Althea?«, fragte sie. »Sie müssen alle aufgewühlt sein, wie der See nach dem Sturm. Ich habe die Nachrichten heute Morgen auch gehört. Mr. Undercover soll auf der Insel herumfragen, der achtzehn Jahre alte Mordfall muss endlich aufgeklärt werden, so der Heimatsender.«

Davon hatte Althea nichts gehört. Wieso nicht? Was für eine Idee! Nicht ihre, aber die sollte der Sender noch zu hören bekommen. Rita, die beste Freundin von Franka Mellis, die gesehen wurde. Es war ein winziger Gedankenblitz. Ob das klug war? Althea würde es wissen, wenn der Mörder ins Netz ging.

Mr. Undercover. So ein Unsinn. Das würde sicher einigen aufstoßen, doch die Lösung, die dieser Mister vielleicht anzubieten hatte, darüber würde man reden.

Tina sagte, dass dieser Theo Sachs sich als Mr. Undercover doch wunderbar mache.

Althea gab zurück, sie habe eine andere Rolle für ihn. Aber die musste sich erst bestätigen. Ob das klappte?

Sie waren immer noch bei der Ausstellung. Tina fragte gerade, ob sie helfen könne, Material zu verteilen. Und Althea nahm das Angebot dankbar an. Und fragte die Stipendiatin, ob sie sich wohl vorstellen könnte, ein Stühlchen in der Jury einzunehmen.

»Wirklich? Also, ich meine, ich helfe gern. Ohne Gegenleistung.«

»Wissen Sie was? Ich weiß das«, sagte Althea. »Aber es wäre gut, Sie dabeizuhaben. Das habe ich schon zuvor mit Priorin Jadwiga besprochen, nicht erst nach unserem kleinen Gedankenaustausch und nach der Begegnung mit Theo Sachs«, sagte sie zu Tina.

»Ich finde es eine kühne Idee, und ich werde gern objektive Informationen und meine subjektive Beurteilung beisteuern. Schwester Althea, wir alle werden Franka Mellis kennenlernen.«

Althea versenkte die Hand in ihrer Tasche und fragte, ob sie Tina mit dem Stapel losschicken dürfe.

»Wir sehen uns dann später zum Zeichenunterricht, und ich berichte, was ich erreichen konnte – wie viel Zustimmung es gibt. Ich kann ziemlich überzeugend sein. Künstlerinnen im Atelier Inselsonne.« Ein leichtes Kopfschütteln. »Schwester Althea, wie gefällt Ihnen der Gedanke … ein wenig Überredung, etwas, was jeden davon überzeugt, dass Mitmachen sich lohnt.«

Und Tina präsentierte ihren Gedanken. Althea hatte nichts sagen müssen.

»Jedermann, jede Frau, jedes Kind, der, die, das auf den Dachboden klettert und nach einer Zeichnung von Franka Mellis sucht – und am besten auch noch von anderen Künstlern, sonst fällt es auf –, darf seinen Namen in einen Beutel werfen; Tina Jensen zieht einen Gewinner, sie bietet ein Porträt an. Nicht so, wie Franka es malte. So wie … meine Mutter es gemalt hätte. Achtsam und mit dem richtigen Blick.«

Das Letzte war ein Flüstern, kaum zu verstehen. Hatte sie es überhaupt gehört? Althea war sich nicht sicher.

»Ihre Mutter hat auch gemalt?«, fragte Althea.

»Einige Zeit, ja«, war alles, was Tina erwiderte.

Dann war der Hund wieder da – und dieses Mal auch das Frauchen. Als Tina ihr sagte, sie wolle die Person freundlich-positiv darstellen, dazu vielleicht ein Detail, das man mit der Person verband, dachte Althea tatsächlich, sie habe sich verhört.

»Sie verstehen wirklich etwas von Wellen«, sagte sie und meinte es auch positiv.

Althea war gerade um die Hälfte ihrer Werbung erleichtert worden und durfte rätseln, worum es Tina ging. Denn etwas bewegte sie, etwas tat ihr gut, und anderes bereitete ihr Sorge. Aber Althea war gespannt, was sie zuwege brachte.

Nun musste sie die ehemalige Richterin fragen, sie bitten? Es war einfach über sie gekommen. Friederike war ehrlich. Wenn das kein guter Gedanke war. Der eigentliche Gedanke war es vielleicht weniger. Ihrem stillen Mitbewohner konnte sie nichts vorgaukeln. Wollte sie auch nicht. Mach die Wahrheit draus und geh fragen!

Was sie auch tat. Sie hielt Friederike einen Handzettel hin, umriss kurz, worum es ging – eine Ausstellung mit Werken der ermordeten Künstlerin –, und bat sie um ihre Unterstützung. »Es wird ein schwieriger Tag. Das Kloster möchte der Mordkommission unter die Arme greifen, einige Fragen zum Mordfall Franka Mellis klären und kann selbst jede Hilfe gebrauchen.« Sie formulierte es so, wie es gedacht war. Neugier. Gesichter, die sie lesen mussten. Sie erzählte vom Rätselbild.

Friederike nickte, noch kam kein Einwand. Aber sicher gleich.

»Ich dachte, ich frage jemand Ehrlichen, Verlässlichen – dich –, ob du dich um die Eintrittsgelder kümmerst.«

Friederike war sprachlos. Zuerst. Dann flog Althea eine

Bemerkung um die Ohren, die sie schon mal gehört hatte. »Kein Wunder, Marian – so oft, wie du dich verrechnest. Ich hüte die Kasse des Klosters. Du hast vielleicht was anderes gedacht, aber ich möchte keinen Eintritt bezahlen und auch ein wenig herumschauen. Das wird spannungsreich. Rechne mit mir.«

Reich an Spannung. Friederike sah aus wie eine Katze, die Milch geschleckt hatte. Jetzt machte Althea sich Sorgen, welchen Grund die ehemalige Richterin hatte, zuzustimmen. Sie bekam ihn auch gleich hinterhergereicht.

»Fragen klären. Meine ist: Wird Rita Donner auf die Insel kommen?«

»Friederike, du hast doch nicht vor, dich in Schwierigkeiten zu bringen!«

»Schwester Althea, ich nehme meine Aufgabe schon jetzt ernst!«, erwiderte sie. Das Lächeln. Welche Aufgabe?

Was störte Althea an diesem Lächeln? Vielleicht hatte der Herrgott eine Idee, was dieser trauliche Ausdruck bedeutete.

Gerade musste sie sich bedanken. Durfte nicht hier festwurzeln, wo sie doch eine Zusage hatte.

»Tante Marian!«, hörte sie es von jenseits des Gartentors der ehemaligen Richterin. Erlösung.

Und sie konnte sich denken, dass ihr Neffe das Foto des Kommissars organisiert hatte. Doch als Althea sich umdrehte und zu Friederike sagte, sie würden noch einmal reden, bevor die Veranstaltung startete, die ehemalige Richterin dem Kommissar einen Gruß zurief, die Tür schloss und Althea den Weg zurückging, war Stefans Miene allzu nachdenklich.

»Ich kann sicher sein, dass du keine Flaschenpost schreibst?«, warf er ihr seine Frage entgegen.

Weil Valentin das gesagt hatte, weil sie es an seiner Stelle auch von sich denken würde, weil die Tat zu ihr passte. Aber sie war mit den Leuten von damals nicht bekannt. »Ich dachte, du hast einen Verdacht und hast jemanden gesehen?«, sagte sie ein klein wenig verwundert.

»Weder noch«, erwiderte er. »Ich versuche, Personen auszuschließen. Darum frage ich jeden: ›Schreiben Sie gern Flaschenpost?‹ Es ist mühsam. Bislang ärgern sich die Angesprochenen, schuldig sah außer der Priorin niemand aus. Und warum sollte sie?«

»Warum sollte ich?«, wollte Althea wissen.

Er wedelte mit der Hand. »Hier. Das war der Kollege Thorsten Schwarz vor vielen Jahren. Genauso vielen, wie es passen könnte. Pünktlich zum Mord.« Er zeigte ihr auf seinem Smartphone ein Foto. Ein Mann lehnte am Einsatzfahrzeug.

»Er soll attraktiv gewesen sein und angenehm und ein toller Typ – die Kollegen haben so großartig getan, dass ich mir nicht so sicher bin«, sagte Stefan.

»Das ist kein so gutes Bild. Gibt es Besonderheiten, etwas, was eine Malerin sich vornehmen würde?« Arme Benedikta. Aus diesem Ding etwas zu machen – das wäre wirklich kunstvoll. Sie würde an die Sache, an den Mann, mit einer Lupe herangehen müssen. »Schick es dem Kloster.« Althea nannte ihm die E-Mail-Adresse. Sie würde es ausdrucken und Benedikta, die Mitschwester, damit überfallen.

»Hoffentlich malte Franka Mellis ihre Rätselbilder alle in der gleichen Größe, und nur die Rahmen waren unterschiedlich.«

Der Kommissar zog ein Gesicht – knirschte er mit den Zähnen? »Tante Marian, nachdem du alles andere schon gehört hast, wirst du den kleinen Rest sicherlich selbst ermitteln können.«

Valentin schaute Althea nicht gerade schaudernd an, doch seine Augen wurden groß. »Schwester Althea.« Sein Blick fiel auf die Tasche über ihrem Arm. »Ich hab da schon was gehört. Das große Vorhaben.«

»Und weil du schon was gehört hast, hoffe ich natürlich, du schaust in jede Ecke nach einem Fitzelchen von Franka Mellis.«

Anscheinend nachdenklich spitzte er die Lippen. »Ich denke, das kann ich tun – wenn ein Fitzelchen wirklich reicht. Es ist kein tolles Fitzelchen. Blumen aufs Grab. Die hat sich diejenigen geschnappt, die ihr zusagten. Machte auf Freundin. War dann alles andere als das – aber ich denke, ich hab ihre Liebeserklärung aufgehoben.«

»Die das Gegenteil ist«, riet Althea, nach seinem Ton zu urteilen. »Erzähl mir etwas darüber, ich mache dann ein paar Notizen. Sei so nett, wie du kannst.«

»Jetzt machst du mir Druck. Vielleicht finde ich nichts. Von Rita hab ich aber noch was.«

Das war interessant. Auch Valentin hatte Rita mehr gemocht als Franka Mellis, so klang es jedenfalls.

»Was hat Rita gemalt?«

Die Freundinnen, beides Künstlerinnen. Von der anderen hatte man nicht viel gehört, sie wurde nur mit dem Mord in Verbindung gebracht.

»Das habe ich gleich, denn ihre Karten sind schön, die will man nicht nur schicken, die will man sich einrahmen. Die Motive sehen gar nicht aus, als hätte man ein Foto da liegen.« Er schlug einen Kalender auf, und da lagen Postkarten. Er schwärmte. Zu Recht.

Rita hatte das Kloster gezeichnet, den Klosterladen, den Klosterwirt. In diesen kleinen Bildern war Bewegung, Leute, die etwas taten, klein, aber die Bilder lebten. Aquarelle, wenn Althea richtig sah.

»Sie war ganz anders als Franka Mellis?«

»Besser«, sagte er und sprach von den Bildern. Erzählte, Rita habe die Postkartenserie für eine Galerie in Prien gemalt.

»Und Frankas Rätselbilder, wie groß waren die? Wer war da abgebildet und mit welchem Tier?«

»Meist bekanntere Leute, die sich die Pinselei leisten konnten. Tiere ... alles Mögliche; sicher nichts, was wirklich einen Charakter beschreiben konnte. Nur die äußere Schau. Die Stechmücke – übersetzt: du Winzling. Der zahnlose Alligator –

du Versager. Die Maus – ebendiese, du stellst nichts dar. Ein Fuchs – schlau bist du. Ein Puma – schnell und intelligent. Ein Kätzchen – Zicke. Schwester Althea, deine Seelenverwandte könnte eine Eule sein – du bist aufmerksam, planst voraus.« Valentin schnaufte, als wäre er gerannt. Althea hatte den Klosterwirt unterschätzt. Wahrscheinlich. Versteckte Klugheit.

Sie erinnerte ihn, dass er es nicht vergessen solle, das Fitzelchen. Und kam noch einmal auf Rita zu sprechen. »Was glaubst du, hat Rita irgendeinen Grund, zurückzukommen? Du kanntest sie ein wenig besser.«

»Hm«, machte Valentin. »Schwester Althea, so ein kleines Schnapserl, du hast heute ungewöhnliche Stechmückenstärke.«

Was war das denn? Hm, machte Althea nicht, aber sie sagte: »Besser kein Schnapserl. Jetzt zu deiner Meinung. Die interessiert mich.«

Valentin faltete seine Stirn. »Wenn sie sauer war, schrie Rita laut über den See. Dann war es wieder gut. Sie ist nicht unvernünftig, sie ist gescheit, und sie hat Gefühl und Herz. Das alles galt für Franka Mellis nicht. Wenn wir alle zusammen dumm waren, dann sagte Rita vielleicht noch etwas Schlaues. Ich kann sie nicht mit einem Mordwerkzeug sehen. Mein Kopf schafft das nicht. Sie wird vielleicht kommen, wenn sie von der Ausstellung hört. Dann aber wird sie auch etwas mitbringen. Von sich. Konnte sie hassen?« Er stellte sich selbst die Fragen und versuchte, sie zu beantworten. Er schaffte nicht alle. »Schwester Althea, jetzt brauche ich das Schnapserl.«

»Nicht vergessen …«

»Gleich. Ja. Dich vermisst bestimmt schon die Priorin.«

So freundlich wurde sie selten hinauskomplimentiert.

Aber Valentin fand seine Liebeserklärung, wie er es nannte. Ein wenig zerknittert, wo immer er sie auch herumliegen hatte. Althea erfuhr nichts davon, aber sie hörte die Geschichte zu dem hingeworfenen Strichmännchen hinter der Theke. Ein riesiges Glas mit grünem Inhalt stand dort, und das Männchen hantierte wild. »Absinthium«, stand auf dem Glas.

»Dazu muss ich nichts erzählen«, sagte Valentin.

Der Klosterwirt war für Franka Mellis auch so ein kleiner Wicht gewesen? Althea wollte das Bild nicht mitnehmen, wollte es wirklich nicht ausgestellt sehen, weil alle lachen würden. Aber sie vermutete allmählich, sie würden am Ende für die Ausstellung nur ein paar Bilder haben. Die Leute wollten so etwas sicher nicht hergeben, es niemanden sehen lassen, wenn sie es nicht schon nach Erhalt entsorgt hatten.

»Valentin. Das böse Bild verdirbt mir die Laune, ich rede mit Jadwiga. Das Kloster zeigt Werke von Franka und Rita. Zwei ausgezeichneten Künstlerinnen. Würdest du mir die Karten anvertrauen?«

Solch ein Lächeln hatte sie von ihm selten bekommen.

Und jetzt sollte sie sich wirklich verabschieden.

Der Ausdruck des Fotos lag im Büro schon bereit, Priorin Jadwiga strich dem ehemaligen Kommissar über die Wange – sie bat Althea herein. »Dass es für ihn ausgerechnet Franka, die Verführerin, sein musste. Sie war einmalig und ebenso einmalig leichtsinnig. Sie machte sich ihre Welt, wie es ihr gefiel. War Marian Reinhart auch so eine?«

Althea war gar nicht so überrascht, doch sie schluckte trotzdem. Am Ende bekäme sie auch noch eine Flaschenpost. Einerseits war Marian Reinhart vielleicht genauso eine, was sie Jadwiga auch antwortete. »Die Verführerin, das bin ich gewesen. Leichtsinn war wohl mein zweiter Name, aber ich hoffe, ich war mögenswert. Also auch ein Stück von Rita.« Althea erzählte, woran Valentin sich erinnerte.

Jadwiga gab Althea den Fotoausdruck, war nicht überzeugt, dass auf die Art ein gutes Bild zustande kommen würde. Ja, da waren sie schon zwei. »Ich weiß es nicht genau, ich habe so eine Ahnung, ihm begegnet zu sein. Irgendwas stimmt mit meinem Gespür nicht. Einen hübschen Mann übersieht man doch nicht?«

»Nein, ein hübscher Mann fällt auf«, gab ihr Althea recht.

Aber Althea war mit einem guten Gefühl losgezogen, und jetzt musste sie Valentins Freude ein wenig übertragen.

»Schwester Benedikta«, sprach sie die Mitschwester an, am besten Punkt überhaupt, wo ein Gespräch und eine Bitte leichtfielen, nämlich im Garten, wo Benedikta über einem Briefbogen saß, in den Mundwinkeln ein Schmunzeln.

Sie sagte ihr, sie wolle nicht, müsse sie aber stören. »Es geht um ein wichtiges Gemälde, und ich glaube nicht, dass außer dir jemand dazu in der Lage ist. Es soll ein Ausstellungsstück werden.«

Die Schwester ließ sich gerne stören, wie sie verriet. »Ein Gemälde ist ein altes, meisterhaft gemaltes Bild«, sagte Benedikta.

Den Sinn so genau zu erläutern, das war gerade nicht nötig. Althea wollte der Mitschwester ein wenig schmeicheln, aber damit machte sie ihr vielleicht eher Angst. »Alt nicht, ein wenig in die Jahre gekommen – aber darum geht es nicht. Um einen Täter zu fassen, braucht die Mordkommission unsere Unterstützung, und das heißt in diesem Fall: Es wird ein Bild benötigt, wie Franka Mellis es gemalt haben könnte. Sicher wird es dir nicht leichtfallen, ihre Stimmung zu imitieren, es wird eine Herausforderung.« Althea, du redest zu viel. »Dieser Mann auf der einen Seite, sicher etwas lässig.« Althea zeigte Benedikta den Ausdruck. »Und ein zahnloser Alligator auf der anderen. Patrick Gräfe lässt uns sein Gemälde anschauen, ihn hat Franka Mellis auch porträtiert. Womöglich auch kein so freundliches Bild. Die Künstlerin war sehr eigenwillig.«

»Irgendwann habe ich eines ihrer Rätselbilder gesehen – vielleicht in einem Zeitungsartikel.« Benediktas Nase zuckte. »Sie hat nicht die besten Eigenschaften einer Person eingefangen. Es war wohl Absicht, das nicht zu tun.«

»Traust du dir zu, was ich dir zutraue?«, fragte Althea.

»Rätselhaft bekomme ich es gemalt, doch ob es schön rätselhaft wird … Ist er«, sie deutete auf das Bild, »der Mörder, oder ist er immer noch ein Kommissar?«

Was für eine schlaue Frage. Auf die Althea keine Antwort hatte. »Verdächtig ist er, aber wessen ich ihn verdächtige – ich bin mir nicht so sicher.«

»Deine Sicherheit ist aber für die Mordkommission gerade nicht so wichtig, nicht wahr?«

Oh. Ja.

Benedikta sah ihr Gesicht und sagte: »Ich werfe einen genauen Blick auf das Bild des ehemaligen Bürgermeisters und entscheide, ob ich das kann.«

Das war nicht ganz das, was Althea hören wollte.

»Die Ausstellung ist am kommenden Freitag.« Das glaubte sie sagen zu müssen.

»Schwester Althea, du kannst die Geschwindigkeit nicht erhöhen. Nichts bringt uns besser voran als eine Pause.«

Doch nicht ernsthaft? Althea ließ die Mitschwester samt der Vorlage für die Malerei und mit deren Gedanken zurück.

Priorin Jadwiga verstand die Eile; sie hatte Patrick Gräfe Beine gemacht. Die Novizin hatte Patrick Gräfe damals gekannt. Die Verbindung bestand noch immer? Das sollte sie nicht interessieren.

Sie kannte auch Heide Brüning, Althea fragte nach. Sie bräuchten auch dieses Rätselbild.

Heute würde einiges geschehen. Sollte einiges passieren.

Der ehemalige Bürgermeister würde das Bild anliefern lassen. War der immer so kompliziert? Anliefern. Wo hatte er es denn versteckt?

Das Rätselbild – sie war gespannt, wie Franka Mellis malte. Und sie war genauso gespannt, wie Schwester Benedikta malte. Sie hätte Tina gebeten, doch der Grund, warum sie eine Malerin imitieren mussten, ging eine Außenstehende nichts an. Das konnten sie nicht riskieren. Die Einzige, die erkennen würde, dass nicht Franka die Malerin gewesen war, wäre Rita.

Sie hatte Jadwiga nicht danach gefragt, auf dem Flyer wurde nicht ausdrücklich nur Franka Mellis' Kunst genannt. Tina, die Künstlerin, fragte sicher auf eine Art, die alle mit einbezog. Und die Idee mit den Namen im Beutel, die würde bestimmt gut ankommen. Wer bekam schon so ein freundliches Angebot, ein Porträt von sich in Auftrag geben zu dürfen.

Ob Althea die Ruhe für den Zeichenkurs aufbrachte, bezweifelte sie. Aber sie war angemeldet, hatte zugestimmt, Jadwiga verließ sich auf sie. Sie würde Maximilian vielleicht die ganze Zeit danach fragen, wie spät es war, weil sie bei dem Blumenschneider, Theo Sachs, einen Hausbesuch machen wollte. Ihr Kopf tanzte wirklich woanders.

Lieber hätte sich die Zeit wie Kaugummi gezogen, aber nein, heute nicht.

Kaum zu Mittag gegessen, war es schon früher Nachmittag, und das Porträt wurde angeliefert. Gründlich verpackt, sodass Althea schon mit dem Aufschneiden der Schichten ziemlich beschäftigt war.

Althea stand damit im Gang, überall um sie herum Papier und Karton, und wollte die Rückseite des Bildes näher untersuchen, nachdem Valentin die Fertigung der Rahmen so anschaulich beschrieben hatte.

Die Priorin interessierte sich aber gerade für die Vorderseite, was Althea nicht gut in den Kram passte.

Jadwiga sammelte Altheas Hinterlassenschaften ein und besah sich das Kunstwerk.

»Diese Mücke ist ein ziemlich unschönes Exemplar.«

»Ein fieses Exemplar«, nannte Althea sie. Auf den ersten Blick sah man nur Beine, einen kleinen Kopf, einen Flügelansatz und einen sehr großen Schnorchel. In einem sandbraunen Ton und durchscheinend weiß gemalt. Davon konnte man schlechte Träume bekommen. Dabei hatte sie den ehemaligen Bürgermeister noch keines Blickes gewürdigt.

Auch dazu hatte Jadwiga etwas zu sagen. »Die eng zusammenstehenden Augen sind mir so deutlich gar nicht aufgefallen. Der kleine Schnauzbart, der machte ihn jünger, aber der lange Hals? Vielleicht werden wir Patrick Gräfe zur Ausstellung sehen, und ich schaue nach seinem Hals.« Es hörte sich nicht an, als würde Jadwiga gefallen, was sie sah.

Althea auch nicht. »Er hat die Haare schön«, scherzte sie. Wenn das Franka Mellis' Kunst sein sollte, dann konnte man sie für eine gute Perspektive loben und für die Begabung, Einzelheiten in den Blick zu nehmen, die ein normales Auge nicht gleich fand. Es war kein sympathisches Bild. Wenn es so etwas gab.

»Ich konnte Heide noch nicht erreichen. Ich kann mich dunkel erinnern, dass Franka ihr etwas gemalt hat. Aber wohl auch nicht vorzeigbar«, sagte Jadwiga.

Die Priorin wollte noch einige Dinge erledigen, wegen der Ausstellung. Und sie brauchten einige Staffeleien, die mussten sie borgen.

Und Althea musste noch in der Galerie Bescheid geben. Hans-Peter Keil, hatte ihr die Dame mit dem Terenzi-Parfüm gesagt. Ob sie sich tatsächlich erinnern würde?

Althea erklärte der Priorin, sie werde das Bild gleich Schwester Benedikta zeigen.

»Du meine Güte – ich sollte uns allen von der geplanten Ausstellung berichten, bevor das Gemälde mit dem ehemaligen Bürgermeister herumgereicht wird.«

Keine Möglichkeit zum genauen Beschauen des Bildes, neugierige Mitschwestern umringten sie und wollten wissen, was das Kloster mit diesem Schinken zu tun hatte. »Dieser Schinken« hörte sich herabwürdigend an, den Blicken war zu entnehmen, dass es genauso gedacht war.

Die Priorin richtete sich zu ihrer vollen Größe auf, sprach zwischen Tür und Angel von einem Auftrag. »Die Gemeinde Chiemsee und das Kloster Frauenwörth sind Initiatoren einer Ausstellung von …« Sie neigte ihr Kinn zu Althea hinüber, die gern übernahm.

»… Kunst bei uns dahoam, sozusagen. Inselmaler. Natürlich

auch Werke von Franka Mellis.« Die Stipendiatin werde sich einbringen, die ehemalige Richterin und Schwester Dalmetia ebenfalls. »Im positivsten Sinn ist unsere Abtei in den Fokus geraten«, fügte Althea hinzu. Schwester Benedikta hatte einen Sonderauftrag, ob der geheim bleiben konnte?

Schwester Martha sprang ihr bei, doch gerade so, dass Althea nicht wusste, wie es gemeint war.

»Schwester Althea, schaffst du es, deine Zeichnung bis zur Ausstellung fertig und fein hinzubekommen? Denn das wäre dann noch so ein Bonbon.«

»Allerdings«, stimmte Jadwiga zu. Noch ein kryptisches Lächeln. Heute schien es außer Friederike auch Jadwiga zu können.

Aber bei diesem wusste Althea, dass die Priorin Höchstleistungen erwartete.

»Nachher ist wieder Zeichenkurs«, sagte Althea, was gar nichts zu bedeuten hatte.

Was auch Schwester Fidelis bemerkte, und zwar *bemerkte*: »Die Schönheit des Bildes liegt im Auge des Betrachters; auch die Größe entfaltet sich im Auge des Betrachters. Schwester Althea, wir alle sind Kritikerinnen.«

»Das vermute ich«, nuschelte Althea.

Jadwiga stellte es schlau an, es gebe vielleicht im Kloster noch irgendwo Gemälde und Federzeichnungen, die ausgestellt werden könnten; sicher wollten die Schwestern sich doch ein wenig umsehen, lautete die Bitte.

Wollen war »sollen«, die Schwestern zerstreuten sich.

Althea hielt es für einen guten Vortrag. Nur drum herumüberlegen sollte man nicht. Sonst fielen die Löcher auf. Es gab die Wahrheit – und das, was man für die Wahrheit halten sollte. Althea sagte: »Jetzt muss Schwester Benedikta einen flinken Pinsel schwingen, um im Zeitplan zu bleiben.«

»Nonnen, die für die Polizei arbeiten – das klappt nicht. Nonnen, die für den Ruf ihres Klosters malen, das eine Förderin der Kunstszene auf Frauenchiemsee ist, das ist vorstellbar.

Oh, Schwester Althea, mir wird etwas flau.« Sie fuhr sich mit einer Hand über den Hals.

»Eine Priorin, die das Wohl ihrer Abtei im Sinn hat und der Mordkommission Schützenhilfe leistet – das klappt«, sprang ihr Althea bei. Doch damit hatte sie etwas gesagt, was Jadwiga erwischte, als hätte sie eine Ohrfeige bekommen. Und ihr fiel das Gespräch wieder ein: Die Priorin trug etwas mit sich herum, was sie glauben machte, sie müsse eine Entscheidung treffen.

Althea wartete mit ihrem Anruf. Leider musste sie auch warten, um das Bild zu untersuchen. Sie und Patrick Gräfes Porträt standen nicht mehr im Gang, aber in der Halle, die Priorin, die sich flau fühlte, auch, und Althea nahm das Bild und führte es Schwester Benedikta vor.

»Sah er so aus?«, fragte die.

Schwester Althea glaubte auch nicht, dass das Porträt ein Ebenbild von Patrick Gräfe war. »Er hat Geheimratsecken, und seine Nase ist breiter.«

»Das ist kein Kunstwerk, ich fürchtete schon … dann würde es mir schlimm vorkommen, Franka Mellis zu imitieren. Muss ich tiefstapeln? Aber ich darf doch einen formvollendeten Alligator malen?« Dann schaute sie auf das Bild des Kommissars. »War Franka Mellis großzügig mit seinen Vorzügen – Libertinage – oder eher im Gegenteil, was würdest du sagen?«

Althea hatte gewusst, die Schwester hatte Format; doch es war eine schöne Überraschung, dass sie den Porträtierten auch mit freier Brust malen würde. Würde sie doch?

»Vielleicht eine Handlung, die eine Frau ihren Geliebten tun lässt. Man sollte seine Brust sehen, die Hand am Gürtel, und der muss besonders sein.«

Jetzt kam die Modeeinkäuferin in ihr zum Vorschein. Du kleidest den Mann nicht ein, du ziehst ihn aus – und auch wenn du diese Vorstellung hinbekommst, woher sollte Schwester Benedikta sie haben? Althea fragte, ob sie ihr einige Bilder von einer männlichen Brust und von Händen und Hosen und Gürteln ausdrucken sollte. Und Schwester Benedikta lachte. »Ich muss natürlich noch einkaufen«, sagte sie und strahlte. Priorin Jadwiga wäre begeistert. Noch eine Einkäuferin. Und Althea musste zum Zeichenunterricht.

22

Zeichnen ist die Kunst, Striche spazieren zu führen.

Paul Klee

Tina hatte zu Althea gesagt, sie würden Franka Mellis kennenlernen, doch in Wahrheit lernte sie gerade ihre Mutter kennen.

Die eine und die andere. Und die andere, Rita, war freundlich, zeichnete auch einmal eine Karikatur, wenn man danach
fragte; sie wollte nicht besonders sein, sie war echt. »Authen-
tisch, würde man sagen«, verriet ihr ein älterer Herr, der sagte,
er habe seine Lieblingspension auf der Fraueninsel käuflich
erwerben können.

Eine kleine Geschichte, seine.

Tina hatte ein paar Zusagen. Es gab auch heitere Werke
von Franka Mellis. Sie nannte Schwester Altheas Namen im
Kloster Frauenwörth, die kümmere sich um die Ausstellung
und um alles, was damit in Zusammenhang stand. »Ihre Kunst
ist bei ihr in guten Händen«, versprach sie.

Das Vorhaben gefiel allgemein. »Es tut der Insel gut!«, hörte
Tina. Die Frau zeigte ihr ein Bild von einem Jungen mit seinem
Hund. Der Junge war in der Zwischenzeit ein Mann geworden
und der Hund leider gestorben. Aber die Zeichnung sei schön
und habe die Erinnerung an ihn lebendig gehalten.

Tina hatte Namen gesammelt, die würde sie Schwester Althea nachher mitbringen.

Im Atelier zauberte die Sonne gerade den schönsten Moment,
ließ es leicht und luftig erscheinen, ihr Gelb war noch zart.
Vielleicht wagte sie »glänzend« noch nicht nach dem Sturm.
Ein ausgefallener Gedanke, wusste Tina. Sie hatte mehr sol-
che auf der Insel. Tina setzte sich raus – auch vor achtzehn
Jahren hatte es diese besondere Ecke gegeben. Hatte sie ge-

lesen. Nur ein wenig einsehbar und doch versteckt hinter der Hecke.

Sie klappte ihr persönliches Inseltagebuch auf, »Logbuch« würde sie es nennen, hatte sie beschlossen, weil mit Hilfe des Logs zwar nicht die Fahrgeschwindigkeit gemessen wurde, aber durchaus der Kurs und wichtige Ereignisse. Wie Rita wollte Tina, dass sich darin mehr fand als nur die Aufzeichnungen des Tages. »Logbuch« fühlte sich vertrauter an.

Und so zeichnete sie, was sie gerade vor sich sah, zögerte ein wenig, in den anderen Aufzeichnungen weiterzulesen. Sie würde den Schmerz ihrer Mutter zu spüren bekommen, Valentin hatte davon gewusst, die anderen sicher auch. Aber nur er hatte ihn wirklich beachtet, er erinnerte sich.

Jetzt war es ausgesprochen worden. Der Kommissar wusste von der Tochter.

Wo sie stehen geblieben war, musste sie sich nicht fragen.

Ich verdiene ganz gut mit dem kleinen Maljob. Meine Karten verkaufen sich wirklich wie geschnitten Brot (den Ausdruck habe ich überhaupt noch nie verinnerlicht), aber genau das sagt Sandra Preis von Preis & Schaumer, meiner Galerie, und freut sich für uns. Sie trägt mir ihre Idee der besonderen Art an. Jetzt klingt sie ein wenig umständlich. Ein größeres Format, vielleicht eine Federzeichnung, in jedem Fall schwarz-weiß. Es blitzt vor meinem inneren Auge auch gleich auf, was sich kombinieren ließe. Die Hälfte einer Szene gezeichnet, eine Fotografie so eingearbeitet, dass es Neugier weckt.

Sie strahlt, sagt mir, wie herrlich einfallsreich. Dass sie wirklich keine Bilder von Franka Mellis brauchten. Nicht bei meinen Ideen und meinem Tempo. So anders.

Ich freue mich, endlich bemerkt zu werden. Stelle mir lieber noch nicht zu viel vor, fürchte vielleicht Enttäuschung. Doch in meinem Herzen hat sich das Pflänzchen Hoffnung wieder aufgerichtet.

Mein liebes Herz, ich fasse es besser noch nicht in Worte, ich

*verliere keinen Ton, doch ich bin ein wenig glücklich. War es
so lange nicht mehr.*

*Wenn meine Tina eines schönen Tages die Foto-Feder-Bilder
sieht und ein wenig stolz sagen kann … Ich überlasse es ganz
dir, etwas zu sagen.*

Wo waren sie, diese Federzeichnungen? Tina hatte sie nie gesehen. War es überhaupt dazu gekommen?

Ihre Mutter hatte die Angewohnheit, auch später noch,
die Zeit *Zeit* sein zu lassen. Kein Datum zu den Einträgen.
Tina müsste, wenn die Situation der Leichenauffindung (wie
schaurig) eintrat, die Tage und Wochen zurückrechnen. Die
Todesnacht von Franka Mellis minus … und so weiter.

Die Sonne hatte sich entschlossen, zu glänzen, Tina sah
aber die Schatten. Sie hatte sich einiges gewünscht, sie hatte
die Daumen gedrückt, dass Rita nicht mehr nachgeben, an
den gemeinsamen Abenden nichts zu sich nehmen würde.
Mitternachtsspitzen. Jedes Mal überlief sie ein Schauder.

Keine Pillen, Kaubonbons, keine Mixturen, nichts Opti-
miertes.

Obwohl es die sinnloseste Aktion überhaupt war. Es stand
dort im Buch oder eben nicht.

Ritas Erfolgserlebnis müsste ihr Flügel verleihen.

Ritas Erfolgserlebnis brachte sie zum Nachdenken und in
Schwierigkeiten.

*Ich bin in Prien gesehen worden. Vielleicht verhält es sich auch
anders. Aber Bernhard weiß etwas. »Neues Projekt, das etwas
bringt, wenn es gut ist«, sagt er und fragte: »Warum erzählst du
nichts?« Dabei weiß er sicher mehr über das »Warum nicht«.*

*»Wenn es gelingt, kann es ein wenig Geld bringen.« Besser,
ich staple tief. Mehr erfährt man von mir nicht, habe ich beschlossen. Ich werde mich hüten. Und diesmal tatsächlich.*

*Von meinem Plan habe ich niemandem erzählt, aber die
Skizzen finden sich im Inseltagebuch, und ich bin dazu über-*

gegangen, auf einem großen Zeichenblock mein Motiv zu entwerfen.

Ja, es macht mich stolz. Ob der Stolz anhält und mich trägt, woher soll ich es wissen? Das Gefühl ist ein gutes. Was man mir ansehen dürfte. So hat Bernhard es vielleicht bemerkt, oder er weiß es von seinem Vater. Schaumer, der andere Teil von Preis & Schaumer.

Feder heißt Tinte. Diese Art, zu zeichnen, ist nicht schwerfälliger, sie ist trocken und nicht nass, sie ist bestimmender und muss sicherer geführt sein, keine Verbesserungen. Keine Fehler. Ich habe mit einer Straßenansicht in Prien begonnen. Und die Leute, die dort flanieren, die fotografiere ich, eine Abendszene, keine Gesichter. Zwei Liebende, die einander an den Händen halten. Die sich vielleicht wiedererkennen. Und das dürfen sie auch.

Keine laue Nacht, ein frischer Wind, wir sitzen trotzdem zusammen, und Teddy zupft etwas auf der Gitarre.

Wir trinken Wein, und unter dem Tisch, in einem Kuvert, sind Gute-Laune-Pillen verstaut. Befestigt mit einem Klebestreifen. Falls der Kommissar und die Allgemeinmedizinerin vorbeikommen. Nicht zusammen, das kann ich mir nicht denken. Aber ich lasse die ausgestreckte Hand sinken, weil eine andere mir zuvorkommt. Ich sollte dankbar sein. Ich brauche diese Arznei nicht.

Von jenen Liebenden auf meiner Zeichnung und dem Foto zu einem anderen Paar. Thorsten Schwarz ließ sich hinreißen, er hat sich porträtieren lassen. Und hat spätestens jetzt Kenntnis, wofür ihn Franka hält. Bei ihr weiß man nicht, ob sie Spaß macht. Auch hier war es Zufall, denn Franka hätte mich das nicht mithören lassen.

Der Kommissar möchte das Bild wohl nicht. Er streitet nicht, ich habe nur die Enttäuschung mitbekommen, die sie wie verschüttete Flüssigkeit vom Tisch wischt, mit den Worten: »Zeig mir erst den Alligator, dann bekommt er Zähne.« Sie provoziert. Der tierische Gefährte ist nicht bissig und nicht gefährlich. »Thorsten, wie zögerlich du bist. Ich mag den Typ Mann nicht, der mich anschmachtet. Fehlen bloß noch Blumen. Ich bin nicht die Romantikerin. Du solltest wissen, wer ich bin.«

Romantisch. Ich wäre es gewesen. Aber dazu fehlt mir das Vertrauen.

»Die, die du versuchst zu sein, die bist du nicht. Warum machst du alle glauben, Franka Mellis sei unnahbar und kalt? Was sind deine Herzblumen, Frau Mellis?«

Er hat sie geknackt, ich bin verwirrt. Dunkle Rosen, Lilien. Wird sie es ihm sagen? Aber die Frage gerade ist eher – kann sie zurück von unnahbar und kalt?

Sie hat ihr Image aufgebaut und es so verändert, dass sie es längst selbst glaubt. Ich habe sie gefragt, ob sie nach Hause zurückgeht. Sie wusste es nicht. »Ich kann bleiben, verdiene Geld, werde geschätzt und gehasst, was will ich mehr.«

Oh, man kann so viel mehr wollen, Franka. Der Mann, der ihr seine Liebe anträgt, den wird sie nicht behalten wollen. Sie liebt nicht zurück.

Das sagt ein Blick aus ihren schönen Augen.

Wenn er verzweifelt genug ist, stirbt sie in seinen Armen. Er hat gedroht. Wenig romantisch, Rita.

Ist er dazu fähig?

Sie aber sieht in mir diejenige, die dazu fähig sein sollte.

Ich war in Gedanken, ich bin unsichtbar, ich will allein sein und stelle meine Staffelei zwischen den Bäumen auf. Keine Blicke, die mich stören. Die Stimmen habe ich zuerst überhört, dann, als sie näher kommen, weiß ich, da versuchen zwei das Gleiche wie ich. Verschwiegenheit. Franka und Bernhard, und es geht um etwas, von dem ich schon einmal nur einen Gesprächsstreifen empfangen habe. Unbeabsichtigt. Der Deal. Diesmal aber kann ich nicht weghören. Mich bemerkbar machen, das kann ich – und verpasse den Zeitpunkt, bevor es spannend wird und ich mehr erfahren will.

Ich platze mitten hinein mit dem Zuhören.

»Die Mischung ist dick aufgetragen. Ich liebe sie, aber das verträgt nicht jeder. Wir haben vielleicht ein Problem – noch ist die dumme Kleine in der Klinik, sie ist nicht gestorben, aber durchgedreht. Sie hat zu viel eingeworfen. Bleibende Schäden womöglich. Kann sein, sie erholt sich nicht, kann sein, sie erinnert sich nicht. Wäre irgendwie gut. Das hübsche Porträt von ihr sollte nur an der Wand hängen, dann ... müssen wir uns nicht fürchten.«

Der Deal. Aber ich verstehe nur die Hälfte. Irgendwelche Drogen in den Bildern. Der Kommissar hatte genau danach gefragt. Zum Ablecken? So ist es sicher nicht gemeint.

Wie dann?

Ich weiß von etwas, habe nicht danach gefragt. Der Kommissar möchte keine Täterin, in die er sich verliebt hat. Ich will nicht wegschauen, doch der Moment, in dem ich genauer hinschaue, wird mich vernichten.

Die Bilder, die Franka anbietet, sind teuer. Die Kunden wissen, was sie bestellen?

Eine Überdosis, wie es klingt. Mir wird eisig, so gefühllos, wie Bernhard redet. Er hat, hier würde man sagen, kein Gespür für die Dinge. Für die Menschen auch nicht.

Verdorben, das war er. Wie eine Frucht, deren Fäulnis man erst beim Anschneiden entdeckt.

Valentin hat das auch begriffen, früher als ich. Er hat sich ein wenig abgesondert. Viel zu bunt, hat er an einem Abend gesagt. Zu unberechenbar, dachte er?

Die Staffelei kippt ein wenig, mein Block rutscht. Ich muss lachen. Die Umstände haben mich verraten.

»Ihr Tollen«, so viel von mir. Ich spuckte aus. Packte meine Sachen zusammen. Ich wollte noch immer allein sein. Bernhard und Franka sahen sich bloß an. Franka schüttelte den Kopf, Bernhard sagt etwas wie: »Du hast nichts gehört, Rita.«

Ich zog mit Staffelei, Block und Koffer von dannen. »Ich

brauche einen Kaffee«, sage ich. Ich brauchte ehrlicherweise
etwas Stärkeres.

Sollen sie sich doch ihren Reim darauf machen. Soll ich wet-
ten, wer versucht, mich zu bestechen? Ich höre nicht mehr auf
zu lachen. Es ist zu düster, und dabei stehe ich im Licht.

Valentin Zeiser spielte auch eine Rolle, und sie fragte sich, ob
er wirklich geglaubt hatte, in den Hohlräumen würden nur
Schmuckstücke untergebracht. Kaum. Als er dahinterkam,
hatte er sich was herausgenommen?

Tina wollte nicht aufhören zu lesen, sie hatte allerdings eine
Verpflichtung.

Aber mit Rita zusammen konnte sie sich auf die Federzeichnungen freuen. Der Gedanke war noch besser als der mit
den Porträts und den Tieren, die der Person gegenübergestellt
wurden.

Jetzt blätterte Tina nach der Skizze – und fand sie. Dazu
ein eingeklebtes Foto. Das Liebespaar in der Dämmerung von
hinten aufgenommen. Die Hände verschränkt. Zusammen.
Wir. Immer. Es war nur ein Gefühl, das sie überkam, aber es
war stark. Das Bild, sollte es das gegeben haben, war den Galeristen aus den Händen gerissen worden. »Mama … warum
hast du dir die freudigen Momente nicht anmerken lassen?«,
flüsterte Tina in die sonnengetränkte Luft.

War etwas passiert – und was war passiert, dass niemand
auf der Insel etwas wusste? Oder schwieg man es tot?

Dann war Schwester Althea in Gefahr, weil sie die Insulaner wachrüttelte. Dann war die Person, die die Flaschenpost
schrieb, in Gefahr, weil sie das Gleiche tat, nur im Verborgenen.

Dann bist du in Gefahr, weil du das Tagebuch hast, sagte
sie sich.

Ein bisschen viel Gefahr. Unsinn.

Niemand war in Gefahr.

23

Hab keine Angst vor der Perfektion,
du wirst sie nie erreichen.

Salvador Dalí

»Sie trauen sich was, Schwester Althea«, grüßte Maximilian, dem sie an der Abzweigung zum Weg und zum Atelier Inselsonne begegnete.

Was hatte ihn beeindruckt? Nicht, dass sie nachbohren wollte, aber …

Althea hatte mit der ehemaligen Richterin gesprochen. Um die sie sich keine Sorgen machen wollte. Die aber, wie es den Anschein hatte, plante, auf »Studienreise« zu gehen. Nett gedacht, Althea – das war kein Eigenlob. Friederike würde jemanden erwarten.

»Deine Oma Friederike wird uns alle im Blick haben, auch die Hände der Gäste. Du weißt von der Ausstellung?«, fragte sie.

Maximilian wiegte den Kopf. Was glauben Sie? Das sagte er nicht.

»Einen Fotografenjob hätte ich zu vergeben, denn ich möchte nicht ungebührlich viel Zeit investieren müssen, um Schwester Dalmetias Fotos ansehnlich zu bekommen.« Sie war kränkend ehrlich.

»Scharf heißt wohl nicht aggressiv. Was begegnete Ihnen heute schon Gefährliches der zweideutigen Art, Schwester Althea?« Ein Kichern.

»Die Schwester drückt ab. Das Ergebnis ist verschwommen und rätselhaft. Scharf ist ein Unwort«, sagte Althea. »Wie sieht es aus, könntest du vielleicht einspringen? Dir Zeit freischaufeln? Bekomme ich deine Zusage für den nächsten Freitag?«, fragte sie ihn.

»Grade gefällt es dem Herrgott, dass ich am nächsten Freitag früher Schluss habe und ziemlich rechtzeitig auf der Insel sein kann.«

Noch einer, der ziemlich rechtzeitig da sein konnte. Althea schmunzelte.

»Aber auch wenn es dem Herrgott nicht gefällt, hast du wirklich früher aus?«, wollte sie sicher sein.

»Wirklich. Ich schummle nicht, Oma Friederike würde einem Schulschwänzer so eine Aktion nicht durchgehen lassen.«

»Zunächst eine andere Aktion«, sagte Althea. »Wir gehen zeichnen. Ich habe übrigens dein Bild gestern nur aus den Augenwinkeln gesehen …«

Maximilian blieb stehen, schlug seinen Block auf. »Der kommende Claude Monet«, sagte er grinsend.

»Das ist … nicht weniger als beeindruckend, Maximilian«, sagte Althea und spitzte die Lippen. Er hatte ein gutes Empfinden, eine gute Hand und *den Blick*. Und auf seiner Zeichnung waren die Umrisse zu sehen von einigen Leuten, die sich gegen den Sturm stemmten.

»Jetzt klingen Sie ungewohnt ernst«, fiel ihm auf.

»Ich bin ernst. Für dein Kunstwerk finden wir einen richtig schönen Platz – was denkst du, stellen wir es, wenn es fertig ist, auf eine Staffelei im Klosterhof? Leihgabe eines heimischen Künstlers für das Kloster.«

Er war etwas unentschlossen. »Oma Friederike wird lachen, im Landschulheim wird man mir einen Namen geben, und ich bin echt kein bisschen überzeugt von mir – ganz schlecht finde ich es aber nicht.«

»Wenn du es dann später *gut* findest, sollte es dir egal sein, ob Oma Friederike lacht und sie dir im Landschulheim einen Namen geben. Du weißt doch: Neid ist die aufrichtigste Form der Anerkennung«, erklärte Althea.

»Immer noch ernst«, sagte Maximilian, der ihre Augen beobachtete.

Und ich muss es schaffen, mein eigenes Arrangement für die Ausstellung aufzupeppen. Aber sie sagte: »Schwester Althea wäre gern in deiner Position.« Sie ließ ihn ihre Zeichnung sehen.

Er drehte den Kopf, sagte: »Das ist es überhaupt. Warten Sie«, nahm den Block und trennte das Blatt heraus, drehte es um und legte es wieder hinein. »Sieht gleich ganz anders aus.«

Es sah gleich »richtig« aus. Sie würde es hinbekommen, nahm sie sich vor. Eigenartigerweise sah ihre kleine Zeichnung gekonnt aus. Hier und da noch einige Radierungen und vielleicht »Wellenarbeit«.

Tina erwartete sie im Atelier. Sie war allein, Althea und Maximilian waren die Ersten. »Schwester Althea, Maximilian«, grüßte sie auch gleich mit einem warmen Lächeln. Sie hatte zwei dicke Notizbücher vor sich liegen. Eines neu und frisch. Auf dem anderen befanden sich aufgeklebte Fotos, winzige angerissene Zettel, die befestigt worden waren, Namen, Unterschriften. Älter, anders. Althea überkam ein komisches Gefühl. Grundlos, sagte sie sich und war sich gar nicht sicher, ob es sich wirklich so verhielt und nicht gerade eine Erinnerung Zutritt verlangte.

Der Moment verschwand, als Tina ihr einen Stoß Zettel gab. »Es war gut, zu fragen, und es hat Spaß gemacht, die gespannten Gesichter und die Freude zu sehen. Der Klosterhof wird angefüllt sein mit zahlreichen Werken, großen und kleinen«, sagte Tina.

Sie war wirklich davon überzeugt.

Die übrigen Kursteilnehmer ließen noch ein wenig auf sich warten, darum sprach Althea es aus: »Sie haben sicher auch einige Geschichten zu Franka Mellis gehört. Ich habe vielleicht den absolut falschen gelauscht, aber – bekannte Künstlerin hin oder her – es waren zwei Freundinnen, die nach Frauenchiemsee kamen. Und ich frage mich, ob sich Rita vielleicht zur Ausstellung sehen lassen wird. Valentin, der Klosterwirt, hat einige schöne Karten von ihr aufgehoben. Er kannte und mochte sie. Wenn wir noch ein wenig mehr fänden, wäre ich sehr froh«, sagte Althea, die ahnte, dass Tina sicher ebenfalls einige kuriose Geschichten gehört hatte. Hoffentlich nicht nur gereizt und abwertend.

Warum schaute sie Althea jetzt mit einem so komischen Blick an?

»Es soll Federzeichnungen gegeben haben, die Freundin arbeitete für eine Galerie in Prien«, sagte Tina etwas zeitverzögert, so als habe sie überlegen müssen.

Zu fragen, worin die Überlegung bestand, gelang Althea nicht mehr, denn die übrigen Kursteilnehmer trudelten ein.

Peter Fels. Wichtig. »Das ist brandneu, sozusagen.«

Dina Schneider. Misstrauisch und verhalten. »Aber das interessiert doch nicht. Schwester Althea, wir sind heimische Künstler, darf man fragen, ob wir auch in der Ausstellung vorkommen?«

Clara Helfrich. Locker. »Wir sind Anfänger.«

Wurde das jetzt ein Spießrutenlauf? Althea, die entscheiden sollte, was in den Klosterhof kam und was nicht, wer talentiert war und wer nicht. Hätte man über so manchen Künstler gesagt, der war talentiert? Sie glaubte es nicht und musste es zum Glück nicht glauben. Dafür gab es Experten, und sie musste sich unauffällig verhalten – oder alle Kursteilnehmer zur Ausstellung bitten.

Was wohl einfacher war. Und den Ball abgeben, das würde sie nicht. Die Stipendiatin hätte noch genug zu entscheiden …

Althea sagte schlicht: »Wir fünf werden jeder eine Leinwand bekommen. Schüler des Zeichenkurses der Gemeinde Chiemsee.« Ihr fiel auf, dass sie den Familiennamen von Tina bislang nur einmal gehört – und vergessen hatte.

»Fabelhaft«, freute sich Dina.

»Klingt gut.« Auch Clara nickte, die ihren Blick auf den Zeichenblock fallen ließ. »Ich muss daran noch hart arbeiten, sonst blamiere ich mich noch.«

»Lassen Sie schauen – das glaube ich nicht«, sagte ihr Tina.

»Wenn Sie möchten und sich besser fühlen, versuchen wir es in Farbe.«

»Ich habe keine Farbstifte«, sagte Clara kleinlaut.

»Aber ich habe genug, um es auszuprobieren«, gab Tina zurück. »Wir bekommen etwas Gutes zustande.«

Sie bemühte sich um ihre Schüler, was Althea gefiel. Peter Fels wurde unruhig, wollte wissen, wo gemalt wurde. Weil es im Kaisergarten ganz gut gewesen war und er bei einem Bier seine Welle mindestens so gut hinbekomme, »wie der Radiosender es hinbekommt, eine angebliche Beobachtung als Tatsache zu verkaufen. Jemand soll in Prien die Frau gesehen haben, die vor achtzehn Jahren Franka Mellis gefunden hat. Rita Dings.« Er schlug die Hände aneinander. »Irgendwas mit Gewitter.«

Althea stutzte. Der Heimatsender hatte eine Meldung gebracht, Rita Donner sei in Prien gesehen worden? Wer könnte das erzählt haben, wo sie sich noch gedacht hatte, das wäre kein übler Gedanke? Und jetzt hatte er Füße bekommen. Ihr war nicht mehr ganz wohl dabei.

Für den Rest des Nachmittags versuchte Althea, sich auf den Kurs und die Anforderungen zu konzentrieren. Sie saßen wieder im Kaisergarten, ließen sich die Sonne auf den Pelz scheinen, zeichneten, beratschlagten, lachten.

Sie schaute des Öfteren auf Maximilians Handgelenk. Jetzt zog sich die Zeit wie Kaugummi, schleppte sich dahin, als trüge sie eine schwere Last. Althea und ihr Vorhaben, sie musste aufhören, die Minuten würden nicht schneller vergehen, auch wenn sie es wünschte. Also radierte sie helle Flecken aus ihrer Zeichnung, dämpfte die Übergänge und schaffte es, einen wolkigen Himmel zu zeichnen, die kleine Insel und einen bewegten See, sogar Wellen. Die winzige, schaumige Rauheit, mit dem Trick, den Tina ihnen zeigte. Die Wellenlinie verformen. Sie lernten etwas über den Effekt der Schwingung. Viel Hell zwischen dem Dunkel.

Am Ende sagte ihnen Tina, wie gut sie alle gearbeitet hatten, und sie bestellten sich zum Abschluss noch eine Kleinigkeit zu essen.

»Wir zeigen uns, Schwester Althea!« Peter Fels prostete ihr zu. »Sie haben so ein betroffenes Gesicht gemacht, vorhin. Müssen Sie Angst haben, Rita Gewitter kommt und sprengt die Ausstellung?«

Das hatte Althea nicht überlegt, sie dachte eher, es würde einiges Aufsehen geben. Die Gruppe von damals würde sich aufregen, Fragen stellen, womöglich mit Beschuldigungen um sich werfen.

Die ehemalige Richterin würde vor Ort sein. Was vielleicht auch ganz gut war.

»Ich sollte mir vielleicht einen Kamillentee bestellen.« Sie hatte ihren Gedanken laut ausgesprochen. Das war nicht hilfreich.

Ich interessiere mich dafür, was Rita Donner zu Schwester Benediktas Werk sagt. Jeder schaute auf sie, wartete auf eine Reaktion.

»Rita ist eine Frau, deren Freundin sie überflügelte. Aber ich habe Bilder von beiden Künstlerinnen gesehen, und so unterschiedlich ihre Charaktere waren, so verschieden malten und zeichneten sie. Es wird eine Ausstellung, die von sich reden machen wird. Rita Donner kann sicher sein, ihre Werke werden nicht in ein Eck gestellt. Mir gefallen ihre Zeichnungen, wohingegen ich zugeben muss, Franka Mellis' Stil behagt mir nicht unbedingt. Und schauen Sie mich nicht so zweifelnd an, Herr Fels, ich darf einen Standpunkt vertreten und begehe keine Sünde.«

»Hab ich doch nicht mal gedacht – ach was, sündig. Die Vergangenheit gibt schon einiges her, gell? Aber wir sind ja im Heute zu Hause, Schwester Althea.«

»Willst du jetzt ein Arsch sein, Peter?« Clara hielt sich nicht zurück.

Der Angesprochene murmelte etwas, war aber zu verdattert, um sich zu wehren.

»Ich glaub, ich sollte jetzt allmählich …«, begann Maximilian und trat Althea auf den Fuß. »Ich muss noch ein paar Details für ein Referat recherchieren. Eine Klosterfrage. Ich bin ein wenig faul gewesen, auch anderweitig beschäftigt, und hoffe auf Unterstützung.«

»Dann zeigst du mir deinen Stoff. Referate mochte ich gar nicht, aber wir werden sehen. Und so verabschiede ich mich auch«, sagte Althea. Sie bedankte sich bei Tina. »Das war heute eine Rettungsaktion.« Zu den anderen sagte sie: »Bringen Sie Ihre fertiggestellten Bilder ins Kloster. Bitte alle signiert. Spätestens am Donnerstag, nicht vergessen. Die ehemalige Richterin übernimmt am Freitag die Kasse.« Damit es auch alle wussten.

»Ich nehme morgen die erste Fähre, damit wir noch etwas erledigen können.« Wir. Das ging aber nicht. Wirklich, Althea, das kannst du nicht zulassen.

Kein Einbruch. Dann brauchte sie den Zweitschlüssel. Besser den Generalschlüssel.

Es gab nur ein winziges Hindernis – wo wurde der aufbewahrt?

Erinnere dich, sagte sich Althea. Schulzeiten. Wenn sie sich früher hinausschleichen wollten, mussten sie auch wieder hinein.

Hm. Althea hatte ein Toilettenfenster im Erdgeschoss angelehnt. Sie war geklettert. Die weniger Beweglichen aber nicht.

Friederike Villbrock. Unschöne Erinnerung. Deren Mutprobe war es gewesen, einen Schlüssel zu stibitzen. Sollte sie die ehemalige Richterin fragen, wie sie es angestellt hatte? Denn … angestellt hatte sie sicher nichts. Sie war vielleicht Beobachterin gewesen und hatte es schließlich gewagt.

Du kannst jetzt unmöglich nachfragen!

24

Inspiration existiert, aber sie muss dich arbeitend vorfinden.

Pablo Picasso

Du hast dich umgeschaut, als du davon gehört hast. Rita. Als könntest du es glauben.

War es ein Spaß, den der Heimatsender sich erlaubte? Wie mit diesem Mr. Undercover?

Obwohl, du weißt nicht, was an Neugier spaßig ist. Sie ist gefährlich.

Und wenn du dich nicht täuschst, weißt du, wer Mr. Undercover ist. Ihm wirst du die Suppe gründlich versalzen.

Er weiß zu viel. Und er weiß, dass du es weißt. Aber er hält dich für schwach.

Dein Plan hat noch etliche Löcher. Die Stipendiatin muss das Inseltagebuch haben, obwohl du gesehen hast, wie sie in ihrem eigenen zeichnet und schreibt. Wie ihre Mutter. Jetzt müsstest du von ihr erfahren, ob Rita in Prien ist, und weißt nicht, wie du es anstellen sollst.

Die Flaschenpost, darüber konntest du etwas erfahren, denn ihr sitzt doch alle *im selben Boot.* Das würde zu einem Nordlicht passen. Die Hamburgerin wagt einiges.

Valentin sagt über sich, er wird verrückt, wenn er jedes Mal die zusammengerollten Pamphlete überbringen muss. Dir war nicht klar, dass er überhaupt weiß, dass es ein solches Wort gibt. Unterschätzt? Egal.

Aber wenn doch … denk mal anders. Könnte der Klosterwirt so tun, als ob, und die Flaschenpost ablegen, sie wieder aufsammeln und überbringen …? Wäre er dazu fähig? *Das* wäre ein Täuschungsmanöver.

Du solltest es herausfinden. Ihr kennt euch doch, du hast ihm immer leidgetan. Franka Mellis, die dich irgendwann wegdrängt. Etwas Ähnliches hat er damals gesagt. Du tust ihm vielleicht immer noch leid.

Ein bisschen ermitteln. Ein wenig herumfragen. Mit den alten Bekannten reden – Freunde waren sie nie.

Du wusstest genau, wie es geht. Das mit den Drogen. Du konntest dir denken, dass es ein Versteck dafür braucht. Sorgte Valentin für diese Verstecke?

Das weißt du nicht, das reimst du dir zusammen. Wenn sich nichts ergibt, wenn weiter gedroht wird, wirst du deinen kleinen, schaurigen Plan umsetzen müssen. Niemand sollte das Bild bei dir sehen. Gerade hat Schwester Althea die Idee ins Spiel gebracht. Sie ist auf der Suche … nach etwas Bestimmtem?

Die Insel steht kopf. Und die Hamburgerin kommt daherspaziert und bringt dir den Flyer.

Weil es doch um Gefühle geht. Weil Bilder etwas in uns zum Klingen bringen. Das hat sie wirklich gesagt. Na warte! Hast du dir gedacht.

Wie leichtfertig. Wenn es Absicht war, ist es eine dumme Absicht. Und dazu ein Lächeln.

Ihr werdet gestört. Das kannst du jetzt gar nicht brauchen. Er funkt dazwischen. Es gebe gewiss ein Bild. Ein ganz besonderes. Schulterzucken. »Das besondere für Arme.«

Damit hat er sein Schicksal besiegelt. Dir reicht es gründlich.

»Ja, wie war das damals?«, lautet die Frage. Er fixiert sie mit seinem Blick.

Der anderen ist das alles unangenehm. Sie steht noch immer im Eingang, faselt etwas von einem Preis, der ausgelobt wird, und jeder, der eine Zeichnung, ein Bild von einem Chiemsee-Maler besitzt, auch von Franka Mellis natürlich, und dieses Bild im Kloster ausstellt, dürfe seinen Namen in einen Beutel werfen. Tina biete dem Gewinner, der gezogen werde, ein Porträt an mit einem Detail, das man mit ebendieser Person verbindet.

Ein Rätselbild, ist deine Übersetzung.

Was dich fürchterlich aufregt, wofür du ihr gern einen Stoß versetzen würdest. Du lachst nicht, aber er lacht schallend. »Umwerfende Idee!«

25

Kunst besteht aus Begrenzung.
Das Schönste an jedem Bild ist der Rahmen.

Gilbert Keith Chesterton

Maximilian holte aus seiner kleinen Mappe, die nach Kunst aussah, aber das Einbruchswerkzeug enthielt, das Dietrich-Set heraus.

Wir schaffen uns kein Problem, dachte Althea. Sie wollte ja nicht einbrechen, nur nachschauen. Und Maximilian konnte vielleicht ... »Dein Referat. Wäre es annehmbar, wenn du Theo Sachs, wie er sich vorgestellt hat, fragst, worauf ein Crime-Watcher besonderes Augenmerk legt?«

»Er macht sich echt über die alten Knochen her? Da sollte er doch schon alles haben«, sagte Maximilian.

»Dieses ›alles‹ ist vielleicht ›gar nichts‹. Ich weiß es nicht. Er fragt Leute aus. Er ist unangenehm.«

Wenn du mehr nicht hast – was ist so furchtbar an dem Mann? Die Unangenehmheit seines Wesens, hätte sie gesagt. Wenn das alles ist, Schwester Althea. Sie fragt einen Schüler, sie fragt den Enkel der ehemaligen Richterin. Das sollte bitte keine Folgen haben.

»Maximilian ...«

»Der ist komisch. Der Kommissar, Ihr Neffe, weiß vielleicht mehr. Aber vielleicht auch nicht. Sie zeigen Initiative und ... ich auch. Es gibt ja an der Schule wirklich Seminare, die Verbrechen behandeln, ›achtsames Morden‹ oder so in der Art. Also, für meine Klasse nicht. Aber hey, es gibt sie. Ich kann fragen, wie man vorgeht, wenn einen ein bestimmtes Verbrechen interessiert. Es geht auch um die Familien der Opfer, um Rücksichtnahme. Na ja, zu viel. Familie gab es in diesem Fall nicht.« Maximilian nahm seine Unterlippe zwischen die

Zähne. »Mir fällt schon etwas ein. Aber … Schwester Althea, was macht es für einen Unterschied, welches Werkzeug den Weg öffnet?«

»Ein Schlüssel erregt kein Aufsehen«, hatte sie gerade gesagt. »Werkzeug hört sich unerlaubt an. Ein Schlüssel passt dort hinein, es könnte meine Aufgabe sein, nach dem Rechten zu sehen.«

»Um halb sechs Uhr abends. Wie haben Sie jetzt den Schlüssel organisiert? Das wäre der Zweitschlüssel, denn Theo hat sicher den anderen. Schwester Althea« – ein genauerer Blick –, »Sie haben noch keinen Zweitschlüssel.«

Sie drehte den Kopf langsam hin und her. »Nein. Deine Oma Friederike wüsste vielleicht vom Geheimnis der Schlüssel.« Althea musste lachen.

Maximilian riss die Augen auf. »Die gemeinsame Zeit im Internat … Aber Oma Friederike hat sicher nichts direkt Ungesetzliches getan«, sagte er voller Überzeugung. Es klang, als wäre er leicht enttäuscht.

»Nein, so direkt nicht«, bestätigte Althea. »Aber sie hätte eine Idee, wo der Generalschlüssel ist. Sieht aus, als ginge der Part an mich.«

So, Althea. Zimmer 7 lag im Erdgeschoss. War die Witterung so, dass man einen Fensterspalt offen ließ? Wahrscheinlich würde man das Fenster kippen. Und sie brauchte ein Werkzeug, um den Hebel hinunterzudrücken.

Leider auf der Vorderseite. Einsehbar. Im Ornat wäre es auch schwieriger, zu klettern, aber nicht unmöglich. Und die Dämmerung würde sie vielleicht verschlucken.

So erklärte sie es Maximilian, der den Kopf schüttelte. »*Das* wäre Einbruch. Das darf ich Sie nicht tun lassen. Sie sind eine Ordensschwester. Wenn das rauskommt – die kündigen Ihnen!« Er schnaufte.

Nicht ganz so, aber so ähnlich, musste Althea eingestehen.

»Überlegen Sie – wo werden Schlüssel aufbewahrt, die wiedergefunden werden müssen?«

Sie musste wirklich überlegen. »Wenn du schon immer etwas über das Kloster Frauenchiemsee wissen wolltest, dann gehen wir durch die Hintertür – natürlich nicht wirklich –, doch dann könnte ich dich mitnehmen, und wir würden Friederike nicht misstrauisch machen.«

»Das wäre gut. Ich wüsste gern, ob es im Kloster wirklich spukt?«

»Darüber weiß Schwester Martha ... auch nicht wirklich etwas«, sagte Althea. »Aber sie hat sicher eine Geschichte, wenn du magst. Eine angenehme Hintertür.«

Der Enkel der ehemaligen Richterin recherchierte, unterhielt sich mit Schwester Martha im Garten, und Schwester Althea berichtete Priorin Jadwiga, wie es voranging. Auch mit ihrer Zeichnung im Kurs, die sie ihr beherzt zeigte.

»Ich erkenne alles, und das ist für die angehende Künstlerin ein Lob.«

Alles zu erkennen, ein Lob?

Gefühlsduselig zu sein, dafür war keine Zeit, Althea brauchte eine Überleitung. Wie könnte sie auf die Schlüssel zu sprechen kommen? »Ich erinnere mich allgemein nicht gut an die damaligen Ereignisse. Hast du gehört, dass Rita Donner auf der Insel gesehen wurde?«, fragte sie und brauchte keine Antwort. »Wenn es die Frau tatsächlich auf die Insel verschlägt ... unsere Zellen sind nicht zu verschließen. Wer hat die Zweitschlüssel für die Zimmer der Gäste?«

»Ist das ein gefährlicher Gedanke?«, fragte Jadwiga.

Ja, auf eine andere Art war es ein gefährlicher Gedanke. Sie hatten einen ganz eigenartigen Gast.

Jadwiga rieb sich die Nase. In Aufregung versetzen wollte Althea niemanden und hatte vielleicht genau das gerade getan. »Hat sich nicht verändert. Seit Schulzeiten nicht. Ist das unklug? Ich dachte immer, darauf würde niemand kommen. Valentin hat es gebaut.«

Valentin.

Sie brauchte keinen Schlüssel. Sie wusste es nicht.

»Und auf den ersten Blick, vielleicht auch auf den zweiten, ist es nicht zu sehen«, sagte Jadwiga.

Vielleicht war es Altheas besorgter Augenaufschlag, der die Priorin sagen ließ, dass der Klosterwirt, wie sie wisse, auch Hausmeisterarbeiten erledige.

»Ein Schubfach.« Blind geraten.

»Nein, kein Schubfach. Und wenn du es nicht weißt, besteht keine Gefahr, Schwester Althea.« Jadwiga lachte.

Die Priorin hatte ihren Abend soeben komplizierter werden lassen.

Maximilian verabschiedete sich von Schwester Martha – mit einer Ghetto-Faust. Er gefiel ihr und sie ihm. Was Althea erleichterte.

»Offenbar gibt es im Kloster hin und wieder eine Präsenz, die durch die Gänge wandert.« Das wusste Maximilian jetzt. Wusste Althea nicht.

Schwester Martha sagte, es sei eine menschliche Präsenz mit Namen Schwester Althea. Schwester Martha sei nicht mehr jung, aber irgendwie jung geblieben.

»Von dem Spaß hat sie auch erzählt, den Sie beide sich erlaubt haben. Und so, wie Sie gucken, Schwester, waren Sie nicht erfolgreich.«

»Gar nicht. Ich habe eine Adresse bekommen«, muffelte Althea.

»Wie schön, dass der Generalschlüssel stets im Büro der Priorin zu finden ist«, sagte Maximilian. »Schwester Martha verriet, sie schläft meist nicht so gut und sie sieht einiges. In letzter Zeit gehäuft.«

Gehäuft. Martha hatte sie gesehen. Martha schaute hin.

»Ich hätte sie fragen sollen«, sagte Althea. »Wir wussten einiges voneinander. Und jetzt ... fasse ich sie mit Samthandschuhen an, weil ich um ihre Aufregung fürchte. Ich fürchte vielleicht um die falschen Dinge.«

»Das bringt Ihnen noch keinen Generalschlüssel, Schwester Althea.«

Es dämmerte, sie würde Maximilians Werkzeug ausprobieren. Zuerst an einer anderen Tür. Das brachte ihr auffallende Blicke. Es funktionierte bemerkenswert gut, und Maximilian lachte.

»Ich gehe jetzt fragen. Crime-Watcher. Hoffentlich kann ich das so richtig ernst bringen. Der Typ sieht nach Schauspieler aus. Toupet und Schminke und ein Bauch, wenn es den überhaupt gibt. Vielleicht hat er ihn auch eigens angefuttert – okay, ich locke ihn heraus.« Mitgefangen. »Sie bekommen mein Handy.«

»Ich mache Fotos und schaue, was es zu schauen gibt.« Mitgehangen.

»Aber, Schwester Althea, machen Sie schnell, bevor meine Fragen alle sind.«

Kein Zwinkern. Sein Telefon. Althea ging die Funktionen mit ihm durch.

Dann verschwand sie um die Ecke.

Maximilian machte sich bemerkbar. »Mr. ... Herr Sachs, ich bin neugierig, aber für die Schule. Sie sind ein Crime-Watching-Typ, sagt Schwester Althea. Darum ... darf ich was fragen?«

Er fragte laut genug, fand Althea.

Und tatsächlich, Theo Sachs kam heraus, war misstrauisch. »Bist du nicht derjenige, der mich verdächtigte, ich hätte nachts etwas am See abgelegt? Das ist jetzt entweder echt dreist oder ein Gefallen für die Nonne, die sich nicht zu fragen traut.«

Jetzt hätte Althea einspringen müssen.

Maximilian sagte: »*Gefallen* gefallen mir nicht sonderlich. Aber der Verdacht, der hat was. Und weil ich auch einen Mund habe, um zu fragen, frage ich – gibt es Todesermittlungen?«

Althea konnte sicher sein, der Enkel der ehemaligen Richterin kam zurecht. Und sein Einstieg verursachte ihr Gänsehaut auf den Armen.

Theo Sachs sagte: »Gut. Du hast dir Gedanken gemacht. Also bin ich nicht so und gebe Auskunft.«

Dann machte er die Tür zu und ging zusammen mit Maximilian den Hügel hinunter. Der hatte seinen Block gezückt. Althea war beeindruckt.

Sie lief zurück, erst einmal war die Luft rein. Ihre Finger zitterten kein bisschen, das erlaubte sie sich nicht. Sie musste es schnell bewerkstelligen, fummelte die beiden ungleich langen, schmalen Schlüsselwerkzeuge ins Schloss. Auf ihr erstes Drehen hin öffnete sich nichts. Beim zweiten Mal hatte sie Erfolg.

Sie wollte kein Licht machen, aber ohne würde sie im Zimmer nichts sehen. Sie ging zum Schreibtisch hinüber. Unterlagen. Jede Menge Unterlagen. Fotos. Althea beschloss, sie zu fotografieren, es würde nicht schnell genug gehen, alles durchzulesen.

Sie zuckte vor dem Buch zurück, das in Handschrift fein säuberlich geschrieben war. Ein Journal? Sie blätterte kurz, eine Seite war stärker. Es war ein kleines Foto. Und Althea holte Luft. Das zu finden hatte sie nicht erwartet. Sie ließ die Handykamera die Arbeit übernehmen.

Überlegte einen Moment, durfte sich keine Zeit lassen. Sie ging hinüber zum Nachttisch. Was für ein Buch las er? Was trug er nachts?

John Grisham. Shorts und T-Shirt.

Sie ging ins Bad. Schnupperte. Was für einen Duft benutzte er? Jean Paul Gaultier. Sie erkannte ihn nicht. Aber sie mochte ihn.

Der passte nicht zu dem unsympathischen Mann.

Sie öffnete den Schrank, wollte ihn gleich wieder schließen, tat es nicht. Jetzt dachte sie an Verstecke. Sie untersuchte seine zusammengelegten Socken. Weil sie ordentlich waren, wo sonst ein wenig Durcheinander im Schrank herrschte.

Geldscheine, gerollt. Und ein Personalausweis, den er gekonnt dort untergebracht hatte.

Althea setzte sich auf den Boden. Der Schreck fuhr ihr in die Glieder.

Fotografier ihn.

Sie musste gehen, sie war schon zu lange hier, zu lange brannte das Licht im Zimmer. Wo doch der Gast nicht drin war.

Maximilian hatte sich wohl eine ganze Geschichte ausgedacht und sicher zahlreiche Fragen.

Althea verließ den Raum, wie sie ihn vorgefunden hatte. Nur dass dort jetzt überall ihre Fingerabdrücke waren.

Sie hatte mit Maximilian vereinbart, wenn er vor dem Gebäude stand, sollte er laut sagen: »Das war interessant.« Dann war Althea gewarnt. So war es gut.

Sie hatte nicht bemerkt, dass eine andere Tür aufgegangen war, als sie die von Zimmer 7 schloss.

Tina schüttelte den Kopf. »Was machen Sie bloß, Schwester Althea?«

Jetzt war guter Rat teuer.

26

Auch die Wirklichkeit muss geformt werden,
will man sie zum Sprechen bringen.

Friedrich Dürrenmatt

Tina hatte sich wieder ein paar Tagebucheinträge vorgenommen. Es las sich allmählich wie ein Krimi. Es ist ein Krimi, Tina Jensen.

Immer kommt mir der Zufall nicht zu Hilfe. Es gibt böse und gute Zufälle – oder auch keinen.

Valentin wird vielleicht mit mir reden, denke ich mir. Aber ich treffe ihn nicht an. Oder er will mich nicht sehen.

Dafür sehe ich, wie Franka einen der Fischer lieb bittet. Ich sehe, wie sie mit ihm einige Bilder in sein Boot packt. Es ist kein großes Boot, und sie steigt auch nicht ein. Aber ich kann hören, wie sie sagt: »In Gstadt am Steg vom Café am See.«

Aha. Wer wird die Bilder abholen? Wenn ich es wissen will, muss ich jemand anderen bitten. Ich kenne keinen. Ich kenne Valentin. Und solange ich mein Zimmer beim Klosterwirt bezahlen kann, sind wir uns nicht unsympathisch.

Unentschlossen stehe ich da; er ist es, der mich anspricht. »Rita, was fehlt?«

Es scheint ihn zu kümmern. Und ich bin offen, sage ihm, dass ich gern wüsste, wohin Franka die Bilder bringen lässt. »Neugier. Irgendwie. Es interessiert mich nur, ich suche keinen Streit.«

»Tust du nie. Hättest du vielleicht mal sollen. Einen Zehner, und du kannst schauen, wohin die Rätselbilder gehen«, sagt er. Fragend deutete er hinaus auf den See. Ich soll mich beeilen, heißt das wohl.

»Du hast die Rahmen gemacht und weißt es nicht?«

»Ich hab sie gefertigt, habe sie chauffiert und abgeliefert.

Diesmal hat sie nicht gefragt, ist ein wenig beleidigt. Was ist jetzt, willst du es wissen?«

Er will nicht damit rausrücken, sie soll es selbst sehen?

Valentin ist ein eigenwilliger Charakter und für ein Rätsel gut, aber dafür hat er einen Grund. Ich sollte es vielleicht wirklich selbst sehen. Ich zücke den Schein, und wir rennen zu seinem Boot.

»Komme ich auch wieder zurück?«, frage ich ihn.

»Ist im Preis inbegriffen.«

Valentin Zeiser, was hast du vor?

Über das Motorengeräusch hinweg kann man sich nicht unterhalten, doch ich habe diesen anderen Chauffeur bald im Blick. Wir haben den stärkeren Außenborder.

Café am See. Valentin lenkt geschickt, wir sind nicht im Blick des anderen, als er den Motor drosselt, das Boot nur mehr tuckert. Näher heran.

Dann stoppt Valentin. Er muss nicht flüstern, doch er flüstert: »Siehst du's? Erkennst du ihn?«

Ihn nicht gleich, aber den Wagen und die Aufschrift. Preis & Schaumer. Dann, ja. Ich erkenne Bernhards Vater. Ich bin so erstaunt. Er, der Franka angeblich nicht leiden kann.

Ich will es nicht sagen, es rutscht mir heraus: »Er verkauft in der Galerie die Drogenbilder?«

»Drogenbilder. Warum fällt dir so was ein?« Valentin sieht mich entsetzt an. Ihm fällt es nicht ein? »Warum Drogen? Was weißt du?«, fragt er.

»Was weißt du nicht?«, frage ich zurück. Es scheint mir so eigenartig. Ich erzähle, wie ich meine Staffelei ein wenig im Verborgenen aufgestellt hatte und wie ich sie reden hörte. »Bernhard und Franka haben sich verraten, sie haben mich nicht gesehen. Nicht rechtzeitig. Aber ich dachte, gerade du müsstest es wissen. Du machst die Rahmen. Valentin, du kannst doch nicht so blauäugig sein! Warum sonst sind die Bilder so teuer, was denkst du?«

»Gib Ruh. Ich hab es gut gemeint.« Er macht ein Gesicht, als hätte ich zugeschlagen. Den Kloß in seinem Hals kann ich

hören. Valentin ist erledigt. Er will es nicht glauben, kann es nicht. »Vielleicht welche von den Superpillen. Ich habe Beihilfe geleistet, wenn man so will. Ich bin ...«

Ich schüttle den Kopf und lege einen Finger auf seine Lippen. »Wir haben uns austricksen lassen. Wir beide.«

»Ich wollte, dass du siehst, dass die Galerie, für die du arbeitest, Bilder von Franka annimmt. Dass es vielleicht eine Ausstellung gibt. Und dass sie dir nichts gesagt haben ...« Schnelles Atmen, sein Blick wird schmal.

Ich dachte, Preis & Schaumer ist eine gute Adresse. Mir gefällt die Arbeit, die Wertschätzung, die Freude – meine Ideen fließen. Ich bin genauso gut wie Franka Mellis. Besser, hat man mir gesagt. Jetzt ist es keine gute Adresse mehr.

Geld verdient man mit ihr. Noch immer Franka Mellis.

»Es wird erzählt, Schaumer hat bei gewissen Leuten Schulden. Die Galerie wirft nicht so viel ab. Und jetzt ist es ihm offenbar wurscht, ob er Hans-Peter Keil reingrätscht. Mit dem hatte Franka ja zuerst angebandelt wegen der Bilder.«

Die andere Galerie. Und ich zwischen allen Stühlen. Dämliche Rechtfertigungen sind nichts wert.

Die kann sie auch bringen. Ich habe schließlich, ich brauche doch, ich kann nicht anders ...

Mein Kind würde mir nicht verzeihen – und ich mir auch nicht. Es geht um Geld, aber es darf nicht ausschließlich darum gehen!

Valentin wird diese Erkenntnis vielleicht aus seiner Erinnerung streichen, er wird nicht denken wollen, dass er Schuld am Tod eines Menschen haben könnte. Was ich nicht weiß. Die junge Frau ist noch nicht tot. Aber ...

»Wir könnten aussteigen, Kaffee trinken im Café am See. Reden. Oder auch nicht«, sage ich.

Ich werde die Zusammenarbeit mit der Galerie kündigen, meine Sachen zusammenpacken und zu Hause Bescheid geben, dass ich zurückkomme.

Es fühlt sich so scheußlich an. Die Verliererin.

»Was hast du vor?«, fragen wir gleichzeitig.

Valentin sagt mir: »Mich furchtbar fühlen, das verdiente Geld für einen guten Zweck spenden und ihr – Franka Mellis – nichts Gutes wünschen.«

Ich sage ihm: »Mit nur etwas mehr als bitterer Enttäuschung zurück nach Hamburg fahren, lieber Nordseebilder malen, vielleicht meine Idee der Federzeichnungen woanders vorstellen und ihr – Franka Mellis – nichts Gutes wünschen.«

Wir tuckern zurück, lassen Gstadt hinter uns. Leider jeder von uns mit dem Eindruck, dass wir verarscht worden waren. Wir sollten uns davon nicht fressen lassen.

Tina spürte die Ernüchterung von Rita. Die im nächsten Satz verkündete, sie müsse dieses Kapitel abschließen.

Auf welche Art?, fragte sich ihre Tochter. Was sie nachlesen konnte. Sie würde es auch tun, doch mit einer Toten – und es waren nicht mehr so viele Seiten zu lesen – wollte sie diesen Abend nicht beschließen.

Das Ungute, das zwei oder mehr gewünscht hatten … hatte einer oder eine von ihnen dafür gesorgt, dass es eintraf?

Tina würde für eine stürmische Malerei sorgen, um diese Gedanken nicht vor dem Atelier zu lassen – sie brauchte sie vielleicht sogar. Ein bisschen innerer Zorn, um den Sturm heraufzubeschwören. Doch die Beschreibung von Blut und Tod, die brauchte sie nicht.

Mit der Tasche über der Schulter wunderte sich Tina, als sie im Gang des Gästehauses Schwester Althea über den Weg lief, die gerade aus dem Zimmer von Theo Sachs kam.

Der Gast von Nummer 7 war aber doch in Begleitung von Maximilian verschwunden, der noch etwas recherchieren wollte, wie er sagte. Zwischen dem Vorher und dem Gerade lag einige Zeit. Im Zimmer war also niemand.

»Was machen Sie bloß, Schwester Althea?«

Auf Tinas Frage sagte die Nonne: »Jetzt ist guter Rat teuer.« Was hieß, dass sie die Schwester ertappt hatte.

»Ich muss die Polizei benachrichtigen.« Schwester Althea biss die Lippen aufeinander. Die Schwester sah aus, als hätte sie eine sehr unangenehme Überraschung erlebt.

Tina hätte gern mit ihr gesprochen, doch der Moment eignete sich nicht, um ihr das Inseltagebuch zu zeigen, um mit ihr über ihre Angst zu reden, um ihr zu sagen, Rita Donner wäre nicht gekommen, auch wenn sie es gekonnt hätte. Ihre Mutter war in der Zeit verloren gegangen.

Ein andermal war passender.

27

Du bist kein Tropfen im Ozean.
Du bist der ganze Ozean in einem einzigen Tropfen.

Rumi

Althea lief dorthin, wo Maximilian sie finden musste: der Platz am See, am Strand, wo sie sich für das erdachte Lagerfeuer mit den Würsten im Schlafrock verabredet hatten. Wo sie mit dem Zehnjährigen einst seinen Geburtstag gefeiert hatte.

Er ließ sie sicher nicht warten, aber Althea wartete. Sie besah sich noch einmal die Fotos, die sie gerade gemacht hatte, zog hier und da etwas größer, um es lesen oder besser sehen zu können.

Das Rätselbild hatte es in sich. Sie schickte die Bilder – alle, die sie im Zimmer gemacht hatte – an die E-Mail-Adresse der Abtei, zu Händen von Schwester Althea. Dass es Sinn machte, dass es jemanden davon abhielt, sie anzuschauen, das glaubte sie nicht. Schwester Benedikta sollte das Rätselbild bekommen. Und es war auch das Erste, was Althea sich genauer anschaute.

Ein Mann, dem das Hemd über eine Schulter gerutscht war, der mit den Zähnen die Unterlippe einfing. Der nicht sonderlich glücklich wirkte in dieser Position. Das hatte Franka Mellis einfangen können. Der Gürtel war schwarz, schön, wirklich ein Hingucker. Ein hübscher Mann. Nicht zu vergleichen mit dem Kerl, der Zimmer Nummer 7 angemietet hatte. Sein Mitbewerber auf der anderen Seite, ein prächtiger Alligator, der das Maul aufriss und keine Zähnchen zeigte. Damit sah er aus, als würde er grinsen. Verspeisen konnte das Tier niemanden.

Valentin hatte eine Bemerkung dazu gemacht. Franka Mellis ließ den Kommissar wissen, wie sie ihn sah: Er war ohne Biss.

Er musste das Bild verstanden haben. Hatte es nicht gemocht. Die Frau machte sich lustig über ihn, und er liebte sie.

Althea hatte angenommen, Theo Sachs alias Thorsten Schwarz habe gemordet. Doch dafür stellte er zu viele Fragen und klang, als wollte er Antworten. Tat kein Mörder. Er war hinter dem Komplizen her? Franka Mellis und Valentin, der die Rahmen gebaut hatte. Und derjenige, der die Bilder anschließend verkaufte. Wer fehlte noch?

Er musste es wissen. Wie viel wusste Stefan? Wie viel wusste Jadwiga? Vielleicht war es dumm, das Bild zu schicken. Die Priorin hatte den Kommissar erkannt? Darum die Geste des Übers-Gesicht-Streichens. Althea war verzweifelt ahnungslos.

»Schwester Althea«, hörte sie Maximilian, bevor sie ihn sah. »Der einzige Ort, der Sinn ergibt«, sagte er und ließ sich in den Sand fallen. »Der Typ hat Ahnung. Er kann einen kompletten Kriminalfall abreißen, als hätte er ihn bereits aufgeklärt. Inklusive der Hinterbliebenen, deren Stimmung er beschrieben hat. Der kann einem ganz schön einheizen. Ich solle vorsichtig sein mit der Schwester. Als Warnung gedacht, definitiv, denn er schaute so schmal. Was haben Sie?« Maximilian wandte sich Althea zu. »Oh Shit, oder?« Was er auch immer gesehen hatte, es gefiel ihm nicht. Es herrschte Dämmerung, er konnte ihren Ausdruck gar nicht genau erkennen.

Aber deine Stimmung.

»So was von«, bestätigte Althea. Sie gab ihm sein Telefon zurück, sagte ihm, sie habe die Bilder an sich selbst geschickt. »Der Mann hat Ahnung vom Ermitteln, er war Kriminalkommissar in der Münchner Mordkommission und hat damals den Fall Franka Mellis untersucht.« Sie setzte sich neben ihn.

»Dann würde man ihn erkennen, darum hat er sich natürlich solches Zeug angelegt. Aber was macht er hier? Den Mörder suchen, den er schon damals nicht gekriegt hat?«

Mit Maximilian theoretisierte Althea gern. Das war aber keine Sache. Mord.

»Ich schau mir nachher die Bilder an, die Sie gemacht haben, wenn ich darf. Vielleicht fällt mir etwas auf. Schauen Sie nicht so, könnte ja sein. Ihr Neffe spielt ein doppeltes Spiel?«

Da hatte er recht, irgendwie. »Der Kommissar sagte: ›Es ist unangenehm, aber einer von uns hängt da mit drin. Und ich muss herausfinden, wodrin genau. Kein Aufsehen‹«, gab Althea die Worte ihres Neffen wieder.

»Sie memorieren aber anständig. Holla, Schwester Althea! Ja gut, jetzt ist kein Kompliment angesagt. Aber offenbar versucht der eine Kommissar, an die Geheimnisse des anderen Kommissars zu kommen.«

»So kann man es sagen«, gab ihm Althea recht. »Und ich will jetzt von meinem Kommissar wissen, ob er seinem Kollegen a. D. einen Mord zutraut.«

Sie wünschte Maximilian eine angenehme Nacht. Und er solle, wenn möglich, Oma Friederike nicht sehen lassen, was Althea angestellt hatte.

»Schwören ist doof, aber ich verrate nichts, sonst müsste ich mich selbst verraten. Oma Friederike schickt mich in die Arktis.«

Maximilian würde nie erfahren, warum Althea jetzt in Gelächter ausbrach.

Sie versäumte das Abendessen um Haaresbreite nicht. Es gab nur wieder etwas Schmalbrüstiges; kaum Fleisch auf den Knochen des Federviehs. Die gebratenen Kartoffelwürfel waren gut und das Gemüse auch.

Althea musste nicht ins Büro, aber Jadwiga bitten, ihr die gesendeten Sachen auszudrucken. Zwei Mal.

Und die Priorin fand: »Es sind viele gesendete Sachen, Althea. Und es sieht aus, als stammten die Bilder aus einem Hotelzimmer.«

»Was es annähernd ist«, bestätigte Althea. Gottlob konnte man nicht jedes Zimmer gleich erkennen. Althea hatte dafür gesorgt, dass sie nur wenig Umfeld aufnahm.

Zwei Mal ausdrucken, Jadwiga wiegte den Kopf hin und her, aber Althea bekam ihren Willen. Die Priorin schien in Gedanken mit einer anderen Sache beschäftigt.

Zuerst musste Althea Benedikta den Ausdruck des Rätsel-bildes bringen. So genau hatte Jadwiga es nicht angeschaut, es wohl nicht wissen wollen. Gut oder umständlich?

Denn die nächste Bemerkung der Priorin war sonderbar. Althea sehe nicht frisch aus, der Rummel um die Ausstellung fordere sicher seinen Tribut. Sie solle es sich doch gemütlich machen und einmal früh zu Bett gehen.

Althea wurde ins Bett geschickt und Maximilian vielleicht in die Arktis. Sie würden beide das Gegenteil tun: Mit Stefan reden (davon wusste Jadwiga nichts). Hinaus in die Nacht gehen, um die nächste Flaschenpost zu erwarten (auch davon hatte Jadwiga keine Ahnung).

Maximilian, der mit ihr Wache halten wollte, hatte sie de-zent gebeten, diesmal im Haus zu bleiben. »Ich habe jemand Bestimmtes in Verdacht, und diese Schwester darf dich nicht sehen, sonst wird sie etwas Dummes tun.«

Sie hatte ihm verraten, es war eine Schwester. Seine Neu-gier würde ihn vielleicht an den See führen, aber er würde sich zurückhalten. Hoffentlich. Wenn nicht, wurde es richtig unangenehm.

Benedikta hatte sie das Bild vom Bild gebracht, und sie war auch schon dabei, den Hintergrund zu gestalten. Die Farben waren ein Olivgrün und ein wenig Blau. Ziemlich gut, Schwes-ter Benedikta.

»Ich soll sicher nicht fragen, woher du es hast? Ja. Das Un-heil nimmt sich selten die Zeit, die rechte Maske herauszusu-chen. Schwester Althea, das Bild ist eine Beleidigung. Wer es behalten hat, will nicht, dass der Porträtierte blamiert wird. Ist meine Erklärung. Jetzt muss ich die Person outen. Und bin nicht allzu glücklich darüber«, ließ Benedikta sie wissen.

Althea entschuldigte sich ein wenig. »Es ist nötig. Du ver-traust mir, bitte?«

Warum hatte sie gefragt, wenn sie glaubte, Benedikta wusste nicht so genau, ob sie es konnte?

Stefan wusste auch nicht, ob er es konnte. Er war erstaunt.

Bei ihm war Althea keine Spur dezent, sie wedelte mit den Ausdrucken vor ihm herum.

Er fing mit seinen Augen einen davon auf. Sein Brustkorb blähte sich, sein Mund wurde schmal. »Was hast du getan?«

»Ich war im Gästehaus, ich bin eine Nonne, ich darf dort hinein. Nach dem Rechten sehen.«

»Recht scheint mir das nicht. Du hast …« Jetzt hatte er das Bild vom Personalausweis gesehen.

»Findest du es rechter, wenn ich dem Kommissar von damals einen Mord zutraue?«, wollte Althea wissen.

»Das hat er sich verdient. Aber er schneidet Blumen, die er auf ihr Grab legt, er sucht noch immer nach dem Mörder. Er hängt sich aus dem Fenster und bringt die Leute durcheinander mit seinen Fragen. Er will den Fall Mellis aufklären, darum ist er hier. Arno Wendlsteiner hat zugestimmt, Thorsten Schwarz schulde die Aufklärung. Er ist kein Mörder. Er hat vielleicht mal dran gedacht, aber nein, er hat die Frau nicht angerührt. So nicht!« Eine lange Ansprache für einen Fotoausdruck.

»Er hat dir auch gesagt, dass er das Rätselbild, als es fertig war, gesehen hat. Hat ihn denn jetzt jemand wiedererkannt in seiner ungeschickten Verkleidung? Eine Person, die früher mit ihm zu tun hatte?«

»Valentin wird es nicht sein. Der fürchtet sich. Der hat Thorsten nicht erkannt. Andere glauben, er ist ein Schauspieler, aber ich denke nicht, dass die komische Figur, die er darstellt, zu erkennen ist. Thorsten sieht anders aus, spricht anders. Für die Leute ist das nicht Thorsten Schwarz.« Stefan schaute die übrigen Ausdrucke an. »Auch eine Art Tagebuch. Na ja, ich muss lesen, was du aufgenommen hast. Womit überhaupt?«

»Die Frage ist jetzt schlecht. Ich kann darauf nicht antworten.« Althea schüttelte kaum bedauernd den Kopf.

»Mir ist egal, wer dir sein Handy gab. Es muss mir auch egal sein, wie du ins Zimmer kamst. Was mir nicht egal ist – wer ist dieser Mr. Undercover, was weißt du darüber?«

Er dachte, sie wisse es. Tina hatte Theo Sachs alias Thorsten Schwarz in Verdacht. Den sah wiederum Althea gar nicht in der Rolle. Maximilian auch nicht. Er hätte es ihr verraten.

Aber da gab es einen. Der würde sich und dem Sender gefallen. Der Sohn von Elisabeth Hofreiter, Daniel. Der wäre kein schlechter Mr. Undercover, so penetrant wissbegierig und aufdringlich, wie er war. Was er alles in Erfahrung brachte. Wovon er Kenntnis hatte. Worauf er die Leute ansprach. Aus ihr hatte er auf diese Art auch etwas herausgekitzelt, was sie lieber für sich behalten hätte. Ein Beobachter war er außerdem. Ihn konnte sich Althea durchaus als denjenigen denken.

Sie nannte Stefan den Namen. »Ich kann dir meine Recherchen nicht einfach so überlassen. Wir schauen sie uns an, du kommentierst sie, denn Tante Marian möchte wissen, wo ihr Neffe drinhängt.«

»Das ist zum Lachen«, sagte Stefan. Aber er klopfte auf sein Bett, sie dürfe sich gern setzen.

»Nein, das sind deine Worte«, gab Althea zurück.

»Das Gesicht, das ist Rita«, sagte er, nachdem sie sich schon fast alles angesehen hatten.

»Sicher?«, wollte Althea wissen. Sie warf noch einmal einen Blick auf das kleine Bild. »Dieser Ausdruck, ich habe ihn schon einmal auf einem anderen Gesicht gesehen. Auf einem Foto«, sagte Althea. Sie atmete großzügig aus.

Thorsten Schwarz wusste, wer Tina war. Althea war heute schon zum zweiten Mal überrascht worden.

»Stefan, kannst du denn ausschließen, dass er etwas angestellt hat?«, wollte sie sich vergewissern.

»Thorsten Schwarz. Den Mord, glaube ich, hat er nicht begangen, aber ich weiß, dass er irgendetwas getan hat auf der Insel. Er hat in einer Drogensache ermittelt. Valentin sagte, Rita schrieb alles auf, führte Tagebuch.«

Und der Kommissar wusste vielleicht, dass Tina das Tagebuch der Mutter hatte. Wird Schwarz versuchen, sich das Heft zu beschaffen? Während Althea sich diese Situation ausmalte, warf Stefan ein: »Was ist, wenn er die Flaschenpost-Nachrichten schreibt?«

»Das ist jetzt nicht witzig!«, sagte Althea.

Sie hatte einen Verdacht, und der Kommissar zog seine Waffe und schoss ihn weg. Natürlich nicht wirklich.

Wie auch immer – jemand schrieb diese Post. Man verdächtigte einander. Es musste der Richtige erwischt werden. Darum war diese Ausstellung vielleicht die beste Gelegenheit, genau die Leute, die auch vor achtzehn Jahren miteinander zu tun hatten, zusammen zu erleben. Althea interessierte sich dafür, wie sie Jadwiga wahrnahmen. Und was sich entwickelte.

Mitternachtsspitzen. Nett. Vielleicht nicht so einig, nicht so vertraut, wie man vermutete.

Die schlecht schlafende Schwester Martha würde heute wieder einen Geist herumwandern sehen, der Schwester Althea war.

Diesmal stürmte es nicht, kein Hauch, wenn sie ihren Kopf zum Fenster hinaushielt. Althea schlüpfte in dunkle Jeans und einen Pulli, blau. Dunkler als Dunkelblau hatte sie nicht. Wie man es in Filmen sah, schwärzte der Akteur sein Gesicht. Mit Asche. Das könntest du. Asche wollte sie nicht.

Ein dunkles Tuch, so schimmern nur deine Augen.

Sie musste das Warten noch ein wenig ausdehnen. Sie erinnerte sich, wann das letzte Mal diese Flasche für Valentin bereitlag, und er sagte, er habe den Überbringer fast geschnappt.

Althea würde am besten unten in der Halle Platz nehmen und Jadwiga gehen lassen, mit der Post im Gepäck.

Wenn sie es nicht war, dann … kannst du ein andermal entscheiden, wen es zu verfolgen gibt.

Althea hatte sich einen Stuhl zwischen eine große Pflanze und die Wand geschoben, hielt die Augen offen, ziemlich lange, wie sie fand. Sie gähnte unter ihrem Tuch.

Vielleicht war es nur ein Geräusch, ein Laut. Sie spitzte

zwischen den Blättern hindurch. Da kam wirklich jemand die Treppe herunter. War es Jadwiga? Die kleinen Lampen gaben es nicht preis. Überhaupt sah es aus, als wäre sie maskiert. Sie trug Hosen. So hatte Althea die Priorin seit Ewigkeiten nicht mehr gesehen. Ewig, nicht Wochen, nicht Monate, ewig.

Und jetzt musste sie sich an ihre Fersen heften. Es fühlte sich an wie etwas, was man nicht tun durfte.

Jadwiga nahm den Weg durch die Küche, den Garten, hinaus zum Tor, schob sich am Rand des Weges durch das Grün, trat leise auf, was es Althea nicht leichter machte, ihr zu folgen. Schräg gegenüber vom Klosterwirt schwang sie sich über die Mauer, auf das schmale Stück Strand. Dort legte sie die Flasche ab, gab ein wenig Sand drüber und getrocknete Algen. Althea schaute ihr zu und bemerkte eine Bewegung. Valentin hatte auch auf der Lauer gelegen?

Das war jetzt ungünstig. »Jadwiga, komm da rauf, wir müssen verschwinden«, raunte sie lauter, sodass es kein Raunen mehr war. So hatte sie es sich nicht vorgestellt. Jadwiga hatte dafür gesorgt, dass sie nicht erkannt wurde. Sie war eine, die es ernst meinte.

»Schwester Althea.« Ein Moment des Erstaunens. Aber Jadwiga begriff natürlich, dass vielleicht der Klosterwirt unterwegs war.

Wenigstens kletterte sie wieder herauf, Althea reichte ihr die Hand, und sie rannten. Valentin war zu langsam. Er rief etwas durch die Nacht, nichts Freundliches. Würde er das einer Nonne hinterherrufen? Valentin hatte vielleicht einen anderen Verdacht. Der sie nicht kümmern musste.

Die Schwestern blieben nicht stehen, sie kamen erst in der Küche wieder zu Atem und dazu, etwas zu sagen.

Jadwiga zog sich die Sturmhaube über den Kopf.

Und du hättest dich an der Asche vergriffen. Pah!, dachte Althea. »Warum schreibst du Flaschenpost?«, fragte sie.

»Für mein Geständnis gehen wir ins Büro«, bat Jadwiga.

Althea musste an die alte Kath denken. Sie schluckte.

Jadwiga fiel es schwer, es auszusprechen, aber sie wollte es endlich tun, man sah es ihr an. Nur bitte keinen Mord! Althea ließ ihre Hand an der Klinke. Die Priorin lächelte so kurz, dass man sich dessen gar nicht sicher sein konnte.

»Die Zeichnung mit Valentin, die war im Vergleich vielleicht harmlos.« Und Jadwiga berichtete von der anderen Zeichnung, die Franka als Bild malen wollte. Die Novizin hatte sie gebeten, es nicht zu tun. Was Franka ablehnte. Jadwiga war zum Atelier zurückgegangen, als das Kloster schlief. »Ich habe Franka Mellis gefunden. Ich war ein Angsthase.«

Aus schierer Panik hatte sie nichts unternommen und niemandem davon erzählt. Nicht einmal gebeichtet hatte sie es – zu diesem Zeitpunkt nicht, wie sie sagte.

Altheas Hand rutschte von der Klinke. »Wen hattest du in Verdacht? Wer kam für dich als Mörder in Frage?«

»Ich wusste es damals nicht. Ich weiß es auch heute nicht. Darum die Nachrichten in den Flaschen. Ich habe Valentin wirklich die Arbeit erledigen lassen. Natürlich spült der Chiemsee dort nichts an. Aber ich wollte jeder Person, die Franka kannte, die mit ihr zu tun hatte, die zu diesen Zusammenkünften kam, sie liebte, sie fürchtete, sie verehrte – die wollte ich an ein ungeklärtes Verbrechen erinnern. Um das Schweigen aufzubrechen. Die Leute dazu zu bringen, darüber zu reden. Bis jemand sich verrät. Der Kommissar muss genau hinsehen. Er wird es als Erster wissen. So hatte ich es mir gedacht. Ich habe noch nicht alle Adressen durch.«

Althea hoffte, ihr Neffe schaute genau hin und sperrte obendrein die Ohren auf.

»Und heute? Wem hast du da geschrieben?«, fragte Althea. Die Priorin auf einer Mission. Es klang gruselig.

»Schwester Althea, du bist zu klug, um es nicht zu wissen«, sagte Jadwiga.

»Mag sein. Also, Thorsten Schwarz.« Althea nickte, als sie die Bestätigung in ihrem Blick las.

»Valentin wird die Flaschenpost finden, wie bisher auch.

Wem gibt er sie? Ich glaube, er hat den Kommissar von damals nicht wiedererkannt«, warf Althea ein.

»Er wird die Flasche Stefan Sanders geben, denn er wird zornig sein und giften: ›Wohin soll ich damit?‹«

Vorstellbar. Aber Althea schaffte kein Lachen. »Jadwiga, wir müssen es meinem Neffen sagen. Der Kommissar braucht einen Täter. Er braucht keine Nonne, die Staub aufwirbelt. Obwohl ich es auch getan hätte. Warum musstest du schneller sein?«

»Ach, Althea – typisch, du willst mich schützen. Ganz so funktioniert es nicht. Ich werde mich dafür verantworten. Ich habe eine Tote entdeckt und darüber geschwiegen. Ich habe es erst spät gebeichtet, und meine Buße war, ich müsse versuchen, die Wahrheit herauszufinden«, erklärte Jadwiga. »Ich versende Flaschenpost-Nachrichten und denke, jemand muss reagieren – aber es reagiert niemand.«

»Es wurde sogar im Zeichenkurs darüber geredet, auch Verdächtigungen wurden ausgesprochen. Wir werden alsbald ein Rätselbild haben, das dem Original sehr ähnlich sein wird. Und es wird eine Reaktion geben«, sagte Althea zuversichtlich. Und war es wirklich.

»Ich habe jemanden vom Atelier weglaufen sehen in jener Nacht. Die Person hatte ein Bild unter dem Arm. Vielleicht *das* Bild. Ich dachte, es sei eine Frau. Aber was, wenn sie Franka nur vor mir gefunden hat? Ich konnte mir keinen Täter denken, Schwester Althea, und sollte damit anfangen.«

Konnte es sein, dass die Priorin sich nicht mehr erinnern konnte, was ihr an der Person aufgefallen war?

»Ich rief bei der Münchner Mordkommission an. Tage später. Nannte meinen Namen nicht, sagte, ich hätte die Künstlerin im Atelier in ihrem Blut liegen sehen. Aber da hatte Thorsten Schwarz bereits die Ermittlungen aufgenommen, er wusste von Rita, die Franka am nächsten Vormittag gefunden haben wollte.«

»Ungeschickt. Und du hast gedacht, das kann nicht sein.«

»Das Unwetter, der Sturm begann erst später in der Nacht. Sicher waren Leute unterwegs, im Atelier brannte noch Licht. Und ich bibberte in meiner Zelle, wartete auf die Nachricht. Es war furchtbar«, gab die Priorin zu.

»Und jetzt hat der Klosterwirt bei der Mordkommission München angerufen; dein Plan mit der Flaschenpost ließ Valentin von einer Drohung reden. Es kam Bewegung in die Angelegenheit. Wahrscheinlich brachte schon die Vergabe des Stipendiums die Presse dazu, genauer hinzuschauen«, vermutete Althea. Sie bekamen auf der Insel wenig mit. Würde sie den Heimatsender nicht einschalten, sie käme sich ein wenig ausgeschlossen vor. Die Welt war außerhalb. Außer diesmal. Mit der Ausstellung im Klosterhof holten sie sich einen Mörder auf die Insel.

»Es musste jetzt sein«, bestätigte Jadwiga.

Sie redete von ihrer Buße, und Althea sprach davon, einen Mörder zu schnappen.

»Ich mag weder das Wort noch die Tat«, sagte Jadwiga.

Sie führten ihr Gespräch in der Küche, keine von ihnen hatte Anstalten gemacht, sich in ihre Zelle zurückzuziehen. Jadwiga hielt ihre Sturmmaske in der einen Hand.

Die Tür bewegte sich, keine hatte darauf geachtet, bis sie einen Spalt aufgedrückt wurde und der Kommissar die beiden Schwestern überraschte.

»Herr Sanders!«, sagte Jadwiga und brachte es fertig, vorwurfsvoll zu klingen.

Er schüttelte den Kopf. »Diesmal muss ich nichts glauben«, sagte der Kommissar. »Priorin Jadwiga, Tante Marian. Ich ertappe euch, wie ihr euch nach getaner Arbeit in Verkleidung noch etwas gönnt.«

Sie gönnten sich doch nichts. Althea schaute ihn an.

»Das hätten wir tun sollen«, sagte Jadwiga.

»Ich bin froh, einen Teil dieses Puzzles aufklären zu können«, stellte Altheas Neffe zufrieden fest. Er hatte die Flaschenpost in der Hand, rieb mit der Hand den Sand ab.

Althea sagte ihm, das habe er nicht. Er blitzte sie an.

Jadwiga sagte: »Denken Sie das Schlimmste von mir.« Als wüsste sie, für sie war alles verloren.

»Schlimm ist was anderes, aber Sie lassen zu, dass eine Ausstellung organisiert wird. Alles, um Verwirrung zu stiften.« Pause. »Valentin betrinkt sich, weil ihm der Täter entkommen konnte. Wieder.«

»Das tut uns leid«, sagte Jadwiga, Althea stimmte nickend zu.

»Es musste so weitergehen.« Bei Jadwiga klang es wie eine Entschuldigung. »Schwester Althea hat damit nicht das Geringste zu tun.«

»Das ist mir ein wenig entgangen.« Der Kommissar stimmte ihr nicht zu. »Schwester Althea hat die Flucht organisiert«, sagte er.

Jadwiga machte große Augen. »Wie Sie das sagen.«

Sie hatten ihren Neffen übersehen, das erstaunte Althea. Er hatte offenbar ein gutes Versteck gewählt.

»Und jetzt, was steht dort drin?«, wollte er von Jadwiga wissen und kippte die Flasche ein wenig hin und her, sodass die Post darin in Bewegung geriet.

Althea fragte sich, ob Valentin dieses Mal gar nicht zum Nachschauen kam oder ob Stefan den Klosterwirt die Flasche erst öffnen ließ. Kannte er den Empfänger?

Sie wartete, als wäre er es, der etwas erklären musste.

»Es ist nicht Ihre Post«, wagte Jadwiga zu sagen. Stefan stellte die Flasche auf die Ablagefläche in der Küche. Er würde nicht nachgeben, sollte das heißen.

»Sie vertrauen Ihrem Kollegen nicht?«, setzte Jadwiga nach. Doch sie hätte nicht fragen müssen, das verriet seine Miene.

Jadwiga trug noch ihre Handschuhe. Sie entstöpselte die Flasche, schüttelte die kleine Schriftrolle heraus, entrollte sie und las vor, wobei sie den Kommissar beinahe ständig im Blick behielt. Sie wusste genau, was sie aufgeschrieben hatte.

Erinnere dich, du wolltest bleiben. Thorsten, du hast nicht ge-
fragt, was du mir bedeutest. Vielleicht hättest du mich sagen
hören: Nicht ganz so viel. Mein Bild hängt an einem Ort, an
dem du es nicht vermutest. Du hast mich für deine Liebe be-
straft. Deine Franka Mellis

»Zu einem Rätselbild ein weiteres Rätsel. Fast tut mir Thorsten Schwarz leid«, sagte Stefan. »Es ist keine Drohung, doch
der Kommissar von damals sollte wissen, dass jemand genau
weiß, wo dieses Bild ist? Priorin Jadwiga, wissen Sie, wen
Sie in Gefahr bringen?« Stefan schwieg einen Moment. »Die
Stipendiatin ist Rita Donners Tochter.«

Und als Stefan es jetzt aussprach, kam Althea in den Sinn,
wer das noch gesagt hatte. Verborgen hinter dem Unerklär-
lichen.

»Die alte Kath«, flüsterte sie. Behalte die junge Frau im
Auge, ihre Mutter würde darum bitten, hatte sie ihr gesagt. Die
junge Frau, von der sie zuvor sagte, ihr Name entspreche der
Wahrheit. Althea erzählte, dass sie es nicht verstanden habe,
weil Tina Jensen aus Hamburg nicht gleichzeitig Rita Donners Tochter sein musste. Die Ähnlichkeit nicht offensichtlich
war. »Mein Gedanke war der, ob tatsächlich Künstlerinnen auf
Frauenchiemsee gefährdet sein könnten.« Wie dumm, Althea!

»Dann wird Rita ganz sicher kommen. Uns alle überraschen.« Jadwigas Flüstern.

Der Kommissar erwiderte nichts. Althea sagte auch nichts.
Es war leichter, wenn sie nichts wusste. Sie sollte mit Tina
reden. Sie musste erfahren, was gespielt wurde.

Doch jetzt verschränkte Jadwiga die Hände. Eine Antwort.
»Weiß sie, dass die Polizei es weiß?«

»Ich kann jetzt nicht auch noch diese Büchse der Pandora
öffnen. Sie selbst haben Tina Jensen demnach nicht als Ritas
Tochter erkannt«, schloss der Kommissar.

»Nein, ich habe sie nicht erkannt. Ich habe nicht einmal
Thorsten Schwarz erkannt, ich ahnte nur etwas. Das war kein

Erkennen. Ich habe seit langer Zeit nicht mehr an Rita gedacht, auch nicht, als die Presse den alten Fall wieder ausgrub. Vor meinen Augen zeigte sich die tote Franka Mellis.«

Althea fragte sich, ob Stefan der Priorin glaubte.

Jadwiga hatte die Nachricht wieder zusammengerollt, Stefan würde sie überbringen. Doch was würde er sagen? Es vielleicht im Dunkeln lassen? Er verdächtigte den Kollegen, etwas getan zu haben. Er musste es herausfinden. Das Wie brauchte nur ihn zu interessieren. Wenn Althea Stefan richtig einschätzte, wusste er, was er tat.

Wusste es auch Jadwiga?, fragte sich Althea Augenblicke später.

»Sie müssen danach fragen … warum ich es war, die die Flaschenpost schrieb.«

Und Althea hörte sie noch einmal von ihrer Buße berichten. »Sie müssen der alten Spur nachgehen und herausfinden, wer damals den anonymen Anruf gemacht hat. Sie haben die Täterin. Ich habe angerufen. Ich werde morgen meine Diözese unterrichten, dass Priorin Jadwiga, bürgerlich Birgit Anselm, vor achtzehn Jahren die Tote im Atelier entdeckte und es zwar meldete, sonst aber nichts tat. Außer beten.«

Der Kommissar zog ein Gesicht. »Ihr Arbeitgeber wird *was* tun?«, fragte er.

»Mich in ein anderes Kloster schicken, wenn ich Glück habe.« Sie atmete tief ein, als müsste sie sich rüsten. »Mich aus dem Konvent entlassen, wenn ich keines habe.«

Althea wurde das Herz schwer. Du hast es doch geahnt, dachte sie. Ja. Aber jetzt war es ausgesprochen.

28

Ein guter Maler ist inwendig voller Figur.

Albrecht Dürer

Sie kam sich beobachtet vor. Tina konnte sich denken, warum – sie *wurde* beobachtet.

Etwas musste in der vergangenen Nacht geschehen sein. Der Klosterwirt sah kränklich aus, dieser Theo Sachs hatte sie im Blick, und der Kommissar wirkte gespannt wie eine Feder.

Sie wissen alle, wer du bist? Dann vermuten sie, dass deine Mutter auftaucht?

Wenn der Kommissar wusste, wer Tina Jensen war, dann hatte er die Spur zu Rita aufnehmen können, dann war ihm bekannt, dass ihre Großeltern noch lebten, ihre Mutter aber verstorben war.

»Und es gibt sogar ein Testament zu ihren Gunsten!« Darüber konnte Tina nicht lachen.

»Mama, verrätst du am Ende, was du getan oder nicht getan hast?« Es war im Grunde keine Frage. Tina setzte sich auf die Terrasse beim Klosterwirt, bestellte eine heiße Schokolade, atmete den Schokoladenduft ein und schlug das Inseltagebuch auf.

Valentin und ich – die geprügelten Hunde, die Franka Mellis am liebsten etwas antun würden. Vielleicht wartet Valentin darauf, dass ich es übernehme. Und ich übernehme es tatsächlich.

Noch ist es nur windig, ich bin froh, dass der vorhergesagte Sturm noch nicht angekommen ist. Das Erste: Ich rufe in der Galerie an, wo sich Sandra Preis meldet. Ich sage ihr nicht, was ich ihr sagen müsste, denn dafür habe ich keinen Beweis. Nur eine Aussage von Bernhard Hauser. Inwieweit der Vater von Bernhard, ich nenne ihn den alten Apotheker, von den

Experimenten und den Drogen Kenntnis hat, weiß ich nicht. Also, Mund halten.

Ich berichte von meiner Entscheidung, den Chiemgau zu verlassen, wieder in Richtung Heimat zu starten. »Außer der Stadtansicht Prien kann ich der Galerie nichts weiter liefern. Ich werde die Nordsee bei Wind und Wetter in verschiedenen Farben malen«, scherze ich. Obwohl es nicht lustig ist.

»Das kommt jetzt plötzlich, wo wir alle schon freudig gespannt auf die Federzeichnungen mit den eingearbeiteten Fotoarbeiten warteten. Schade!«

Wenn sie wüsste, was ich gehört habe, wäre sie vielleicht schockiert. Oder nicht, weil sie mit von der Partie ist. Es ist mir gleich. Ich will nicht länger darüber nachdenken. Und genau das ist es, was ich gerade tue. Grübeln.

Nach Hause? Ein wenig Geld verdient, mit Postkarten. Nichts, worauf mein Kind stolz sein kann. Und ich will sie stolz machen.

Was habe ich für Möglichkeiten – außer Franka zu ermorden und ihr Vermögen zu erben, außer sie zu bitten, mir meine Idee zurückzugeben? Bis zum Abend grüble ich. Die Zeit scheint Flügel zu haben, sie hat sich erhoben und ist mir ein Stück weit vorausgeflogen.

Ich nehme meine Tasche – mein Tagebuch lasse ich nicht einfach herumliegen –, gehe den Weg zum Atelier, beeile mich nicht. Ich sehe Licht. Und ich sehe Franka mit jemandem streiten. Elisabeth Hofreiter. Ah, dass man mit ihr streiten kann, ist mir neu. Vielleicht kann man es auch nicht, und es ist Franka, die sich echauffiert. Elisabeth ist geduldig, sanft, leider sehr verliebt in Frankas »Mann«, und ich denke wirklich, dass sie gar keine Chance hat, Thorsten für sich zu gewinnen. Aber ob es darum überhaupt geht …

Darum geht es ein wenig. Ich bekomme nur die letzten Sätze mit. Franka ist aufgebracht. »Was für eine dumme Kuh du bist, Allgemeinmedizinerin! Du würdest dir den Schinken, auf dem dein Schwarm sich präsentiert, ins Schlafzimmer hängen!«

»Mach du dir mal lieber Sorgen, dass ein Kommissar, der weiß, dass du mit den Bildern auch verbotene Substanzen verkaufst, gegen dich ermitteln muss.«

»Ja, wüsste er es bloß«, sagt Franka.

»Er weiß es von mir«, behauptet Elisabeth.

Ein überhebliches Lachen. »Und du vermutest nur etwas. Das ist nicht genug. Du bist eifersüchtig. Er wird dir nicht glauben. Frag ihn und sag es mir dann!«

Ob sie zurückkommen wird, mir ist es gleich. Denn ich vermute, Franka hat recht. Mal dir die Welt, wie sie dir gefällt; hätte ich bei einem Kriminalkommissar normalerweise überhaupt nicht vermutet. Aber Thorsten, den stopfe ich in ebendiese Schublade.

Elisabeth läuft an mir vorbei, wünscht mir Glück. Tatsächlich?

Franka lacht mich an, als ich der Form halber klopfe und durch die offene Schiebetür gehe.

»Freundin.« Pause. Was wird das? Elisabeth hat für uns beide gesprochen, als sie die verbotenen Substanzen ansprach, doch nur Bernhard kann es bestätigen und sich selbst an den Pranger stellen. Was er nicht tun wird. Wenn Franka wirklich so kalt ist, wie sie vorgibt, dann hat sie Valentin darum gebeten, ein Versteck zu bauen, hat ihm erzählt, sie möchte ihrem Liebsten etwas schenken.

Ich verziehe den Mund, ich schlucke, ich spreche es aus.

Mein Blick ist auf den hübschen, ahnungslosen Mann auf dem Bild gerichtet. »Ich habe gehört, eine Freundschaft kann man aufkündigen«, sage ich. »Gib auf dich acht, sonst wird jemand das tun, was ich nicht vorhabe zu tun. Du bist sicher immer noch begehrenswert, wenn du tot bist«, spreche ich zu ihren Bildern. »Aber ich sähe dich lieber hinter Gittern.«

Ich bin erstaunt, wie ruhig ich bin. Sie ist nicht minder erstaunt. Und dann sagt sie etwas, woran ich schon nicht mehr glaubte.

»Du bist vielleicht die Einzige, die mich wirklich mochte.«

Sie hat den Verlust begriffen. »Ich könnte dir etwas abgeben«, sagt sie dann.

Jetzt hat sie einen Fehler gemacht, und ich lasse meine Hand wütend über den Tisch fahren, fege alles, was sich darauf befindet, auf den Boden. Wünsche ihr nichts Gutes.

Aber ich verabschiede mich und ignoriere ihr unverständiges Kichern, überhöre ihren Einwurf: »Du Arme schaffst es allein doch sowieso nicht!«

Sie atmete auf. Wenn Tina das gleich gelesen hätte, wie es sonst ihre Art ist – zuerst das Ende lesen, sehen, ob sich der Anfang lohnt, dann wüsste sie längst, dass ihre Mutter den Mord nur in Gedanken beging. Vielleicht immer und immer wieder. Aber ein Tagebuch war kein Roman, da schrien die Empfindungen, da katapultierte einen die Freude in den Himmel. Und ein Ende – dieses besondere Ende – fand sich vielleicht in der Mitte.

Nein. Ritas Entscheidung, sich zu verabschieden, die fand sich tatsächlich ganz hinten im Buch, und da hatte Franka noch gelebt.

Du stehst nicht vor den Scherben. Aber sie musste mit jemandem sprechen. Schwester Althea, die es wagte, in ein Gästezimmer einzudringen?

Diese Nonne machte sich jedenfalls einen Kopf.

Der Chiemsee-Sturm war fast fertig. Dann ein Firnis und … sie könnte Valentin um einen Rahmen bitten. Weil sie für ihren Aufenthalt mit einem Bild bezahlen wollte. Er würde es verstehen? Und sie würde *ihn* bezahlen. Dem Vorhaben wäre vielleicht kein Erfolg beschieden. Je länger sie überlegte, umso verfehlter schien ihr die Idee.

Mit ihrer Tasche über dem Arm lief sie los.

Sie fragte an der Pforte nach Schwester Althea. Die Schwester kicherte, sagte: »Schwer beschäftigt«, aber sie ließ sie ein.

Im Hof sortierte Schwester Althea Bilder nach Größen und murmelte: »Wenn ich eine Ausstellung vorschlage, muss ich mich darum kümmern. Aber allein?«

»Wenn ich helfen kann, dann sind wir schneller. Ich habe einen guten Blick – und wir können bitte ein wenig reden.«

»Besser spät als gar nicht«, sagte die Nonne zu ihr. »Sie haben kein Geheimnis draus gemacht, wer Sie sind, Sie ließen es nur unerwähnt.«

Eigentlich redete zuerst nur die Schwester, erzählte, wie sie herausgefunden hatte, dass Theo Sachs alias Thorsten Schwarz ein Kriminalkommissar a. D. war, und dass sie immer noch nicht wusste, was er vorhatte.

»Sie sind dran, Tina.«

Und Tina nahm eine Staffelei, ging einen Weg entlang … Würden sie die Staffeleien ein wenig verteilt auf die Rasenflächen stellen, dann könnten die Besucher auf dem gepflasterten Weg bleiben und die Bilder auf sich wirken lassen. Das war zu hoffen, doch Schwester Althea meinte: »Wir werden im Anschluss die Gärtner rufen müssen. Hoffen wir, es wird nur ein wenig herumgeschlendert, nicht getrampelt. Und es bleibt kein Müll zurück.« Sie lachte, als wäre sie sicher, dass genau das doch passieren würde.

Als die Staffeleien ihren Platz gefunden hatten und sie gemeinsam die Bilder auswählten, was wo am besten wirkte, sagte Althea: »Von einigen Bildern kennen wir die Geschichte.« Sie hatten Heide Brünings Bild und Patrick Gräfes Porträt, dem schon einige Schwestern ihre Aufmerksamkeit geschenkt hatten, weil sich da jemand eine Frechheit herausgenommen und ihn neben ein schönes Bäumchen gestellt hatte. Damit Mann und Tier nicht so verloren wirkten.

»Wir haben die Geschichten in Kurzform gebracht und ausgedruckt, das Blatt eingeschweißt zum Nachlesen«, verriet Althea. »Zusammen mit den Namen und dem Hintergrund ist es eine Menge Material. Tina Jensens Geschichte ist mit Bestimmtheit auch gewichtig. Ihre Mutter hat Valentin diese Postkarten geschenkt.«

Schwester Althea gab ihr den Rahmen mit den sechs Postkarten. Und ließ ihr Zeit, denn sie bemerkte wohl, wie sehr

Tina schluckte. »Er wollte nicht das Bild ausstellen, das Franka für ihn gezeichnet hat«, fügte sie hinzu.

Valentin. Der eigenwillige Klosterwirt.

Sie war an der Reihe. Sie erzählte, wie das Kind die Mutter lange vermisste. Als sie schließlich zurückkam, war Rita eine zurückgezogene Frau, die auf der Jagd nach einer tollen Idee, die auf sich warten ließ, an sich selbst verzweifelte und schließlich ihre Nerven wegwarf und zerstört starb.

Von ihren Großeltern bekam Tina das Tagebuch ihrer Mutter; damit sie Rita vielleicht ein wenig besser kennenlernen konnte. Doch sie hatte es nicht lesen wollen. Sie hatte nicht einmal den Namen gewollt. Sie hatte Sorge, die Mutter habe ihre beste Freundin getötet.

Dann las sie von einem Stipendium und dachte sich, wenn es so sein sollte und man sich für sie entschied, dann würde sie herkommen.

Sie sagte zu Schwester Althea, sie habe herkommen müssen, ihr Bauchgefühl sagte, ein Teil ihrer Mutter sei noch immer hier auf der Insel; Rita hatte Ideen gehabt, hatte hier gemalt. Tina erzählte vom Diebstahl der Idee.

Schwester Althea sagte ihr, dann habe sie es doch richtig verstanden, als sie über die Ausstellung sprachen.

Tina Jensen zieht einen Gewinner aus dem Beutel, sie bietet ein Porträt an.

»Nicht so, wie Franka es malte. So, wie Ihre Mutter es gemalt hätte. Achtsam und mit dem richtigen Blick.«

»Und so kam ich auf die Fraueninsel, hatte immer noch Angst, habe sie nicht überwunden. Doch es scheint im Tagebuch zuletzt, als hätte meine Mutter sich entschieden, die Hand nur gegen die Utensilien auf dem Tisch im Atelier zu erheben. Sie fegte sie runter – Valentin hat davon erzählt. Und auch Rita erzählte von den Rahmen für die Bilder. Dass Drogen zusammen mit so manchem Bild verkauft wurden. Nicht mit allen Bildern. Darum auch die unterschiedlichen Preise.«

Es waren nur mehr wenige Bilder und Zeichnungen übrig, die sie aufstellen mussten. Der Klosterhof zeigte sich überwältigend bunt. Schwester Althea strahlte.

»Unverhofft kommt oft. Und diesmal hat der werte ›Herr Unverhofft‹ auch noch eine gute Überraschung dazugepackt. Danke. Hat Ihre Mutter den Mörder im Tagebuch erwähnt? Und erwähnen Sie ihn in Ihrem?« Es war eine ganz eigene Frage von Schwester Althea. Sie bedurfte einer ganz eigenen Antwort.

»Nein. Rita schrieb von den Künstlertreffen. Der Mörder kommt sicher vor. Ich habe aufmerksam gelesen, doch es ist nicht nur eine Person, von der man glauben kann, sie hätte den Mord begehen können«, sagte Tina und fragte: »Hat der Kommissar einen Verdacht?« Da müsste ein Kommissar den anderen fragen; Tina schüttelte für sich selbst den Kopf.

»Sie ähneln Ihrer Mutter, doch so auffällig ist es nicht. Priorin Jadwiga hat mir ein Bild von Rita gezeigt. Was denken Sie, hat jemand Tina als Rita Donners Tochter erkannt?« Es beschäftigte Schwester Althea.

Tina glaubte, diese war wirklich besorgt um die Sicherheit der Stipendiatin und fragte: »Es geht um diese Flaschenpost-Nachrichten, nicht wahr?«

Schwester Althea nickte. Und Tina war beinahe sicher, dass sie wusste, wer die Nachrichten verfasst hatte. »Der Kommissar von damals, Thorsten Schwarz, wollte einiges von mir wissen, er fragte ein wenig versteckt, nicht direkt. Ich bin sicher, er hat mich erkannt, während ich sicher bin, dass Valentin Zeiser rätselt, er hat mich nicht erkannt. Und diese Allgemeinmedizinerin, Elisabeth Hofreiter. Sie hat mich erkannt, sie machte eine Bemerkung dazu – bloß die Zeit habe solch ein fabelhaftes Gedächtnis.«

»Dann hat sich Elisabeth an etwas erinnert. Was könnte es sein, dass Sie erkannt werden?«, überlegte Schwester Althea. Es schien die Nonne zu beschäftigen.

Tina hatte sich das auch überlegt. »Valentin Zeiser hätte als

Erster die Verbindung knüpfen müssen, denn Rita hatte ein Zimmer bei ihm. Aber ich denke, wie auch, er rechnete nicht mit mir. Obwohl ihn letztens etwas aufmerksam werden ließ, als ich Hamburg erwähnte. Ich sei Stürme gewohnt als Hamburgerin. – Ich werde mich ihm vorstellen als die Tochter der Malerin der Chiemgau-Postkarten, die bei ihm gewohnt hat und die ihn gern hatte.«

Tina erklärte Schwester Althea, dass sie fragen wollte, ob der Klosterwirt einen schönen Rahmen für ihren Chiemsee-Sturm anfertigen könnte. »Ich sollte das ›könnte‹ durch ein ›will‹ ersetzen, denn Valentin war enttäuscht und sehr sauer auf Franka«, fuhr sie fort und berichtete von dem Tagebucheintrag. »Bernhard Hausers Vater hat die Bilder am Steg beim Café am See in Gstadt abgeholt. Preis & Schaumer hieß die Galerie, er war offenbar Teilhaber und ist es vielleicht noch. Ob er etwas wusste? Undenkbar, dass er *nichts* bemerkt hat. Doch er sprach eine Drohung gegen Franka aus. Wenn er mit der Künstlerin Geld verdiente, warum dann eine Drohung?«

»Er könnte von seinem Sohn in die Rolle gedrängt worden sein, war vielleicht ein unfreiwilliger Überbringer«, sagte Schwester Althea. Und Tina sah den Gesichtsausdruck der Nonne wechseln. »Bernhard Hauser«, sagte Schwester Althea gedankenvoll. Als hätte sie gerade eine Frage auf den Lippen, die sie einer anderen Person stellen würde.

Tina verabschiedete sich und fragte, wann es losgehe, Schwester Althea sagte es ihr. Lustigerweise war offenbar eine ehemalige Richterin die Hüterin der Kasse. Auf der Insel schien so manches möglich, auch wenn ebendiese Richterin einen Hexenbesen vor ihre Tür gestellt bekam. Schwester Althea und die Dame kannten sich schon lange, hatte Tina gehört. »Der Entschluss zur Zusammenstellung der Jury fiel schnell. Einigen Herrschaften ging es viel zu schnell. Die Speed-Jury nannte es der Münchner Künstler Balthasar von Madell, aber als er hörte, auch Bischof Reinhold Zangerl komme, hatte Jadwiga die Zusage.«

»Das sind große Namen«, sagte Tina und konnte nur die Augen aufreißen. Und da sollte sie die Dritte im Bunde sein, die mit den Namen der Teilnehmer im Beutel, die ein Bild oder eine Zeichnung ausstellten. Die Künstlerin, die für den Gewinner etwas zeichnen wollte. »Schwester Althea, das hätten Sie besser mal für sich behalten, da wird mir bange.«

»Da haben wir einmal ein älteres Semester, das etwas schwerhörig ist und nur mehr Schüler ausbildet, und einmal einen ziemlichen Knochen, jünger an Jahren, aber im Herzen vielleicht schon steinalt. Wirbeln Sie bitte herum und bringen Sie frische Luft in die Jury. Priorin Jadwiga ist auf Ihrer Seite. Nicht vergessen – Sie haben das Chiemsee-Stipendium gewonnen.« Ein aufmunterndes Zwinkern.

Die Tage waren schnell vergangen, die Rätsel blieben. Tina ging zurück, sie würde beim Klosterwirt zu Mittag essen. Gerade dachte sie sich aus, was sie sagen sollte, und sagte dann sehr spontan: »Rita und Sie haben Franka Mellis nichts Gutes gewünscht.«

Valentin setzte sich, sah sie an und sah genau hin. »Einmal, da dachte ich …«, begann er. »Wie du deine Tasse mit dem Finger umrahmst, wie du mit der Hand das Kinn abstützt. Rita hat das auch getan. Aber wie konnte ich glauben, dass du ihre Tochter bist? Du hast das Stipendium gewonnen.« Er lächelte. Dann, als wäre er in ein Loch gestolpert: »… hat sie geschrieben, was sie nicht getan hat?« Er wartete gespannt.

»Sie glauben nicht an ihre Schuld?«, fragte Tina und hörte von ihm, er könne es nicht glauben. Und so wie Valentin Zeiser »Wir waren das nicht, wir klärten es mit Worten, zogen uns zurück und litten still« sagte, wusste Tina, er war keiner, der etwas vorgab. Keiner, der die Hand erhob. Aber einer, der lange nicht vergaß.

»Rita schrieb, dass es einen Augenblick gegeben habe und was sie stattdessen tat. Aber im Inseltagebuch steht, dass sie wegging und Franka lebte«, verriet sie Valentin.

»Glaubte sie, dass ich es war, hatte sie mich in Verdacht, die Malerin getötet zu haben?«, wollte er wissen. Sie würde lügen, wenn sie verneinte, und er würde es bemerken. Sie tat es nicht.

»An wen haben Sie gedacht? Wer könnte gemordet haben, aus welchem Grund?«, gab sie die Frage zurück. Gespannt.

»Das Motiv war Liebe. Thorsten Schwarz. Aber ihn wird niemand auf dem Radar haben, es darf nicht sein. Ein Kriminaler! Wo kämen wir denn da hin! Aber vielleicht bin ich blind und habe zu viel gesehen und gehört.«

»Er liebte Franka, so steht es im Tagebuch«, bestätigte Tina. »Und auch einige andere Dinge, die ihn verdächtig machen. Er ermittelt noch immer«, sagte sie. Oder glaubte sie es nicht? Du glaubst es wirklich nicht.

Aber dann müsstest du ihm einen Mord zutrauen. Und so weit hatte sie nicht gedacht. Schwester Althea wohl schon. Sie sah die Nonne wieder dort im Gang stehen. Schwester Althea war in seinem Zimmer gewesen.

Würde sie Valentin Theo Sachs' Identität verraten? Ja, beschloss sie. Zu ihrem eigenen Schutz würde sie es tun. Auch wegen des besseren Gefühls, wusste sie.

»Er sieht heute anders aus. Aber er ist zurück. Ein Gast des Klosters, der angeblich eine Auszeit nimmt. Theo Sachs ist Thorsten Schwarz.«

Valentins Mund klappte auf vor Erstaunen, dann biss er die Lippen zusammen, dass der Kiefer knackte. »Ermittelt jetzt der Neffe von Schwester Althea gegen den anderen Kommissar? Dem würde ich zutrauen, dass er genau hinschaut. Stefan Sanders wird den Mörder finden«, sagte er.

»Aber nicht ohne Schwester Althea«, fügte er hinzu. »Ich kann mich da an eine andere Feierlichkeit erinnern. Da kam der Tod an den Chiemsee, und die ehemalige Richterin, die war kurz vorm Sterben, als Schwester Althea sie mühevoll ins Leben zurückholte. – Diesmal ist es anders, aber vielleicht ist es doch nicht anders, und der Mörder von Franka Mellis wird sich den schnappen, den er damals ausgelassen hat.« Jetzt klang Valentin prophetisch.

Dachte er an sich selbst? Weil er die Rahmen baute, weil er die Verstecke kannte? Und bevor Tina genauer darüber nachdenken konnte, fragte er sie: »Rita ist nicht mehr am Leben, nicht wahr?«

Tina schüttelte den Kopf. Sie wollte nichts Negatives auspacken, fand, das musste nicht sein. Positives stattdessen. »Ich hätte meiner Mutter gerne erzählt, wie man sie auf der Insel schätzte, dass man sich Geschichten und Anekdoten erzählt, ihre kleinen Kunstwerke rahmt, Freundliches über sie sagt. Franka hätte neidisch werden können.«

»Franka war Franka – Rita hatte Herz und Verstand. Das musst du wissen!«

»Danke«, sagte Tina. Sie strahlte. »Könnten Sie sich vorstellen, einen Rahmen für meinen Chiemsee-Sturm zu fertigen?«

Tinas Miene verriet ihre Unsicherheit, doch Valentins Kopf pendelte hin und her, dann sagte er: »Sturm, oh ja – endlich ein Bild, das seinen Rahmen verdient.«

Er hatte es noch nicht gesehen und machte schon eine Zusage. Sie wollte fragen, was er dafür bekam … Mach es, wie Rita es gemacht hätte.

»Darf ich Ihnen etwas zeichnen? Haben Sie einen Wunsch? Raus damit«, sagte sie.

Und er hatte einen Wunsch. »Kein kleiner«, sagte Valentin. »Es wäre schön, wenn du es möglich machen würdest, mich und Rita an einen Tisch zu setzen. Denn es ist nicht geschummelt, und es ist eine gute Erinnerung.«

Tina war gerührt. Sie nickte, wischte sich über die Augen. »Von Herzen gerne.«

29

Ohne Wahnsinn gibt es keine Kunst.

Salvador Dalí

So hatte sie Schwester Benedikta lange nicht gesehen. Beschwingt. Es war ihr nicht die Spur peinlich, dass sie »einen halb nackten Mann auf die Leinwand gebannt« hatte, wie sie selbst es zufrieden formulierte.

Althea drückte sich die Daumen, sie hatte doch keine Ahnung von Schwester Benediktas Kunstverständnis, das hoffentlich nicht in die naive Malerei mündete. »Ertappt, Schwester Althea. Dir steht die Sorge auf die Stirn geschrieben: Womöglich hat sie es nicht gekonnt.«

Althea gab zu, sie habe dabei Schwester Dalmetias Fotos im Sinn und deren »Verschwimmen«.

»Sehr schade eigentlich, ich sage Schwester Dalmetia seit Jahren, sie soll ihre Augen untersuchen lassen. Ihr Blick stimmt nicht.«

Althea hatte vielleicht auch viel zu selten mit Schwester Benedikta gelacht. »Lass schauen«, sagte sie.

Und ging schließlich mit einem umwerfenden Porträt von Thorsten Schwarz und einem Alligator, der einen zahnlos angrinste, zu der Staffelei, an der jeder und jede im Klosterhof vorbeimusste, stellte das Bild auf und betrachtete es in gebührendem Abstand. »Wenn das nicht wie ein Original aussieht«, sagte Althea. Voller Stolz auf Schwester Benedikta.

Sie ging weiter, stellte sich vor Patrick Gräfes Porträt, schaute sich um, ob jemand des Weges kam. Gerade nicht.

Althea ging hinter die Staffelei und tat, was sie schon zuvor hatte tun wollen: nach einem kleinen Fach suchen und darin nach Spuren. Zuerst das Versteck finden, Althea!

Es nahm einige Zeit in Anspruch, Valentin hatte das kleine

Fach tatsächlich gut verborgen, der Mann war ein Künstler. Kein Wunder, dass Franka ihn dafür ausgesucht hatte, nur leider hatte sie für ihn nette Geschichten erfunden.

Und Althea musste gestehen, sie war froh. Valentin hatte sich nichts Schlechtes gedacht. Wenn er es getan hätte, wenn er es gewusst hätte, was dort drinnen Platz fand, Althea hätte ihn mit anderen Augen gesehen. Und so blieb Valentin Valentin. Sie grinste und schob das kleine Fach unten links am Rahmen auf. Die Vertiefung maß vielleicht drei auf zehn Zentimeter. Ja, auch für ein kleines Geschenk wäre Platz, aber dort lag was anderes. Ach du Schreck! Gräfe hatte nicht mehr daran gedacht? Er musste die Bestellung aufgegeben und es vergessen haben.

»Aber jetzt haben wir einen Beweis«, schnaufte Althea. Glücklich war sie damit nicht. Der ehemalige Bürgermeister war nicht unsympathisch. Ein wenig Ärger und Fragen würden sich daraus schon ergeben.

Sie nahm das Päckchen mit dem Inhalt, der nach Bonbons aussah, heraus, steckte es in die Tasche ihres Ordensgewandes und schob das Fach wieder zu. Den Rahmen stellte sie so auf, dass das Fach verdeckt wurde. Sie würde darauf achten, wer sich hinter die Staffelei begab, um einen Blick auf die Rückseite zu werfen. Althea glaubte, das würde vielleicht wirklich jemand tun. Einer der Eingeweihten. Und ein Foto brauchte sie davon auch.

Ganz so einfach wird sich niemand erwischen lassen, dachte sie. Heide Brünings Rätselbild – außer der bunten Maus, die wirklich rätselhaft war, sah Heide elegant aus, ein wenig traurig vielleicht. Dieser Rahmen ließ ein Fach vermissen. Heide hatte nichts bestellt. Nicht schuldig.

Sie sollte jetzt Stefan irgendwo auftreiben.

Doch als sie mit dem Beweisstück in der Tasche zu seinem Zimmer lief, traf sie ihn dort nicht an. Warten konnte sie nicht. Nicht heute.

Jetzt darf Schwester Althea vom Kloster Frauenchiemsee

in der Galerie Bescheid sagen und die Einladung aussprechen, erinnerte sie sich.

Und danach, nachdem die gut duftende Mitarbeiterin in der Galerie freudig zugestimmt hatte – egal, was es koste, sie komme gerne –, würde Althea die schwierigste Entscheidung treffen müssen.

Priorin Jadwiga hatte sich nicht mehr sehen lassen. Schrieb sie an die Diözese? Althea wanderte noch ein wenig umher. In Gedanken.

Stefan würde diese Zeugin nicht aussparen und ihr die Fragen nicht ersparen können. Was wäre ein Grund, dass weder eine Kündigung noch eine Versetzung ausgesprochen würde? Sie fragte sich das, obwohl sie es nicht musste, denn sie war sicher, Gold und Silber könnten jede Schuld begleichen.

Hatte sie sich jemals so gefürchtet, dass ein Plan nicht aufging?

Althea setzte sich ans Fenster ihrer Klosterzelle und zeichnete und schrieb. »Wirst du mir helfen? Ohne Jadwiga bin ich hier im Kloster vielleicht ein wenig verloren.« Es war wichtiger denn je, dass ihr stiller Mitbewohner der gleichen Ansicht war.

An Althea zogen die Minuten vorüber, als hätten sie Aufstellung genommen, doch vergessen zu grüßen. Sie tupfte sich ein wenig kirschfarbenen Lippenbalsam auf. Ihre Wangen waren leicht rosa. Wirklich, Aufregung?

Als Erstes trafen die zeitgenössischen Künstler ein und Tina Jensen, ein Strahlen im Gesicht.

»Irgendwie doch ein erhebendes Ganzes«, kommentierte der bayerische Kunstmaler die Staffeleien im Klosterhof mit knappem Blick und ein wenig überheblichem Getue, die Augen zusammengekniffen.

»Sehen Sie alles auch gut?«, fragte Althea. Er sollte es sich genauer anschauen, bevor er eine Bemerkung losließ.

Ein kurzes Nicken. Auch auf ihre Person bezogen, wie sich

Althea denken konnte. Wobei der malende Bischof ein Lob aussprach. »Eine ansprechende Choreografie, Schwester.«

Und zu Balthasar von Madell: »Lassen Sie uns gemeinsam schauen und ein paar Notizen machen.« Es war nicht wichtig, was der andere dachte, er schnappte ihn sich und stupste Madell an, gab die Richtung vor. »Junge Dame, Verzeihung. Was bin ich für ein Stoffel. Treten Sie uns zu nahe – wir sind durchaus von uns eingenommen, aber ganz ernst ist es nicht gemeint. Ich habe einige von Ihren Bildern gesehen. Sie haben es geschafft, mich zu beeindrucken.« Ein Kompliment an Tina, die sich sichtlich freute.

»Ich bin gespannt, wie es heute weitergeht mit unseren Bewertungen, habe von Ihrem Angebot gehört und bin gespannt, wen Sie ziehen werden und was Sie für diese Person beschließen. Verraten Sie's am Ende?«

Althea hörte Tina zustimmen. Der Knochen war einer, aber er hatte Charakter. Althea ließ die drei Künstler mit den ausgestellten Werken allein.

Priorin Jadwiga hatte im Klosterhof für eine Art Podium gesorgt. Die Jury würde dort auf den Stühlen Platz nehmen, und sie übernahm … »Was mache ich eigentlich?«, fragte sie.

Im Grunde sollte Jadwiga nur sichtbar sein und am besten so aussehen, als wäre es ihr eine Freude. Ersteres bekam sie hin, Letzteres fiel ihr schwerer, ahnte Althea. Sie bat Jadwiga, ihren Bericht an die Diözese noch ein wenig aufzuschieben. »Es könnte noch ein Wunder geschehen.«

»Das vielleicht nicht, Schwester Althea, aber ich bin tatsächlich noch nicht so weit«, erwiderte Jadwiga. »Ich habe es begonnen, ich bringe es zu Ende – die letzte Flaschenpost.« Unbeirrt. »Valentin wird mich hassen und der Kommissar mich verteufeln. Wo er mich doch gewarnt hat.« Aber sie wirkte trotzig-entschlossen.

Althea drückte ihr den Arm. Wer war die Person, die noch fehlte?

»Die Post geht an Bernhard Hauser?«, fragte sie. Denn die Nachricht an Hauser, die könnten sie gestalten. Und sie würden den Giftmischer auf diese Art vielleicht überführen. Der Kommissar musste davon noch nichts wissen. Stefan würde sich wahrscheinlich aufregen.

»Ich werde später noch einen Gedanken dazu haben«, sagte sie zu Jadwiga, nicht sicher, ob die Priorin ihr zuhörte.

Einen Gedanken hatte sie auch, als Friederike Villbrock ihr auf die Schulter klopfte. »Und wie machst du dich nützlich, Schwester?«

»Oma Friederike, sei doch nicht so giftig.« Pause, Maximilian salutierte. »Zur Stelle, Schwester Althea, wie versprochen.«

Althea war froh über sein Erscheinen und die Fröhlichkeit, die er mitbrachte. Was sie ihm auch sagte. Außerdem würde sie sich auf ihn verlassen können.

»Der Plan.« Althea bezog auch Oma Friederike mit ein. Sie musste sich ein Schmunzeln verbeißen. »Rita Donner ist vor Jahren gestorben. Selbst wenn sie gesehen wurde – es wird ihr schwerfallen, zu kommen. Die Stipendiatin ist Ritas Tochter. Wenn es Fragen gibt, dann stelle sie, Friederike.«

Jetzt schiebst du ein bisserl was ab, sagte sich Althea.

Die ehemalige Richterin, die sich schon auf das Zusammentreffen eingerichtet hatte, zuckte ein wenig enttäuscht die Schultern. »Die Spur verliert sich nicht ganz. Thorsten Schwarz ist auf der Insel, wie ich erfahren habe. In Verkleidung. Was für ein Unsinn.«

Ob oder ob nicht – Althea überließ es einer Mitschwester, Friederike zu positionieren: hinter einem kleinen Tischchen am Eingang, vor sich einen kleinen Safe und darin das Wechselgeld.

Maximilian ging mit Althea. »Ich habe mir die Fotos noch mal vorgenommen. Wissen Sie, was dieser Kommissar in seinen Notizen geschrieben hat?« Ein Blick verriet ihm, Althea wusste es nicht. »Elisabeth habe ihm von Bernhard Hauser erzählt. Er, Thorsten, hätte etwas unternehmen müssen, aber er sei nicht tough genug gewesen.« Maximilian tanzte von einem Bein aufs andere. »Er sei nicht unschuldig, er könne den Fahndern den Tipp nicht geben.«

Maximilian fasste zusammen: »Ein Kommissar, der sich abschießt, der zugibt, etwas eingeworfen zu haben. Aber da gibt es Elisabeth, die es weiß. Und irgendwo hieß es noch, dass sie ihm ihre Liebe gestanden hat – *weepie*, oder?« Maximilian verdrehte die Augen.

Ein Melodrama – oder vielleicht nicht ganz? Althea wusste es nicht. »Großes Gefühlskino in jedem Fall, das würde Elisabeth allerdings nicht sagen.«

Althea würde es im Sinn behalten. Liebe konnte teuflisch sein. Vielleicht sollten sie besser auf Thorsten Schwarz achten. Würde sich der Kommissar heranwagen an sein Porträt? Althea war gespannt.

»Mein Einsatz? Da strömen schon die Ersten«, bemerkte Maximilian.

Sie brauchte Fotos derjenigen, die sich das Alligator-Bild genauer ansahen. Und zwar, *wie genau* sie es sich anschauten. Maximilian nickte. »Oma Friederike sagt, die Spur verliert sich. Sie hat nur keine Idee. Wen hoffen Sie zu identifizieren, Schwester Althea?«, fragte er.

»Einen Giftmischer bestimmt, womöglich auch den Mörder von Franka Mellis. ›Identifizieren‹ trifft es nicht, es muss etwas passieren«, sagte Althea.

Das geschah auch. Im Kleinen. Althea bekam es mit, weil sie ein wenig Maus spielte und sich überall sehen ließ, die Ohren gespitzt. So stand sie vor dem Bild des Kommissars, als auch Elisabeth Hofreiter vor dem Porträt des Kommissars stand – die Bewegung in Elisabeths Gesicht war nicht nur bloße Überraschung. Sie strich über die Leinwand. »Schon fast gut«, bemerkte sie, wiegte den Kopf ein wenig hin und her und klang, als würde sie etwas amüsieren. »Wenn sie wüssten, dass du mir gehörst.«

Althea schlenderte vorbei, Maximilian fotografierte. Er hatte Elisabeths Gesicht im Bild, Althea hatte sie belauschen können. Sie könnte jetzt rätseln, was sie damit meinte. Aber Althea dachte nicht darüber nach, sie sah es plötzlich vor sich. Wie ihr Daniel, Elisabeths Sohn, auf der Fähre gesagt hatte, dass er diese Story von der Mellis, wie sie da im Atelier vor sich hin blutete, i wie interessant und ziemlich p wie profitabel fand.

Althea war gespannt auf das Foto und auf Elisabeths Miene. Das alles musste sie jedoch auf später verlegen. Elisabeth ging weiter, weil ein wenig geschoben wurde. Sie war gleich darauf schon verschwunden.

Gerade dachte Althea, sie habe Stefan herumwandern sehen. Es war seine Pflicht, sich nichts entgehen zu lassen.

Althea sah als Nächstes Thorsten Schwarz, wie er um sein Porträt herumging.

Jetzt durfte sie aber … »Irgendwie *sind Sie* der Beobachter«, sagte Althea.

»Schwester Althea weiß womöglich, was es mit den Bildern auf sich hat, und vergewissert sich, wer es sonst noch weiß?«, fragte er, und sie sagte ihm: »Sie sind nicht so … schrecklich unangenehm, wie Sie tun. Hoffe ich jedenfalls. Theo Sachs gefällt mir nicht. Vielleicht darf ich Thorsten Schwarz kennenlernen?«

Er neigte den Kopf, als müsste in seinem Gehirn eine Einstellung verändert werden. »Lassen Sie mich erst schauen, ob das hier das Original ist, was ich mir nicht denken kann«, sagte er. Ein genauer Blick auf die Rahmenrückseite, er ging dazu leicht in die Knie, dann fanden seine Augen die von Althea. »Stefan sagte mir, Sie seien bestimmt die Erste, der es auffallen werde. Also, Schwester Althea, dann wollen wir noch einmal anfangen. Ich bin nur selten ein Arsch. Aber im Moment ist es meine Rolle. Ich habe meiner alten Behörde einen Mörder versprochen, und auch mir habe ich ihn versprochen.«

»Und ich konnte leicht glauben, dass der Kommissar getötet

hat. Jetzt kann ich es immer noch, denn Sie wissen von den Fächern in den Rahmen. Franka liebte Sie vielleicht nicht, ließ es Sie aber glauben«, sagte Althea. Sie provozierte und wusste, Maximilian hielt die Szene gerade im Bild fest.

»Franka liebte vielleicht niemanden. Manches Mal genügt es, wenn einer liebt«, sagte er. Er war ihr jetzt auch nicht sympathischer. Glaubte er den Unsinn?

Schwester Althea, er erzählt diesen Unsinn vermeintlich einer Nonne, sagte sie sich. Falscher Zeitpunkt offenbar. Althea lachte.

»Ihre Flaschenpost ist geheimnisvoll und ärgerlich. Passen Sie auf, dass niemand Revanche fordert, Schwester Althea.«

Geheimnisvoll: *Mein Bild hängt an einem Ort, an dem du es nicht vermutest.* Ärgerlich: *Du hast mich für deine Liebe bestraft.*

»Ich entsinne mich«, erwiderte Althea. »Haben Sie noch viel Freude an den Kunstwerken, Herr Kommissar«, wünschte sie, drehte sich als Erste um und stolperte fast in den Klosterwirt hinein. Der taxierte denjenigen, der sich gerade Theo Sachs nannte, lächelte milde und sagte trocken: »Manches Mal ist die Zeit schon ganz gemein mit einem.«

Thorsten Schwarz lief schneller, auch seitwärts, es sah aus, als wollte er nur noch verschwinden. Althea fragte Valentin, ob er auch die anderen schon gesehen habe.

Der verkündete, dass sich Birgit Anselm, Elisabeth Hofreiter, Bernhard Hauser, Philip Kunz und Teddy Pischetsrieder natürlich sehen ließen. »Birgit Anselm ist die Priorin, ich konnte jetzt nicht anders«, gab Valentin zu. »Schwester Althea, du kennst das Warum. Es wird auf Rita Donner gewartet. Ich würde so weit gehen, zu sagen, es wird sich gscheit gefürchtet, dass sie einen Schrei loslässt.«

Da durfte sich weiter gefürchtet werden. Maximilians Handy machte hoffentlich nicht schlapp. Aber als sie zu ihm hinüberschaute, bedeutete er ihr: »Alles fein.«

Es folgte das Highlight der Veranstaltung, die Beurteilung der Bilder: Welches Ereignis wird gezeigt, welche Botschaft enthält das Bild, das Porträt, wie stellt die Künstlerin den Protagonisten dar, was will die Malerin vermitteln?

Die Jury hatte zusammen ermittelt, die drei auf dem Podium klopften an den Rand eines Glases, sie wollten gehört werden. Jeder von ihnen hatte ein Lachen auf den Lippen. Die Herren übertrugen der Stipendiatin die einleitenden Worte.

Tina zog gleich einen Namen aus dem Beutel: »Patrick Gräfe, ehemals Bürgermeister von Frauenchiemsee, zeigt uns ein sprechendes Franka-Mellis-Gemälde – ein Rätselbild. Lieber Patrick Gräfe, darf ich anbieten …?«

Schwester Althea applaudierte, weil ihr sonst nichts Passendes einfiel. Aber Gräfe war gekommen, er ging jetzt zu den dreien hinüber, nahm Tinas Hand, die ihm auf die Bühne half, und bemühte sich, sich zu freuen. Althea hörte ihn nicht flüstern, dass er wisse, wer Tina war. Das erfuhr sie erst später.

Aber seine Antwort war gleichzeitig eine Bitte. »Zeigen Sie mir, was in mir stecken kann! Ich nehme Ihr Angebot an.«

Patrick Gräfe, das, was in dem Rahmen steckt, hättest du besser herausgenommen, dachte Althea.

Schließlich kam die duftende Mitarbeiterin der Galerie Hans-Peter Keil auf sie zu. Sagte ihr, sie sehe jetzt ein wenig anders aus, aber sie habe sie sofort erkannt.

»Auf einem der kleinen Bilder steht Ihr Name.« Das war ihr aufgefallen. Und Althea war ein wenig stolz, bemerkt worden zu sein.

Althea und die Mitschwestern übernahmen den Abbau. Die Kunstwerke wurden sorgsam eingepackt, um sie an die Eigentümer zurückzugeben. Mit einem Gruß der Abtei Frauenwörth.

Schwester Dalmetia hatte jedes Bild fotografiert mit Assistenz von Schwester Benedikta. Der richtige Blick, sodass alles zu sehen war und es nichts zu raten gab über das Motiv.

Schwester Martha war dabei, einen Artikel zu schreiben, und fand, die Kombination in Wort und Bild sei ziemlich umwerfend.

Bestechend war auch das Rätselbild. »Schwester Althea, was werden wir tun mit dem spärlich bekleideten Mann und seinem Begleiter?«, wollte Benedikta wissen. Sie war die Malerin.

Was würde damit passieren? Sie konnten es nicht aufhängen, der Mann war nicht sympathisch, dachte Althea. Wenn du es daran festmachst, Althea – dann gute Nacht. Ob er das war oder auch nicht, sie könnten es trotzdem nicht aufhängen.

Dann fiel ihr die Lösung in den Schoß. »Es ist, genau genommen, ein Beweisstück. Weil es in einer Mordermittlung eine wichtige Rolle spielt«, sagte Althea mit allem gebührenden Ernst, den sie aufbrachte. »Wir überlassen es der Mordkommission München, wenn du zustimmst, Schwester Benedikta.«

Das hatte Althea jetzt ohne Jadwigas Stimme beschlossen.

Die Priorin hatte ein Abendessen arrangiert für die Jury, die freiwilligen Helfer und für das Kloster Frauenchiemsee – beim Klosterwirt. Althea und Maximilian entschuldigten sich anschließend ziemlich schnell, es gab ja noch etwas zu tun. Althea konnte ihre Spannung unterdrücken, aber nicht verbergen. Stefan hatte sie während der Ausstellung nicht mehr zu Gesicht bekommen. Observierte er? Wen? Sie blickte ein wenig umher. Kein Kommissar. Gut, dann nicht, dachte sie. Drückte auf die Tasche ihres Ornats. Alles noch da.

Althea bedankte sich bei Friederike, rechnete mit einer Bemerkung oder zweien und bekam sie.

»Du hast gar nicht darauf geachtet, ob ein Mörder hereinspaziert. Ich hätte Hinz und Kunz einlassen können.«

Ein Mörder, den man am Schild auf der Stirn erkannte?

»Natürlich. Wenn Hinz und Kunz bezahlen«, sagte Althea. Genau. Hinz vielleicht nicht, aber *Kunz*? Friederike kannte keinen der Männer, die sich damals mit Franka Mellis getroffen hatten, das konnte sich Althea denken.

Sie und Maximilian verständigten sich, er deutete auf sein Telefon. Die Fotos.

»Ich lasse dich sitzen, Oma Friederike«, kündigte er an. Was sie tun würden, sagte er seiner Oma nicht.

Althea sagte es. »Maximilian war so nett, Fotos zu machen, wir müssen schauen, welche wir nehmen. Es geht außerdem um den alten Kriminalfall. Vielleicht könntest du nachher auch einen Blick auf die Bilder werfen?«, schlug sie vor, um die ehemalige Richterin nicht außen vor zu lassen.

»Wie kommt das Kloster an ein Rätselbild?«, wunderte sich Friederike.

Die Beantwortung der Frage schnitt Althea nur kurz an, bevor sie an Benedikta übergab.

»Oma Friederike sieht aus, als formiere sich hinter ihrer Stirn ein Sturm. Den vielleicht der Kommissar von früher abbekommt«, kam es von Maximilian.

Althea konnte sich gut erinnern, wie unterkühlt die Oma zu ihrem Enkel sein konnte. Vielleicht ohne Absicht, vielleicht, weil sie einfach so war. Aber solch ein Sturm. Ohhhh.

Wahrscheinlich musste es im Moment niemanden interessieren. Sie gingen zu ihrem Lagerfeuerplatz, setzten sich auf einen größeren Stein.

Maximilian rief die Bilder auf, hielt das Handy in die Mitte. »Hier ist die Frau, die das Bild streichelte«, sagte er und zog das Gesicht groß.

Althea bemerkte den sehr zufriedenen Eindruck. »Elisabeth weiß, es ist eine Kopie«, sagte Althea. »Sie weiß es genau.«

»Irgendwann kam der Ansager des Sturms, den haben Sie vielleicht verpasst, Schwester Althea«, sagte Maximilian. Wieder vergrößerte er das Gesicht.

Der Ansager des Sturms – Daniel Hofreiter –, wo war Althea da gewesen?

Sie sah genauer hin, weil auch Daniel genau hinschaute. Das Gesicht verzog, auf dem nächsten Bild schüttelte er den Kopf.

Dann, als hätte er kapiert, dass er vor einer guten Fälschung stand, sah sie ihn lachen. Genauso sah es aus.

Auch der Kommissar ahnte die Fälschung. Warum? Wie?

Wenn er wusste, Rita Donner war nicht mehr am Leben? Wer, glaubte er, hatte das Bild? Althea, du hättest ihn fragen sollen.

»Das ist Bernhard«, sagte Maximilian. »Den hat der andere, dessen Name vorhin gezogen wurde, angesprochen, hab ich gehört.«

Bernhard Hauser war interessant. Und neben ihm stand Patrick Gräfe. Seltsam, dass beide hinter die Staffelei schauten und Maximilian sie beim Hochheben der Leinwand erwischt hatte.

»Der eine sagte, dass der Rahmen völlig normal sei. Kein Valentin-Zeiser-Rahmen. Sie wirkten, als würden sie ein Geheimnis teilen.«

Sie teilten mehr als nur ein Geheimnis, wie Althea wusste. Sie bat Maximilian, ihr die Bilder wie beim letzten Mal an die E-Mail-Adresse des Klosters zu senden. »Und bestelle deiner Oma Friederike bitte, dass wir eine heiße Spur haben.«

Und als Nächstes würden sie und Jadwiga ein Geheimnis teilen müssen.

»Schwester Althea, du warst verschwunden«, sagte die Priorin. Sie räumte schnell die Flasche weg, als sie Althea zu sich ins Büro bat. Es war bereits dunkel, Maximilian hatte die Bilder sicher schon geschickt, gerade aber war Althea mehr an der Nachricht für Bernhard Hauser interessiert.

»Wir warten, bis es ruhig ist, aber du wartest nicht, bis Schwester Althea schläft, denn sie kommt mit. Und jetzt schreiben wir die Nachricht an Bernhard Hauser.«

»Es ist meine Sache, Schwester Althea«, gab Jadwiga zurück.

Und Althea sagte ihr, es verhalte sich anders, denn sie hatten beide zugestimmt. »Das Kloster unterstützt die Mordkommission bei der Klärung eines Falls. Welchen Falls, das haben wir nicht gesagt.«

»Oh, Schwester Althea!« Die Priorin sagte, sie hätte sie gerne rausgehalten, was Althea nicht kümmerte. Sie hatte die Gesichter auf den Fotos gesehen.

Außerdem … Althea fasste in die Tasche ihres Ordensgewandes. »Ich habe mir ein Beweismittel geschnappt. Patrick Gräfe muss es vergessen haben.« Sie erzählte von den Rahmen und den Drogen. Und hielt Jadwiga den kleinen Beutel hin. Jetzt durfte sie gespannt sein. Wie weit traute ihr die Priorin?

»Die Kaubonbons«, sagte diese auch tatsächlich. »Bernhard hat sie mitgebracht.« Und, als würde sie sich erinnern: »Dadrin stecken kleine Teufel, die jede Hemmung mit sich reißen, in den Verstand eindringen und verkünden, alles sei erlaubt.« Jadwiga wusste, wovon sie sprach.

Althea nickte. Sie hätte nie gedacht, dass ausgerechnet die anständige Jadwiga sich hatte verleiten lassen, etwas zu probieren.

»Machen wir uns ans Werk«, sagte Althea.

Aber so leicht, wie es ihr erschien, jemanden herzulocken, ihm ein wenig Angst zu machen, zu verlangen, dass er eine Schuld eingestand, so einfach konnte die Priorin es nicht sehen. Jadwiga stimmte schließlich zu, die Nachricht zu schreiben.

Althea sagte, diesmal dürfte sie nicht indirekt sein. »Es sind Menschen zu Schaden gekommen, vielleicht gestorben – Bernhard mischt Gift. Es kümmert ihn nicht. Es hat ihn wohl nie gekümmert.«

Althea diktierte. Vor achtzehn Jahren hatte er, laut den Aufzeichnungen von Rita Donner, auch schon etwas zur Entspannung gemixt. So hatte es Tina erzählt.

Deine Mischung ist unverwechselbar, lieber Bernhard. Du kannst dir denken, wer etwas über dich weiß. Tagebuchnotizen sind Gold wert. Mord verjährt nicht. Treffen wir uns …

dort, wo wir immer zusammensaßen. Heute, nach zehn. Deine
Franka Mellis

»Schwester Althea, wir sind sehr direkt. Mord. Woher nimmst du die Sicherheit? Oder ist es nicht nur deine?«, fragte sie. Dann gab Jadwiga sich selbst die Bestätigung. »Du hast es abgesprochen, der Kommissar wird den Termin wahrnehmen.«

Wenn die Priorin dann beruhigter war. Althea konnte zustimmen, denn sie würde mit Stefan reden, sie musste das Päckchen abgeben.

Sie hatte den Termin vereinbart. Wenn Bernhard Hauser kam und nicht zur Polizei ging, dann war das auf eine Art ein Schuldeingeständnis. Auf welche – das würde sich ergeben. Hauser, Gräfe, Schwarz – die Herren –, wie lange hatten sie geschwiegen, und was hatten sie *ver*schwiegen?

Jadwiga druckte das kleine Schreiben aus; Althea sah, dass sie Handschuhe trug, als sie das Blatt aus dem Drucker nahm, es rollte und in die Flasche bugsierte.

Sie saßen im Büro, bis es in der Halle zwölf Uhr schlug. Althea hatte Jadwiga über all das unterrichtet, was sie erfahren hatte. Über Tina, deren Mutter, das Inseltagebuch und die geklaute Idee. Und dass Tina bei Valentin wegen eines Rahmens für ihren Inselsturm anfragen wollte.

»Sicher hat sie schon gefragt«, sagte Althea.

»Und sicher wird er zustimmen«, erwiderte Jadwiga.

Die Priorin ging hinüber zum Wandschrank, nahm ein breites Kuvert und zog die Sturmhaube heraus.

Gute Tarnung, musste Althea einräumen. Aber … »Die brauchst du nicht. Heute sind wir zwei Klosterschwestern, die sich ein wenig bedeckt halten, schnell handeln und sich, wenn möglich, nicht erwischen lassen.« Althea wollte nicht mit einer Nonne gesehen werden, die eine Sturmhaube trug. »Das sieht aus, als wäre uns bewusst, dass wir etwas Schlimmes tun und es darum heimlich tun müssen.«

Jadwiga stimmte nicht zu.

Sie mussten gehen, die Flaschenpost ablegen, zum Diskutieren blieb keine Zeit. Valentin würde vielleicht auf sie warten. Nein, verbesserte sich Althea, er würde den Postboten erwarten.

Schwester Jadwiga bestand darauf, dass sie die Flasche dort deponierte, wo sie auch die anderen abgelegt hatte, auch das Wie musste passen. »Sonst weiß Valentin, dass es zwei Täter sind.«

»Das weiß er doch schon«, erinnerte sie Althea. Er hatte sie beim letzten Mal wahrscheinlich gesehen. Doch dass die Täterinnen aus dem Kloster kamen, das hatte er nicht glauben wollen.

Nun, mich kann er sich denken.

Sie liefen im Schutz der Dunkelheit zwischen den Bäumen, schauten genau – Althea gab Jadwiga das Zeichen, sie könne die Post jetzt loswerden.

Es geschah, was schon beim letzten Mal passiert war. Valentin kam genau dann aus der Deckung hervor, als Jadwiga auf dem Rückweg war und Althea sie zum Rennen animierte. Wieder schnauften sie gemeinsam in der Küche des Klosters.

»Er wird irgendjemandem die Hölle heißmachen. Der Bote wurde nicht erwischt. Schon wieder liegt eine Flasche dort im Sand. Schon wieder will jemand von ihm, dass er die Post überbringt.«

»Wenn er die Post liest, dann wird er sie überbringen«, sagte Althea. »Valentin ist nicht dumm, aber er wird vorgeben, es zu sein.« Sie war sich sicher.

30

Die Kunst ist eine Tochter der Freiheit.

Friedrich Schiller

Die Morgensendung wusste von einer gelungenen Ausstellung im Klosterhof der Abtei Frauenwörth; der Moderator wusste außerdem von anderen Kleinigkeiten. »Rätselbilder … Allein ein Rätsel ist es, woher eines der Bilder so plötzlich gekommen ist. Unser Mr. Undercover meinte, es handle sich um eine Fälschung. Er werde uns beim nächsten Mal verraten, warum er genau wisse, dass es kein Original ist. Nicht von Franka Mellis. Seien wir gespannt.«

Der Mr. Undercover aus dem Chiemgau war speziell. Er hielt alle bei der Stange, aber vielleicht wusste er gar nichts oder musste sich die Informationen erst beschaffen? Ein Ermittler verfügte über Taktik, mit der man einiges herausfinden konnte. Er hatte einen Ausweis, der dem Gegenüber keine Wahl ließ. Der Moderator schaltete weiter im Geschehen, ließ seine Hörer kaum Luft holen.

»Die Aufregung entstand bei Nacht. Rita Donner tauchte nicht auf – über das ›Warum nicht‹ haben wir keine Information. Doch es liegen achtzehn Jahre zwischen dem Mord an Franka Mellis, Ritas Fortgehen und dem Heute. Da kann etwas geschehen sein. Vielleicht werden wir das nie so genau wissen. Die Ermittlungen kommen offenbar nicht in Fahrt, dafür gibt es Drohungen. Angeblich und ausnahmsweise darf ich nichts anderes sagen. Valentin Zeiser hat die Nase voll, sagt er. Warum genau, sagt er uns nicht.«

Tina würde es vielleicht erfahren. Sie wollte Valentin nachher ihr Bild bringen, um es rahmen zu lassen. Und sie würde ganz sicher gleich beim Frühstücksbüfett wieder einiges hören. Doch gerade ließ Tina noch einmal die Stimmen und die Späße der beiden Künstler, die sie kennenlernen durfte, Revue passieren. Man war aufgetaut, und der Bischof hatte vorgeschlagen, in Kontakt zu bleiben. Ein Mann der Kirche, locker. Vielleicht würden sie sich einmal an ein gemeinsames Werk wagen?, hatte er sie tatsächlich gefragt. »Mama, das war ein wirklich schönes Gefühl. Wo ich am Anfang dachte, die Kutte macht den Mann. Aber der Mann machte die Kleidung.«

Beim Klosterwirt wurde freundlich gegrüßt. Die Köpfe wandten sich ihr zu. Ein wenig darfst du dazugehören, sagte sie sich.

Die Münder wurden fusselig geredet, es herrschte Aufregung. Der Halbnackte mit dem Alligator. Unverkennbar Franka Mellis. Das Porträt von Patrick Gräfe, das er zuletzt irgendwo im Keller herumstehen hatte, wie jemand ganz sicher wissen wollte. Die anderen Bilder von der mordverdächtigen Malerin – und nach all der Zeit noch immer kein Täter in Sicht. Aber die Mitternachtsspitzen-Fraktion, die hatte die Ausstellung besucht, und wie sie sich da gegenseitig aufgezogen hatten. Außenstehende hatten nicht verstanden, worum es genau ging. Wenn es eine Art des Redens gab, die in ihrer Funktion der Stenografie ähnelte und die nicht jeder beherrschte, dann war es gewiss so etwas.

Ob jemand den Heimatsender gehört habe. Dieser Mr. Undercover war offenbar richtig bissig. Wen der Sender da ins Boot geholt hatte, wäre spannend herauszufinden …

Die rätselhaften Nachrichten, über die Valentin sich ärgerte, darüber würde bestimmt noch gesprochen werden. Vielleicht könne man die Schreiberin dieser Spottschriften aufspüren.

Tina hatte genug gehört. Schreiberin. Das war nicht gut. Ermitteln hier und dort.

Eine Frau kam an ihren Tisch, sagte, dass sie gestern auch gerne gezogen worden wäre. »Ein Porträt mit meinem Seelentier, das wäre so schön. Aber vielleicht kann ich Sie ja …

wie nennt man das … engagieren. Ich bezahle einen guten Preis.«

Ein Auftrag, der Tina in den Schoß fiel, sie sagte zu. Strahlende Augen waren der Lohn.

Und im Atelier sah Tina der Sturm am Chiemsee entgegen. Das Bild stand auf der Staffelei. Wo auch Franka Mellis' letztes Werk gestanden hatte? Auf der Insel würde sie immer lebendig bleiben, dachte Tina. Und im nächsten Moment – auf der Insel war sie auch immer tot. Sie richtete ihre Gedanken erneut auf gestern, sie hatte bei der Ausstellung viele Zeichnungen von Rita gesehen.

Sie schlug ihr Bild in Schrenzpapier ein. Sie wollte noch nichts sehen lassen. Ihr kleines Geheimnis, sagte sie sich, und gleich auch das von Valentin.

Der bedeutete ihr wenig später, sie solle zum Nebeneingang kommen. Er nahm ihr das Bild ab. »Heute Abend bringe ich dein Gemälde vorbei«, versprach er ihr. »Ich werde den Rahmen glatt machen, sodass du, wenn du möchtest, auf dem Holz weitermalen kannst; so ein paar Farbspuren würden sich bestimmt gut machen.«

Er hatte recht. Sie sagte ihm, sie sei im Atelier anzutreffen, wo sie sich um *sein* Bild kümmern wollte.

»Du musst auf dich aufpassen!«, warnte er. »Ich schaue nach dir, sobald ich kann«, sagte er. Irgendwie half es ihr, das zu wissen. Sie bedankte sich.

»Ich weiß nicht genau, wer diese Flaschenpost schreibt, aber ich habe so eine dumpfe Ahnung. Tina, du hast das Inseltagebuch, du solltest das dem Kommissar verraten. Dem guten Kommissar«, riet er ihr.

Sie werde an seine Worte denken, sagte sie ihm. Und er erwiderte, dass Denken allein aber nicht reiche.

Tina freute sich auf den Rahmen und darauf, die Skizzen zu zeichnen – Rita und Valentin. Sie konnte sich das gut denken. Eine fröhliche Rita. »Mama, was meinst du, möchtest du neben dem Klosterwirt Platz nehmen?«, fragte sie. So wie Rita in ihrem Inseltagebuch stets an Tina geschrieben hatte.

In den Köpfen der Leute war Rita Donner noch immer verdächtig. Es hatte sich natürlich nichts geändert, seit gestern, seit der Ausstellung. Wie sollte es auch, was erwartete sie denn?

31

Kunst ist Magie, befreit von der Lüge, Wahrheit zu sein.
Theodor W. Adorno

Etwas hatte sich sehr wohl geändert. Du hast Angst bekommen. Er wird dich verraten. Sagt der Heimatsender. Und der Sender weiß es – von ihm.

Mr. Undercover. Rutsch mir den Buckel runter!

Was er konnte, kannst du auch. Er wird den Mord imitieren. Jedenfalls willst du es so aussehen lassen, und er würde zuletzt fassungslos fragen: »Wie konntest du das tun?«

Und du kannst zurückgeben: »Wie dumm muss man sein, nicht an die Konsequenz zu denken? Wer einmal mordet …«

Aber er hatte keine Ahnung, wollte sicher keinen Gedanken daran verschwenden.

Er war ein Erpresser, der sah, wie er dein Rätselbild zu Geld machen konnte.

Einer, der von dir abhängig ist. Er wird dafür bezahlen. Und er wird es schaffen, überrascht zu sein. Damit hat er nicht gerechnet.

Du rechnest schon länger.

Als du das Bild gestern auf der Ausstellung gesehen hast, da kam dir der Gedanke, ob er es von der Wand abgenommen und dort aufgestellt hatte. Doch du musstest dich zur Ordnung rufen, dass das ja völliger Unsinn war. Überprüft hast du es trotzdem.

Aber sie war gut, diese Fälschung.

Du hast natürlich einen Verdacht. Schwester Althea hat angefragt, hat die Bilder gesammelt, hat die Stipendiatin mit ins Boot geholt, hat etwas Nettes versprochen. Die Schwester hat sie alle geködert. Diese Schwester kann dir vielleicht gefährlich werden. Daran wirst du denken müssen.

Wenn du dich fragst, was der Sinn des Ganzen ist ... frag besser nicht.

Wenn sie erwartet, einen Mörder zu überführen – nun, da wird sie zu spät kommen, denn das Opfer würde morgen schon kalt sein.

32

Kunst. Sie interessiert sich nicht für den Menschen,
sondern für das Bild des Menschen.

Boris Pasternak

Im Atelier brannte Licht. Normalerweise schaltete sie es aus. Normalerweise war die Schiebetür geschlossen und nicht einladend geöffnet. Normalerweise hatte Tina kein komisches Gefühl.

Daniel?

Er kam aus der anderen Richtung, er hatte sich nicht Zutritt zu ihrem kleinen Reich auf Zeit verschafft.

»Künstlerin, du wirst bewundert.« Von ihm nicht, ließ dich seine Miene wissen.

Tina entkam ihm nicht. Gerne hätte sie ihn etwas gefragt, aber seine Miene sah muffelig aus, von so jemandem wollte man gar keine Antwort.

»Hat Schwester Althea, die allwissende Nonne, nichts von dem Fluch erzählt?«, fragte er unschuldig.

Sie wollte sich davon nicht anhaken lassen, aber Daniel erkannte an ihrem Gesicht, dass er es schon geschafft hatte.

Er zögerte auch keinen Moment. »Dass an diesem Ort vielleicht noch jemand sterben wird.«

Schwester Althea sollte das gesagt haben? Vielleicht in einem anderen Zusammenhang. Tina reagierte nicht darauf, hatte es wahrscheinlich doch schon getan: Ihr Erschrecken war ihm genug. Sie hatte ihn gestern gesehen, auch sein Glucksen gehört, als er im Klosterhof die Bilder bestaunte. Mr. Undercover wird dafür sorgen, um Wahrheiten wurde sich gekümmert. Er tat so großartig. Er war dieser Mr. Undercover. Wo sie doch Theo Sachs alias Thorsten Schwarz verdächtigt hatte. Vielleicht jagte der eine den Wahrheiten nach, und der andere war hinter dem Inseltagebuch her. Unabsichtlich ein Team. Jetzt musste sie lachen. Nicht die Reaktion, die Daniel erwartet hatte. Es gefiel ihm nicht. Tina musste sich an ihm vorbeischieben. Mit ihm reden musste sie nicht, und die Schiebetür ließ sich abschließen.

Sie wollte die Zeichnung für Valentin fertigstellen. Tina sah auf die Uhr. Es war Viertel vor zehn. Gestern war schon ein Stück weit weg, schien es ihr. Heute hatte sie die schöne Zusage, dass sie ein gerahmtes Bild bekam. Sie würde der Insel etwas hinterlassen und konnte stolz sein. Gedankenvoll trat sie durch die Tür.

An diese Dame hatte Tina nicht gedacht. Elisabeth Hofreiter.

Sie hatte ihr den Rücken zugedreht, wirkte seltsam – die Kleidung. Trug sie eine Kittelschürze und Handschuhe? Tina wunderte sich, schaffte es aber nicht, eine mögliche Antwort zu finden.

Schnell war die Bewegung, flink maß Elisabeths Blick Tina. »Du hättest nicht provozieren müssen, was hast du dir dabei gedacht?« Kalt war ihr Ton. Die Worte gewannen an Schnelligkeit. »Kommst auf die Insel und buddelst in den Gräbern der Vergangenheit.« Wie sie es sagte, klang es hässlich.

Tina musste an den Fluch denken. Dummer Einfall, das fehlte ihr gerade noch.

»Schreibst Nachrichten und glaubst, wir wüssten nicht, dass es so im Tagebuch steht. Tina Jensen!« Wenn ein Name jemals als Schimpfwort ausgesprochen worden war, dann ihrer. Gerade eben.

Andere Laute waren kaum zu vernehmen. Die Dunkelheit hatte ihren Mantel ausgebreitet. Tina kam nicht zu einer Erwiderung, was hätte sie auch sagen sollen. Sie kam nicht einmal dazu, einen Schritt vor oder zurück zu machen, sie hielt nur ihre Tasche fester.

Ein Schimmer war es. Das Licht der Deckenleuchten fing sich im Metall des Malerspatels, mit dem Elisabeths behandschuhte Hand auf Tinas Kehle zielte – und sie beinahe traf.

33

*Wenn ich wüsste, was Kunst ist, würde ich es
für mich behalten.*

Pablo Picasso

Heute Abend, sagte sich Althea. Die Priorin musste vor sich
selbst gerettet werden. Sie hatte den Schlüssel für die so lange
geheime Kammer gut verwahrt, den würde sie zusammen mit
einem Plan für Jadwiga in ein Kuvert stecken. Die Herausforderung: Finde den Schatz.

Je üppiger die Pläne blühen, umso verzwickter wird die
Tat, Althea.

»Der Zufall trifft nur einen vorbereiteten Geist«, wusste
jemand Schlaues. Diese Weisheit fiel ihr dazu ein. Für Weisheiten hatte Althea etwas übrig. Sie klangen gut und halfen
einem dann und wann, etwas zu entscheiden.

Altheas Sinne vibrierten, als sie die Neuigkeiten des Heimatsenders hörte. So schnell wie selten hatte sie sich frisch
gemacht und angekleidet.

Und Stefan verpasst.

Wie das? War der Kommissar nicht in seinem Bett gewesen?
Ein Zettel lag dort auf dem Kissen, er habe noch einige Dinge
zu erledigen und sei später wieder zurück. Später. Wann war
später?

Mit dem Giftmischer hatte sie eine Verabredung, und sie
musste Tina irgendwie vom Atelier fernhalten, sagte ihr ein
Gefühl.

»Du wirst es nicht für gut befinden, denn ich werde lügen –
das erste Mal, seit ich mich fürs Kloster entschieden habe. Das
erste Mal!«, betonte sie noch einmal. Wenn Althea es laut sagte,
fühlte sie sich noch schuldiger, doch sie konnte Tina nicht in
Gefahr bringen. Die alte Kath vertraute Althea. Und sie durfte

sie und sich nicht enttäuschen. Nur hatte Althea keine andere Lösung, und so lief sie zum Gästehaus und schob einen Zettel unter der Tür von Tinas Zimmer durch. Dass jemand etwas über ihre Mutter wisse. Mit dem Vorschlag, sich am späteren Abend beim Klosterwirt zu treffen.

So würde Tina im Schutz des Gasthofs warten. Das hoffte Althea. Denn sie hatte eine Verabredung mit Bernhard Hauser. So er denn kommen würde, wäre der Treffpunkt das Atelier.

Auch später gab es von ihrem Neffen noch keine Spur.

Priorin Jadwiga zeigte eine gefasste Miene. Sie hatte offenbar auch den Morgensender gehört. Unzählige Anrufe zur Ausstellung hatten ihr Kloster erreicht. Und vor allem die Idee eines Porträts mit einem tierischen Begleiter, die hatte eingeschlagen. Althea freute sich. Was sich die Mutter einmal ausgedacht hatte und was einer anderen, wenn auch unverdient, zu Ruhm und Ehre verholfen hatte, dieses Erbe übernahm jetzt die Tochter. Ein gutes Ende. Irgendwie.

Im Verlauf der nächsten Stunden hatte Althea einiges zu erledigen. Die Kunstwerke, groß und klein, mussten sich auf den Rückweg machen. Wenn sie es bloß könnten! Dann hätte sie keine Arbeit. Es wäre eine wunderbare Szene, sie konnte sich die glücklichen Bilder vorstellen, die bewundert worden waren und beim Gehen fröhlich plauderten.

Ausreißer, Althea, weg vom Gemütlichen! Du solltest mit zwei Personen rechnen, die schon die ehemalige Richterin in ihre Kalkulation einbezogen hatte.

Als die Schatten lang wurden und die Dunkelheit vom Himmel fiel, hatte Althea noch immer keinen Hinweis auf den Mörder.

Althea, der Geist, der durch die Gänge schlich, tat es leise, klopfte noch einmal bei Stefan an. Der Zettel lag wie zuvor auf dem Kissen. Althea tauschte ihn gegen einen anderen aus.

Habe eine Verabredung mit Bernhard Hauser im Atelier. Es wäre gut, wenn du dazustoßen würdest. Wir können ihm beweisen, dass er mit seinen gefährlichen Mischungen Menschen um den Verstand bringt.

Halluzinationen konnten das. Um den Verstand bringen. An ihrem würde ihr Neffe zweifeln. Sie könnte sich anhören, dass Tante Marian nicht seine Arbeit erledigen, nicht schon wieder das Schicksal herausfordern sollte, mit ungewissem Ausgang.

Ihr stiller Mitbewohner war heute wirklich still. Verzweifelt still?

Althea legte die Botschaft für Jadwiga vor ihre Bürotür. In der Hoffnung, sie verstünde, wie Wunder manches Mal funktionierten.

Nach zehn, hieß es in ihrer Flaschenpost-Nachricht, natürlich würde Althea *vor zehn* beim Atelier Inselsonne sein. Und falls der Nachrichtenempfänger etwas vorhatte, etwa den Mitwisser mundtot zu machen, würde sie sehen müssen, *was* es war. Althea mochte nicht an irgendein Tatwerkzeug denken.

Sie hatte ein ungutes Gefühl. Ihr Ornat war keine abschreckende Waffe, allerhöchstens eine Drohung.

Im Atelier brannte Licht. Wie das?, musste sie nicht fragen. Tina hatte die Nachricht ignoriert, sie nicht gefunden, ein Windstoß hatte den Zettel irgendwohin befördert, welcher kleine Trickgeist hatte dafür gesorgt? Daran glaubst du doch gar nicht.

Sie holte erschrocken Luft. »*Daran* glaube ich auch nicht«, sagte sie. Elisabeth Hofreiter hielt in ihrer Hand einen Spatel, der gleich Tinas Kehle durchbohren würde.

Liebe, hatte Althea zu Maximilian gesagt. Das Motiv für den Mord.

Und jetzt sprang sie der Hass an. In Elisabeths Augen konnte nur Tina die Nachrichten geschrieben haben, die klangen, als wären es Auszüge aus einem Tagebuch.

Es war überdeutlich, Althea hatte es am gestrigen Abend doch gesehen. Die Fotos. Elisabeth und auch ihr Sohn vor dem Rätselbild. Aber sie hatte nicht weiter in diese Richtung gedacht. Elisabeth war Frankas Mörderin, die das Bild mitgenommen hatte. Weil der Porträtierte ihr Liebster sein sollte. Franka war im Weg gewesen, nicht gut genug für Thorsten.

Althea musste dort hinein, und sie überlegte nicht. Sie musste Elisabeth ablenken, sie zum Reden bringen, und währenddessen sollte ihr etwas einfallen.

»In letzter Minute, Schwester Althea. Die natürlich Tina Jensens letzte sein wird«, lautete die Begrüßung.

Elisabeth war verrückt. Sie trug Handschuhe und eine Art Schürze.

»Du bist Ärztin, du kannst den Tod nicht ausstehen«, erinnerte Althea sie.

»Er ist nicht so unberechenbar, längst hat er mich ins Vertrauen gezogen«, sagte Elisabeth.

Um Himmels willen. Anders fragen, Althea. Einfacher fragen. »Warum muss das sein?«

Tinas Augen riefen um Hilfe und fragten gleichzeitig: Wann muss ich reagieren? Althea kam ein Stückchen näher, sie hatte keine Ahnung, ob eine Reaktion möglich sein würde, schüttelte den Kopf.

Elisabeth war in ihrer ganz eigenen Szene gefangen. »Daniel ist eine Zecke. Findest du nicht auch? Sicher bist du der gleichen Ansicht.«

»Mhm«, gab Althea von sich. Es war nicht gelogen. Sie hätte zu gern gelacht.

»Es ist die beste Gelegenheit, meinen missratenen, erpresserischen Sohn loszuwerden«, sagte Elisabeth.

Draußen hörte Althea Geräusche.

Tina bewegte sich, flüsterte: »Valentin«, während Elisabeth von einer stimmigen Lösung sprach. Für sich. Sie sah und hörte nichts anderes mehr.

»Ich bin vorbereitet, denn Daniel könnte sich in die junge

Frau verguckt haben, mit ihr in Streit geraten sein. Er kopiert den ersten Mord. Die Fingerabdrücke auf dem Utensil sind von Daniel, dem Erpresser.« Sie hörte sich an, als würde sie Spaß machen. Eine Mutter, die kalten Herzens ihren Sohn opferte.

Althea hatte Daniels Grinsen vor Augen, seine seltsamen Bemerkungen im Ohr. Er ließ Elisabeth dafür bezahlen, dass er den Mund hielt. Und jetzt hatte die Mutter vor, es ihm heimzuzahlen. Daniel als Mörder.

Elisabeth erzählte, dass sie es sich nicht vorher ausgedacht hatte, Franka loszuwerden. Es hatte sich ergeben. Elisabeth hatte zu jener Zeit ihre Praxis in Prien. Sie hatte gesehen, wie der Vater von Bernhard Hauser Franka traf, hörte, wie er die Bestellung eines Rätselbildes weitergab und ihr etwas in die Hand drückte. Ein Foto. Von einem Kolibri war die Rede. Franka lachte, sagte dem Vater, er solle nicht so finster dreinschauen. Es sei ganz leicht verdientes Geld. Sicher auch für ihn. »Schuldenkönig.«

»Mit Drogen wollte er nie was zu tun haben, hat er gesagt. Der hätte Franka getötet, wenn er gekonnt hätte.« Elisabeth klang fröhlich dabei.

Althea ahnte, wie es weiterging. Für Elisabeth gab es einen Grund, Thorsten, an den sie ihr Herz verschenkt hatte, von Frankas Aktionen zu erzählen: Der Mann war Kriminalkommissar. Er musste reagieren. Was er nicht tat.

Elisabeth fand, nur Frankas Tod konnte die Verbindung auflösen.

Leichthin sagte sie: »Rita war nicht wütend genug, es zu tun – ein wenig hatte ich auf sie gewartet. Aber dann war mir klar, sie würde nach Hause zurückgehen, die Brücken abbrechen. Ihre Augen waren ein wenig tot. Auf Rita Donner konnte ich nicht mehr setzen. Und so …«

Thorsten trauerte. Der Mann war am Ende, hätte aber die Ermittlungen führen sollen. Und er hätte sich in *sie* verlieben müssen, aber er bemerkte sie nicht einmal. Jetzt suchte er einen

Täter. Für ihn war Rita, Frankas Freundin, die Verdächtige Nummer eins, und Rita war plötzlich verschwunden.

Die Tochter, von der hatte Elisabeth gewusst – sie hatten alle von Ritas Kind gewusst –, aber Tinas Auftauchen hier und jetzt war ein ganz plötzliches Erwachen. Die Vergangenheit kam zurück.

Die in ihren Gedanken gefangene Erzählerin rückte nicht von Tina ab. An deren Hals lief Blut herunter.

Althea wollte nicht machtlos sein. Sie musste Elisabeth erwischen, bevor diese zustach. Ihre Augen verrieten – gleich.

Ein Moment der Unaufmerksamkeit. Als hätte Elisabeth etwas gehört.

Althea ließ sich auf den Boden rutschen, versetzte Elisabeth im Fallen einen heftigen Tritt gegen die Beine und schrie: »Jetzt!«, hoffte, dass Tina verstand.

Elisabeth fiel nach hinten, Tina duckte sich weg, der Spatel flog durch die Luft.

Mitten in diese Szene platzten Bernhard Hauser und Valentin.

Althea saß auf dem Boden und sagte zu Bernhard: »Wird auch Zeit.«

Der krümmte sich, als wäre er angegriffen worden.

Tina ließ sich neben Althea sinken. »Schwester Althea, balancieren Sie immer so nahe am Abgrund?«, fragte sie.

Althea fing die Unterlippe mit den Zähnen ein, statt zu antworten. »Sie haben meine Nachricht nicht bekommen?«, fragte sie dann. Es beschäftigte sie wirklich.

»Ich habe eine Nachricht bekommen. Der falsche Ton. Ich habe schon viel über meine Mutter erfahren. Etwas Neues, anderes wollte ich nicht hören.«

Und Althea hatte auf ihre Neugier gesetzt. Oh, Schwester!

Das sagte ihr auch Valentin, der mit einem gerahmten Bild unter dem Arm dastand. »Sehr stürmisch heute Abend.«

Die beiden Kommissare kamen spät, aber bereit durch die Tür, verständigten sich kurz, wer sich um wen kümmern sollte.

»Nach Zufall sieht das nicht aus hier. Aber fragen werde ich später – Schwester Althea.« Ihr Neffe zog ein Gesicht, als gäbe es noch eine Täterin. Noch einer, den ihre Nachricht nicht kümmerte?

Heil aus der Angelegenheit kam niemand.

Bernhard Hauser hatte keine Möglichkeit, rechtzeitig zu verschwinden, keine Zeit, die Beweise im Labor im Hinterzimmer der Apotheke zu vernichten. Es hatte früher funktioniert, es würde wieder funktionieren, auch ohne Gemälde, dachte er sich. Althea hatte den Verdacht, Hauser hatte zu viel von seinen Mixturen selbst probiert.

Die Polizei konnte Priorin Jadwiga nicht aus allem heraushalten, was sie auch nicht gewollt hätte. Doch Althea war höchst zufrieden, denn Jadwiga hatte den Plan verstanden, sie hatte die Tür geöffnet.

Die Priorin hatte den lange verschollenen Klosterschatz entdeckt, hieß es noch am selben Tag im Heimatsender. Mr. Undercover gab also nicht auf.

Mit einem Blick ein Weltbild erfassen ist Kunst.
Wie viel doch in ein Auge hineingeht!

Karl Kraus

»Schwester Althea, da ist jemand für dich – er und sein Mitbringsel sehen ein wenig angeschlagen aus«, sagte die Mitschwester
an der Pforte.

Er. Mitbringsel. Maximilian hatte Schule, er sah überdies
nicht angeschlagen aus. Außer Oma Friederike … Althea jagte
auf den Eingang zu.

Nicht Maximilian stand dort. Ein ungläubiger Valentin.

»Schwestern, das ist jetzt genug«, sagte er, schnaufte, holte
die gerollte Nachricht aus der Flasche.

Er hatte die Post gefunden, er hatte sie gelesen. Natürlich.
Es lasen immer zwei mit.

Das Leben ist wie eine Schachtel Pralinen, Schwester Althea,
man weiß nie, was man bekommt. Das durfte ich erfahren.
Mit herzlichen Grüßen, eine Schwester

»Das ist aus einem Film. Was will dir die Mitschwester damit
sagen, Schwester Althea? Du hast doch keinen Ärger in der
Abtei?« Ein besorgter Valentin.

»Die Person sagt mir, eine Überraschung ist noch keine
Katastrophe«, gab sie lächelnd zurück.

Danksagung

Es war schön, wieder auf der Insel zu sein! In Gedanken, Worten und Werken.

Ein Dankeschön an meinen Verlag, den ich fragte: Können wir mit dem Titel zur Buchmesse Leipzig erscheinen?
Ja, wir können. Und die Autorin strahlt glücklich.

Flo, vielen Dank – also anständig, Frau May:
Florian Siflinger, Notare Dr. Leiß und Wartenburger in Rosenheim.
»Mit solch einem Testament hatte ich es noch nie zu tun«, hörte ich. Das hoffte ich, denn ich wollte doch ein Alleinstellungsmerkmal … ;-)
Ein Testament ist keine einfache Sache. Wenn es in einem Tagebuch auftaucht und die Schreiberin des Testaments dieses handschriftlich verfasst hat, muss dem »Letzten Willen« entsprochen werden.
Aber zuerst muss es natürlich entdeckt werden.

Und wie immer – einen Gruß an meinen Lieblingshauptkommissar (a. D.).
Diesmal kein spektakulärer Leichenfund und somit keine besonderen Umstände. Obwohl, mörderisch ist es immer.

Alle Titel von Ina May im Überblick:

Auch als eBook erhältlich

Kriminalromane mit Schwester Althea

Tod am Chiemsee
ISBN 978-3-89705-985-6

Mord auf Frauenchiemsee
ISBN 978-3-95451-167-9

Der Teufel vom Chiemsee
ISBN 978-3-7408-0194-6

Weitere Kriminalromane

Die Tote im Maar
ISBN 978-3-95451-088-7

Nacht überm Chiemgau
ISBN 978-3-7408-0663-7

Radibutz
ISBN 978-3-7408-0802-0

www.emons-verlag.de